Super E

Dello stesso autore nel catalogo Einaudi

Nicolai Lilin
Il respiro del buio

Einaudi

Il respiro del buio

I fatti raccontati in questo libro, volontariamente presentati in forma romanzesca, sono veri di una verità riflessa, perché legati alla mia esperienza o a quella di persone che ho conosciuto.

N. L.

Il respiro del buio

Il disturbo post-traumatico da stress (*Post-Traumatic Stress Disorder*, PTSD) è l'insieme delle forti sofferenze psicologiche che conseguono a un evento traumatico, catastrofico o violento. La diagnosi di PTSD necessita che i sintomi siano sempre conseguenza di un evento critico, ma l'aver vissuto un'esperienza critica non genera automaticamente un disturbo post-traumatico. È denominato anche *nevrosi da guerra*, proprio perché inizialmente riscontrato in soldati coinvolti in pesanti combattimenti o in situazioni belliche di particolare drammaticità.

Il PTSD non colpisce le persone piú «deboli» o «fragili»: spesso persone apparentemente «fragili» riescono ad attraversare senza conseguenze eventi traumatici abbastanza importanti, mentre individui «solidi» si trovano in difficoltà dopo eventi che hanno un significato personale o simbolico difficile da elaborare.

In particolare, si possono riscontrare tra i sintomi: *flashback*, un vissuto intrusivo dell'evento che si propone alla coscienza, «ripetendo» il ricordo dell'evento; *numbing*, uno stato simile allo stordimento e alla confusione; *evitamento*, la tendenza a evitare tutto ciò che sia riconducibile all'esperienza traumatica (anche indirettamente o solo simbolicamente); *incubi*, che possono far rivivere l'esperienza traumatica durante il sonno, in maniera molto vivida; *hyperarousal*, uno stato caratterizzato da insonnia, irritabilità, ansia, aggressività e tensione generalizzate. Può accadere che la persona colpita cerchi «sollievo» nell'abuso di alcol, droga, farmaci e/o psicofarmaci. Spesso al PTSD sono associati sensi di colpa per quello che è successo o per come ci si è comportati, generalmente esagerati e incongruenti con il reale svolgimento dei fatti e con le responsabilità oggettive (sono detti anche «complessi di colpa del sopravvissuto»); spesso sono compresenti anche forme medio-gravi di depressione e/o ansia generalizzata.

È quindi importante rivolgersi a un professionista specializzato, psicoterapeuta e/o psichiatra, per affrontare il disturbo al piú presto.

(Da Wikipedia)

La notte è corta, l'obiettivo è lontano,
di notte spesso si sente la sete.
Arrivi in cucina ma qui l'acqua è amara,
qui non riesci a dormire, qui non vuoi vivere.

Buon giorno, ultimo eroe,
buon giorno a te e a quelli come te.
Buon giorno, ultimo eroe,
benvenuto, ultimo eroe.

(Dalla canzone *L'ultimo eroe* di Viktor Tsoj,
leader del gruppo rock sovietico Kino)

Un ebreo entra in sinagoga e comincia a pregare Dio:
– Signore, sono buono e giusto, vivo seguendo la Torah e la Cabala, rispetto tutte le tue regole e non ho mai peccato. Da quando ho quindici anni ti chiedo di aiutarmi a vincere alla lotteria, ma non è successo ancora niente. Ed ecco che il mio vicino ha vinto una lavatrice, mio cognato una bicicletta, il mio vecchio zio una macchina... Ti prego, ti scongiuro, fa' che sia io a vincere almeno una volta, usa i tuoi poteri!
Nel cielo tutti sono sconvolti da una preghiera cosí toccante, ma Dio non mostra nessun segno d'interesse. A un certo punto Mosè non si trattiene e s'intromette, si butta davanti a Dio con le braccia aperte e gli chiede:
– Signore, Onnipotente, Creatore di ogni cosa, ascolta questa preghiera del tuo umile schiavo, aiuta quell'uomo buono e giusto a vincere alla lotteria!
Dio, parecchio stufo, risponde al vecchio amico Mosè:
– Ma cosa pensi, Mosè, che io sia fatto di pietra? Che non m'importi niente delle preghiere di quel buon uomo? È che lui da quando aveva quindici anni mi chiede di vincere alla lotteria, però non ha mai comprato un biglietto!

(Storiella ebraica)

Tornare a casa dopo il servizio militare è stato come passare a un'altra vita. Il percorso che ho fatto, a segnarlo su una mappa, può sembrare facile: qualche centinaio di chilometri in treno, un paio di giorni di viaggio. Nella realtà è stata un'avventura faticosa e piena di sentimenti, andavo verso un mondo che non ricordavo piú, che non ero sicuro di conoscere, dato che negli ultimi due anni l'esercito era stato la mia casa, la mia famiglia, la società, il mondo. Non sapevo se in quei due anni tutto era cambiato o era rimasto come lo ricordavo, forse ero cambiato io ma non riuscivo a capire fino a che punto, avevo perso ogni misura. Tutto quello che avevo in testa era legato alla guerra, all'azione, alla sopravvivenza. Dal finestrino del treno osservavo le città, i campi e i boschi del sud della Russia, cercando di trovare la differenza tra la pace e la guerra, ma mi sembrava di portarmela dentro, la guerra: era la mia unica certezza.

Sceso dal treno ho fatto un giro a piedi per la mia città. Sembrava un posto diverso, sconosciuto, con quelle facciate che erano disperate imitazioni dei grattacieli di cristallo di New York. Da ogni angolo spuntavano strutture di dubbia qualità architettonica in cui abbondavano vetro, plastica, silicone e alluminio bianco, che si sporcava subito: l'effetto complessivo era quello di una clinica veterinaria di provincia. Anche le facce delle persone erano cambiate in peggio: prima incrociandoti ti guardavano negli occhi, ti salutavano, si sentiva la vicinanza, l'unione, l'apparte-

nenza alla comunità, ora erano tutti «individui liberi», e
si comportavano da perfetti abitanti di un'isola deserta,
ognuno con lo sguardo fisso all'orizzonte, oppure ai propri
piedi. Sentivo addosso una carica micidiale di odio: l'odio
mi consumava da dentro, portandomi a disprezzare tutto.

Ho mangiato un gelato ma quel sentimento non se ne
andava, allora ho comprato una bottiglia di vodka e arrivato a casa ho cominciato a bere. Ho passato una sera e
un giorno intero a digerire l'alcol, caduto in un vuoto senza ricordi, senza pensieri: eppure il mio stato d'animo rimaneva lo stesso. Sono uscito, non riuscivo a stare fermo
troppo a lungo.

Osservavo le case cercando ossessivamente i segni della distruzione, una qualsiasi impronta di guerra, come un
buco di pallottola nel muro, un angolo di casa raschiato
dalle schegge di una bomba da mortaio, l'asfalto frullato
dai cingoli dei carri armati; cercavo i segni di un ambiente familiare. Ma era tutto troppo bello e caloroso. Le finestre intatte, con i vetri, e dietro quei vetri la vita comoda, in ordine: le lampadine al loro posto nei lampadari, le
tendine colorate, i fiori sui davanzali... Tutto questo mi
sembrava orribile.

Nella vita pacifica ogni cosa era grigia e smorta, le facce
della gente sembravano lontane mille miglia dalla realtà,
brutte e piatte come i muri coperti d'insulti, di dichiarazioni d'amore, di strane scritte e disegni colorati che erano
l'appendice di una cultura lontana, incomprensibile nella
sua brutalità, che si sposava perfettamente con l'orrore del
cemento postsovietico e con i monumenti della propaganda
comunista, facendo risaltare ai miei occhi senza speranze
tutta l'ambiguità dell'idiozia umana.

Non capivo come si potesse vivere cosí tranquillamen-
te, preoccupandosi dei problemi quotidiani, circondati da
mille cose create nell'interesse del proprio corpo, quando
soltanto a qualche centinaio di chilometri da lí, in quello

stesso Paese, altre persone vivevano il piú grande dramma che il genere umano abbia mai conosciuto: la guerra. Tutto mi sembrava un enorme show televisivo, una corsa verso l'apocalisse su un autobus strapieno, dove la gente se ne stava aggrappata alle maniglie sorridendo, con tenace azzardo e spirito sportivo.

Vedevo la voglia di trasformare l'esistenza in un'eterna festa, di semplificarla, di ridurre le profondità umane a una bottiglia vuota, di prendere l'angelo della morte per i capelli e dipingerlo con colori ridicoli, trasformando la sua figura fatale in quella di un clown. Questo pensiero mi faceva paura e mi confondeva. Cosa c'entravo io con questa vita?

Piú mi sforzavo di capire la situazione in cui si trovava il mio Paese, piú mi allontanavo dalla realtà. Ripensavo a tutti quelli che avevo visto morire nel nome della pace, e mi convincevo che questo tipo di pace non meritava di esistere: meglio il macello che avevo conosciuto, dove almeno sapevamo qual era la faccia del nemico e non potevamo sbagliarci, e tutto era semplice proprio come una pallottola.

Tornato a casa per cercare di calmarmi un po' ho acceso la televisione, ma le notizie che sentivo mi sembravano una presa in giro: in qualche scantinato quattro azerbaigiani avevano mischiato dell'acqua di rubinetto con un po' d'alcol e l'avevano spacciata per vodka, vendendola al prezzo di una coltellata in una rissa nel parcheggio di un nightclub; l'ex procuratore generale era stato ripreso da una videocamera mentre si drogava e faceva sesso con una prostituta, dichiarando poi che quella era semplicemente una serata di relax, un suo diritto di cittadino; i politici facevano tante promesse con i loro sorrisi inutili e senza senso, gli occhi pieni di morte e tristezza, però tirati da un *lifting* che dava a tutti la stessa espressione da bambola gonfiabile. Intanto su un altro canale il Presidente parlava come un autentico criminale, minacciando senza mezzi termini tutti quelli che lo ostacolavano ma dimostrandosi al contempo cosí carismatico e giusto che veniva voglia anche a me di applaudire i suoi discorsi. Finti rivoluzionari, finti conservatori, finti estremisti. Persino il terrorismo era finto, organizzato a tavolino dai servizi segreti, e un grande disastro poteva servire a coprire l'ennesimo scandalo che coinvolgeva qualche dirigente. Un ministro è stato intercettato? Beccato fresco-fresco a parlare con gli oligarchi corrotti? La stampa non fa in tempo a preparare i pezzi che salta in aria un autobus in una delle città piú importanti del Paese. Tragedia nazionale, si annuncia la nuova guerra al terrorismo, l'opinione pubblica esplode nell'ennesima crociata e nessun giornalista ricorda il caso del ministro corrotto, neanche mezza parola sul potere degli oligarchi, sui funzionari del governo venduti e comprati piú volte da piú padroni, sulle compagnie private che stanno prosciugando la nazione.

Quando ho visto al notiziario un servizio su un gruppo di nostri soldati morti di recente in uno scontro fra le montagne in Cecenia, senza pensarci ho afferrato un orologio da tavolo e l'ho scagliato contro il televisore, spaccando lo schermo e l'orologio. La notizia dedicata ai nostri morti in guerra era stata montata in mezzo ad altri due servizi: uno sull'allevamento dei maiali nel sud della Russia, l'altro sulle giovani modelle che avevano vinto dei concorsi internazionali di bellezza ed erano pronte a conquistare il mondo, dando cosí un enorme contributo alla causa della Madre Patria.

Sono rimasto seduto davanti al televisore rotto per tutta la notte, pensando a noi, che obbedienti come pecore al macello avevamo sacrificato le nostre vite in nome di un ideale di cui al resto del Paese non fregava niente, e adesso il nostro posto nel notiziario era tra i porci e le troie.

Mi sono alzato dalla poltrona quando ormai era mattino, continuava a girarmi in testa una frase che mi aveva detto una volta un prigioniero arabo: «La nostra società non merita tutto l'impegno che noi mettiamo in questa guerra». Solo in quel momento ho capito quanto avesse ragione quello che io mi ostinavo a chiamare nemico.

Tornato dalla guerra non ho avuto nessun tipo di assistenza medica o psicologica, nessun sostegno, non mi hanno nemmeno dato quello che mi dovevano per due anni di servizio, due ferite e tre decorazioni meritate sul campo. Quando sono andato a reclamare i miei soldi, il capo dell'ufficio amministrazione del distretto militare, un ufficiale obeso che puzzava di cibo fritto e vodka di bassa qualità, mi ha risposto con irritazione – come se fossi un barbone che chiedeva l'elemosina fuori dalla chiesa – che la Patria non aveva abbastanza denaro per pagare tutti, che la guerra aveva prosciugato le casse e che avrei avuto i miei soldi piú avanti, l'importante era che qualche volta mi facessi vivo.

Non ho detto una parola di piú. Sono tornato a casa, ho chiamato un amico e gli ho venduto quattro Kalašnikov che avevo spedito dalla Cecenia. Avevo fatto bene a non fidarmi delle promesse di chi ci assicurava che al ritorno saremmo stati mantenuti dai sussidi del governo, l'ho sperimentato nel posto in cui sono cresciuto cos'è un governo «vicino» ai cittadini.

I miei traffici li avevo fatti con l'aiuto del capitano Nosov e dei miei compagni, mandavamo tutti armi a casa, chi per metterle da parte, chi perché non sapeva cos'altro mandare. Quell'abitudine era cosí comune che nessuno osava denunciare i propri compagni alle autorità: tra chi vive un'esperienza forte come la guerra nasce una specie di complicità in tutto, anche nelle cose che una singola persona può non approvare.

Io spiegavo a me stesso la mia attività di trafficante d'armi come un'occupazione che mi legava ancora alla vita: era un modo per autoconvincermi che la pace esisteva, da qualche parte, e che la guerra che combattevamo era davvero un evento locale. Era come costruire un ponte immaginario verso una realtà talmente lontana da farti considerare improbabile il fatto che esista. D'altronde rischiavo la vita per i giochi dei politici e degli affaristi della nuova finta-democrazia, e quindi mi ripagavo da solo, subito, senza illudermi che qualcun altro lo facesse dopo.

Ero consapevole di compiere un atto illegale, ma il governo russo e i suoi rappresentanti non mi sembravano degni della mia fedeltà, e neppure la società che approfittava dei benefici portati dalle menzogne, dal terrore, dalla falsità e dall'usurpazione del potere. Anzi, odiavo il governo, la sua nomenclatura e i suoi burocrati, piccoli vampiri assetati di denaro che ricattavano e manipolavano le persone semplici per arricchirsi.

Mio nonno mi ha insegnato che il denaro è un'invenzione del diavolo, usata dai suoi seguaci per corrompere l'animo umano, per distruggere i rapporti tra le persone, solo che per sopravvivere in questo mondo diabolico è fondamentale, e mi toccava procurarmelo a modo mio.

Non avevo un piano preciso, ma sentivo tutti questi pensieri muoversi dentro di me come si sente il vento che corre impazzito sopra la terra, cambiando direzione ogni secondo, poco prima di un uragano.

Quando ero stato congedato dall'esercito mi avevano dato un dubbio documento su cui era scritto: FOGLIO PROVVISORIO DI CONGEDO DAL SERVIZIO OBBLIGATORIO. Era un foglio vero e proprio, formato A4, con una frase sintetica che mi designava «militare congedato in attesa di ritirare i documenti ufficiali» e che valeva sei mesi. I funzionari amministrativi che mi avevano rilasciato quello straccio mi avevano spiegato che, facendo parte di un reparto militare dipendente dal direttorato principale per l'Informazione[1] e non dal ministero della Difesa, per avere il libretto di congedo sarei dovuto andare in un ufficio apposito.

---

[1] In russo *glavnoe razvedyvatel'noe upravlenie* (GRU), è il servizio di intelligence dello Stato maggiore delle forze armate della Federazione Russa.

Al momento pensai che quelle complicazioni fossero parte della strategia che il comando usava con i soldati che, come me, non volevano rimanere nell'esercito. Per la Federazione Russa la perdita dei giovani specialisti era un grosso problema, preparare un professionista costava parecchio e il suo impegno in guerra era un'importante base educativa. Alla fine del periodo di servizio obbligatorio, i comandi cercavano in tutti i modi di convincere i migliori elementi reclutati con la leva a passare nei ranghi dei volontari – i professionisti delle forze armate pagati a contratto –, ma dopo l'esperienza nelle squadre speciali antiterrorismo alcuni cedevano e lasciavano l'esercito. I motivi erano diversi: gli stipendi bassi, le politiche del governo, la corruzione e la prepotenza in vigore tra i comandanti.

Io, ad esempio, non volevo passare a contratto perché non mi riconoscevo nell'impostazione dell'esercito russo: in guerra avevo conosciuto il suo lato peggiore, la mancanza di rispetto per i soldati, l'assenza di umanità e la scarsa capacità di organizzazione operativa del comando, la corruzione e la speculazione che fiorivano a tutti i livelli dell'apparato militare. Ero sicuro che non fosse il posto per me.

Tornato a casa, avevo deciso di non aspettare sei mesi, ma di ritirare subito tutti i documenti del congedo che mi spettavano, perché temevo che la burocrazia militare mi avrebbe fatto qualche brutta sorpresa. E avevo completamente ragione.

Una mattina ho telefonato al numero che mi avevano scritto su un pezzo di carta, non sapevo bene cosa dire, ho spiegato la mia situazione e quelli mi hanno dato un altro numero e l'indirizzo di un ufficio di leva in cui non ero mai stato. Ho dovuto prendere un appuntamento per la settimana successiva, era tutto così complicato che sembrava dovessi incontrare il Presidente in persona.

Senza il libretto di congedo, che in Russia si chiama «biglietto militare», da quelle parti non si fa niente, per-

ché è un documento comune come il passaporto e la carta
d'identità. Se una pattuglia della polizia ti ferma per strada lo vuole vedere, per capire come sei messo con la leva obbligatoria. Serve a togliere ai disertori la possibilità
d'integrarsi nella società. Quando finalmente è arrivato il
giorno in cui avrei ritirato il mio mi sentivo un vincitore:
sarebbe stato il passo definitivo dalla vita militare a quella
civile, sigillato su carta ufficiale.

Ero seduto nella sala d'attesa dell'ufficio di leva, a pochi
metri dallo sportello, e aspettavo il mio documento. L'impiegata – una signora leggermente sovrappeso con l'uniforme verde scuro e i galloni da sergente – ha controllato
piú volte tutti i registri, ha esaminato con pazienza ogni
timbro, poi ha segnato il numero del mio libretto nel registro dei documenti in uscita. Finalmente si è alzata e si
è avvicinata allo sportello. Ero l'unico in tutta la sala, comunque mi ha chiamato per nome e cognome.
Sono saltato giú dalla sedia, lanciandomi verso lo sportello: sulla mensola c'era il mio libretto, tutto luccicante.
Ho sfogliato la prima pagina, la seconda e la terza, ho letto in fretta le scritte e ho guardato i timbri mentre sentivo
che dentro il mio cuore stava crescendo un'ombra scura che
avvolgeva tutto il corpo e mi annebbiava la vista. I dati su
quel libretto non corrispondevano alla realtà.
Lo rigiravo davanti agli occhi come un analfabeta che
cerca di leggere, ansioso di trovare il numero e il nome del
distretto militare dal quale mi ero congedato, ma niente
coincideva: nessun riferimento alle truppe aviotrasporta-
te, ai reparti speciali, al campo di addestramento, alle decorazioni, alle ferite… C'erano solo nomi di luoghi sconosciuti, il numero strano di un qualche reparto d'assalto di
fanteria motorizzata e date che non mi dicevano nulla, il
tutto in una grafia precisa e accurata da perfetto burocrate, da maestro delle scrivanie, che mi faceva sentire ulte-
riormente preso per i fondelli.

Ho chiesto all'impiegata con i galloni da sergente se per caso avesse fatto uno sbaglio. Lei mi ha guardato come se fossi una delle persone piú fastidiose con cui avesse avuto a che fare nella vita.

– Qui non sbagliamo mai, se una cosa è sul documento vuol dire che ci deve essere.

Quella frase mi ha fatto scattare un fulmine dentro il petto, come una scossa elettrica, ho dato un pugno contro il divisorio di plastica trasparente che separava l'ufficio dalla sala d'attesa. La signora si è spaventata e con un urlo ha fatto un balzo indietro. Io ho dato ancora un'altra botta.

– Che cazzo è questa merda? – ho urlato. – Io sono sergente maggiore di un reparto speciale di sabotaggio ed esplorazione, sono stato assegnato alle truppe speciali del direttorato principale per l'Informazione, non ho mai fatto parte di nessuna cazzo di brigata di fanteria motorizzata, non conosco nessuno di questi numeri! Mi sono fatto due anni di guerra, due anni pieni, piú tre mesi di addestramento, non un anno di servizio in fanteria e otto mesi in un'operazione antiterroristica, porca puttana! Vi siete bevuti il cervello, brutti stronzi? Mi sono beccato una pallottola nel petto, non ci sento piú dall'orecchio sinistro, ho ammazzato una marea di gente per questo Paese di merda e mi pigliate ancora per il culo?

Non mi ero accorto mentre urlavo che dietro di me si era aperta la porta e nella stanza era entrato qualcuno. Ho sentito un leggero schiaffo sulla spalla. Ho smesso di urlare e mi sono girato, davanti a me c'era un tenente colonnello e altri due militari, tenevano i Kalašnikov dietro la schiena, ma avevano tutta l'aria di essere pronti a imbracciarli. L'ufficiale mi ha guardato con leggero sospetto, poi mi ha chiesto:

– Qual è il suo problema, congedato?

Gli ho passato il documento appena ricevuto dalla signora-sergente, che nel frattempo era sparita, lasciando il suo posto vuoto e l'odore dell'uniforme mischiato a quello della carta e dei mobili di legno poco stagionato.

Il tenente colonnello, un uomo sui cinquant'anni, magro e non alto, con la faccia piena di rughe e gli occhi vivaci, furbi, ha preso il libretto, ha dato uno sguardo e poi ha portato una mano alla tempia, come se gli fosse venuta in mente una soluzione ovvia. Mi ha sorriso in modo molto amichevole e ha indicato una porta, senza badare ai due cerberi in divisa che mi puntavano gli occhi addosso.

– Ho capito, certo, venga con me, compagno congedato. Le spiego tutto nel mio ufficio.

Non avevo nessuna alternativa, e dato il mio comportamento poco civile rischiavo di essere trattato dalle guardie come un teppista qualunque che si diverte a offendere i funzionari dell'ufficio militare, dunque l'ho seguito lungo un corridoio. C'era una luce strana che toglieva il colore alle cose, mi sembrava di stare in uno dei bunker delle SS che avevo visto da piccolo in un film in bianco e nero sulla presa di Berlino.

Siamo arrivati alla porta dell'ufficio del tenente colonnello, che mi ha invitato a entrare per primo. La stanza non era grande, una ventina di metri quadrati, molto umile nell'arredamento ma piena di fotografie scattate durante varie guerre, nelle quali compariva sempre il mio nuovo conoscente, con il suo corpo di mezza misura e la faccina da topo. C'erano foto dell'Afghanistan in cui indossava l'uniforme da paracadutista, altre di qualche guerra postsovietica dove era vestito da sabotatore, in abiti civili; in alcune portava l'uniforme da cosacco, poi di nuovo da paracadutista, poi quella da esploratore GRU... Insomma, guardando le foto non si capiva un accidente di chi fosse davvero quell'uomo.

Poi ho notato una fotografia dall'aria piuttosto vecchia che non riuscivo a collegare a niente: un gruppo di soldati vestiti con tute mimetiche molto particolari e armi di varia provenienza, in parte americane e in parte sovietiche. Sorridevano abbracciati sullo sfondo della giungla vera e propria. Tra le varie fisionomie (piú o meno tutti slavi, qualche asiatico) la piccola faccia topastra del tenente colonnello era facilmente riconoscibile, anche se devo dire che sembrava troppo giovane, un ragazzino. Non ricordavo nessuna guerra nella giungla alla quale avesse partecipato ufficialmente l'esercito dell'Urss. Mi sono fermato a osservare quella foto con interesse e con il dovuto stupore.

– Questa è una foto molto particolare, per tanti anni non l'ho potuta far vedere a nessuno, ma adesso che il tempo è passato e l'Urss non esiste piú la posso tenere qui, nel mio ufficio...

Mi sono girato verso di lui:

– Mi sta dicendo che è stata scattata in Vietnam?

Mi ha sorriso con simpatia, nei suoi occhi si era accesa una lucina brillante che trasformava la sua faccia da topo in quella di un gatto. Si è avvicinato alla scrivania e ha aperto un cassetto, ne ha tirato fuori una custodia di pelle nera un po' malconcia e me l'ha passata. Ho slacciato il bottone che chiudeva la fodera e ho estratto il coltello. Era un'arma vissuta, consumata da molte affilature, maneggiata per tanto tempo, con molti segni addosso. Ho capito subito che si trattava di un esemplare originale di SOG.

Quel coltello doveva il suo nome ai gruppi operativi dei servizi segreti militari statunitensi, gli *Studies and Observation Group,* per i quali era stato progettato e prodotto in circa seimiladuecento esemplari destinati alle operazioni segrete in Vietnam. Quelli originali si distinguono per la totale assenza di segni di riconoscimento: niente marchi, nomi, date e luoghi di produzione, nessuna indicazione sulla qualità e la formula dell'acciaio... Una grossa parte delle forze dell'intelligence militare degli Stati Uniti era impegnata su territori ufficialmente lontani dalle operazioni di guerra, cioè in Cambogia e Laos, e dunque in caso di morte o di cattura degli agenti non dovevano restare prove, niente che potesse fare scalpore a livello internazionale.

Il SOG era un attrezzo molto utile per la sopravvivenza nella giungla, e un'arma preziosa nel combattimento corpo a corpo, anche in condizioni climatiche estreme, persino sott'acqua.

Col tempo era stato notato dagli specialisti di diversi reparti, in particolare della marina militare, e dopo numerose richieste il governo americano l'aveva fornito anche a loro, modificando solo un po' la struttura dell'acciaio per renderla molto resistente all'acqua salata, e cambiando leggermente la forma della lama, piú sottile e piú corta.

Comunque alla fine i SOG sono diventati una sorta di oggetto di lusso: i comandanti dei reparti speciali li usano ancora per premiare i soldati piú bravi sul campo... È un trofeo molto prezioso, al tempo del mio servizio in Cecenia valeva quanto una pistola di fabbricazione straniera.

Io ne avevo uno molto simile a quello del tenente colonnello, quasi nuovo, preso al cadavere del primo cecchino che avevo eliminato in guerra, un uomo giovane che sembrava arabo, forse egiziano. All'epoca non conoscevo il valore del coltello, l'avevo preso perché volevo qualcosa che appartenesse a quella persona morta, per portare sempre con me la memoria della prima vita umana che avevo spezzato in combattimento.

Mio nonno diceva che bisogna sempre ricordare i morti e cercare di pensare a loro ogni tanto, cosí loro ti aiutano, perché quando uno muore per mano tua non conosce piú l'odio e non ti vede piú come il nemico, ma come una persona alla quale è legato dal fatto della morte, dal suo passaggio all'altra esistenza.

I siberiani credono che la morte è un patto che avvicina due anime, quella morta e quella vivente, e questa unione può essere utile per tutti e due: il vivo diventa per il morto un punto di contatto con il nostro mondo, a cui il morto si avvicina ogni volta che il vivo lo chiama, lo ricorda, pensa a lui. Invece il morto ha la conoscenza assoluta del tempo e abita nel mondo in cui futuro e passato sono uniti insieme, quindi può migliorare la vita del vivo, persino dargli dei consigli, informarlo dei pericoli.

È strano, ma in qualche modo anch'io ho avuto la conferma di questa antica tradizione sull'unione degli spiriti, quando il coltello preso dal nemico ucciso mi salvò la vita quasi un anno dopo, nel corpo a corpo con un altro giovane terrorista, nella cantina di una casa comunale a Groznyj, nel pieno delle violente e sanguinose battaglie per il dominio della città.

Mi ero trovato da solo a cacciare un cecchino nei sotterranei di un grande palazzo, mentre tutta la mia squadra era impegnata nei piani alti a buttare fuori i terroristi. Sono entrato in cantina a preparare la trappola per il cecchino, che sparava dalle fessure che si trovavano a livello terra. Era buio, non si vedeva un accidente, quando all'improvviso ho sentito un rumore. Era chiaro che anche l'altro aveva avvertito la mia presenza: sparando alla cieca, abbiamo iniziato una lunga e difficile lotta. Abbiamo attraversato tutto il labirinto sotterraneo, consumando i caricatori delle nostre armi senza che un solo colpo andasse a segno. Dopo, quel disperato ha buttato una bomba a mano, ma ha fatto solo un casino di rumore. Avevamo passato quasi un'ora a sparare in uno spazio chiuso dove ogni suono diventava insopportabile. Ci siamo trovati in pieno buio, allo stremo delle forze, in una stanza stretta, con l'acqua che usciva da qualche tubo spaccato e ci arrivava fino alle ginocchia, senza poter utilizzare le armi da fuoco, senza udito, con un fischio continuo nelle orecchie e i timpani che pulsavano dal dolore. Abbiamo cominciato a toccare l'aria davanti a noi, finché le nostre mani non si sono incrociate nel buio. Ero talmente agitato che mi sembrava di vedere tutto dall'alto. In quel momento ho sentito il mio coltello stretto nella mano senza accorgermi di averlo tirato fuori dalla custodia, quasi ci fosse saltato da solo, e mi sono buttato nel buio cominciando ad attaccare il mio nemico, come preso da un'isteria, posseduto.

Ci siamo dati un sacco di botte: io lo colpivo con il coltello, lui cercava di colpirmi con il calcio della pistola scarica. Non mi ricordo se utilizzavo qualche tecnica particolare imparata nel campo di addestramento, non ricordo niente di preciso. So solo che dopo lo scontro, quando i miei hanno portato fuori anche il corpo di quel poveraccio, ho visto che praticamente l'avevo tagliato a pezzi. Gli mancavano delle dita, tutta la faccia era piena di ferite aperte che sanguinavano, gli avevo portato via anche un occhio. Non aveva neanche un centimetro vivo. E poi mi ricordo che per una buona mezz'ora nessuno dei miei compagni, neppure il medico, è riuscito ad aprire la mia mano che stringeva il coltello, come se qualche forza disumana si fosse concentrata nel mio pugno, rendendolo materiale unico con la lama.

Da allora è nato un legame particolare con quel coltello, lo porto appresso quasi sempre.

Il tenente colonnello osservava il modo in cui guardavo l'arma e sulla sua faccia era comparso un ghigno soddisfatto. Dopo un po' gli ho restituito il coltello senza dire niente, facendo solo sí con la testa, e lui mi ha invitato a sedermi su una sedia di legno rivestita di velluto rosso e imbottita. Non mi sono fatto pregare due volte. Ha fatto un mezzo giro attorno alla scrivania, ha schiacciato un bottone sul preistorico telefono nero che si trovava alla sua destra e dall'apparecchio si è sentita una voce femminile distorta:

«Pronto, compagno tenente colonnello!»

– Rita, per favore, portaci due tazze di tè.

«Agli ordini, compagno!»

L'ufficiale si era seduto sulla sua sedia, che era molto

piú grande di lui e che sminuiva la sua figura fino alle dimensioni di un folletto. Ha indicato il coltello:

– L'ho preso dal corpo di un ufficiale dei reparti speciali americani che ho ammazzato in Vietnam. Avevo poco piú di vent'anni, ero un militare all'inizio della carriera, un paracadutista, ero un patriota e un comunista convinto, appena entrato nel reparto operativo del KGB come tiratore scelto di una squadra di sabotaggio ed esplorazione. Quando ci mandarono in Vietnam, ci spiegarono che dal momento in cui ci saremmo trovati sul campo la nostra Patria non avrebbe potuto difenderci, non avremmo potuto richiedere l'aiuto diplomatico, non saremmo stati protetti dalla legge internazionale. Nessuno doveva sapere che noi sovietici stavamo partecipando fisicamente alle operazioni contro l'esercito americano. Nel caso in cui uno di noi fosse stato catturato, era obbligato a suicidarsi. Molti di noi sparirono cosí in quella guerra, in quella giungla… Quando siamo tornati a casa nessuno ci aspettava con fiori e ringraziamenti, nessuno ci ha considerato. Nella mia cartella personale il periodo di quel servizio è segnato come «congedo volontario dall'esercito dell'Urss». Non ero nemmeno un militare effettivo, ero un civile! Nessuno ci ha dato premi, soldi, o altro. Nessuno sapeva niente di quello che avevamo fatto, ma noi eravamo felici lo stesso, perché sapevamo di aver reso un servizio alla nostra Patria, per la lotta contro l'imperialismo, per rafforzare il comunismo internazionale.

Io restavo in silenzio, ma cominciavo a capire dove volesse andare a parare.

– Te lo racconto perché so che sei un idealista, – ha continuato. Non sapevo perché, ma il fatto che avesse preso a darmi del tu mi sembrava un buon segno. – Se hai fatto due anni di servizio nei reparti di sabotaggio ed esplorazione, lo sei di sicuro. Forse non lo eri all'inizio, e molto probabilmente non ti sei ancora accorto di esserlo diventato, ma credimi, è matematico, se sei arrivato vivo al congedo, se sei riuscito a integrarti nel gruppo operativo, se hai svolto le tue missioni con i fratelli dei reparti speciali, sei diventato uno di noi: hai un ideale e nessuno in questo mondo te lo potrà mai togliere. I documenti sono solo la carta con la quale ti manipolano i politici di turno...

Qualcuno ha bussato alla porta e il tenente colonnello si è fermato, impostando il tono della voce per darsi piú autorità:

– Sí, prego!

La porta si è aperta e nell'ufficio è entrata una donna di circa quarant'anni, bella, che indossava l'uniforme da tenente. Portava un piccolo vassoio con due bicchieri massicci rivestiti di ferro, una teiera di porcellana povera, molto vecchia, con i disegni d'oro sui bordi quasi cancellati dall'uso, e un piattino con una varietà di biscotti e due cioccolatini. Anche questo era un buon segno, perché conoscendo l'animo militare sapevo che nessun ufficiale offre mai niente, neanche una parola, a chi non trova simpatico o a chi non gli susciti qualche interesse, figuriamoci il tè con i dolci. Lasciando da parte la simpatia, in cui da tempo avevo smesso di credere, mi sforzavo di scoprire quale interesse poteva generare la mia figura nel tenente colonnello roditore.

Dopo essere passata intorno al tavolo con la grazia di una ballerina classica, la donna ha posato il vassoio e ha chiesto di poter lasciare l'ufficio. Il tenente colonnello con una voce piena di dolcezza e umiltà ha accordato il permesso, ringraziandola. Poi mi ha indicato un biscotto sul piattino.

– Ti consiglio uno di quelli, Rita li prepara a casa in un modo eccellente!

Senza aspettare un'altra offerta ho preso il tè e il biscotto consigliato e ho cominciato a bere e masticare. Il tè era bello forte e aveva un buon profumo, si sentiva dentro anche il retrogusto del tabacco: era una vecchia ricetta dei militari russi, mischiare il tè con le foglie di tabacco per dargli una nota un po' piú amara e rafforzare il suo effetto. Il tenente colonnello ha addentato un biscotto e ha bevuto con rumore un sorso di tè. Ha sorriso di nuovo, forse tentando di addolcire il nostro non semplice discorso, e ha ripreso a parlare con un tono da cospirazione, come se fossimo due criminali che dividono il bottino.

– La tua situazione è molto semplice: hai appena rifiutato di far parte del sistema, e perciò al sistema non devi chiedere niente, nessuno ti darà niente. Innanzi tutto è pericoloso per la società ammettere che uno come te vive in mezzo a loro, un assassino che passeggia sulle stesse strade dove sorge e pulsa la vita pacifica. È impensabile lasciarti libero senza prendere precauzioni, perché sei stato coinvolto in operazioni segrete, e il foglio che hai firmato all'atto del tuo giuramento non garantisce che domani non perdi la testa e cominci a raccontare delle missioni a destra e a sinistra... Devi capire che nessuno accetterà mai che un giovane congedato dai reparti speciali giri per il Paese con la prova scritta che la Federazione Russa ha dato il via alle operazioni militari sul territorio ceceno un anno prima dell'inizio ufficiale dell'intervento, sarebbe come scoprire il fianco ai nemici perché colpiscano il nostro punto debole, dargli materiale per diffamare, per attaccare come sempre e indebolire la nostra Patria, facendoci passare per bestie, per i cattivi. Il direttorato principale per l'Informazione non ti ha trattato cosí perché disprezza il tuo contributo, ma perché il tuo contributo fa parte di una strategia di cui non si può parlare.

Ha fatto una pausa e ha sorseggiato il suo tè guardandomi fisso negli occhi, prima di proseguire:

– Sei uno dei pochi che hanno deciso di congedarsi dai reparti speciali, la maggior parte rimane lí per sempre, quelli come te sono un'eccezione, per questo vi trattano cosí. Pensaci un po', il governo ha speso tanti soldi per insegnarti il mestiere militare, tu hai avuto l'occasione di vivere un'esperienza unica, che ti ha formato a livello professionale e umano, adesso sei uno specialista giovane che può servire la Patria, e invece tu cosa fai? Rifiuti! Per il sistema sei un investimento fallito, un elemento perso. Loro sanno come funziona, sanno che ci sono tante probabilità che tu non riesca mai piú a inserirti nella vita pacifica... Tu non sei unico, rientri nelle statistiche, fai parte di una categoria, quella di chi ha ancora illusioni sul mondo. Da una parte conosci la guerra e hai vissuto situazioni estreme, dall'altra credi ancora nella pace e ti illudi di poter vivere in mezzo ai civili. Le persone come te finiscono male, molto male, perché niente può sostituire il sistema che ti ha insegnato come vivere e pensare, che ti ha fatto vedere come si ottengono le cose in questo mondo... Fallirai in tutto, finirai nei casini e non ci sarà piú nessuno a sostenerti e proteggerti. E allora, secondo te, il sistema è interessato a lasciare che un elemento che fino all'altro ieri lo rappresentava si aggiri tranquillo per le città del Paese, magari commettendo dei crimini, con addosso i documenti da congedato dei reparti speciali, con la storia del servizio e con le date delle missioni e le informazioni coperte da segreto di Stato e da quello militare? Tu veramente pensavi di andare via e portarti dietro anche la tua storia? Non esiste, dal momento in cui decidi che sei fuori a te non rimane niente, perché nei reparti speciali le storie individuali scompaiono, la storia è unica, di tutti, finché tutti stanno insieme, e all'interno non ci stanno né nomi né cognomi...

Con le parole del tenente colonnello che entravano nella mia testa e si trasformavano in visioni spontanee, davanti a me si apriva una brutta prospettiva sul futuro. Però c'era qualcosa di strano nella sua voce: mi diceva cose atroci, che mi lavavano di dosso ogni possibilità di speranza per il mio avvenire, eppure il suo tono mi catturava, e il modo in cui pronunciava le parole, le pause che metteva, gli accenti, le sfumature del suo lessico, cosí vicino e famigliare, tutto predisponeva al rilassamento, mi costringeva ad ascoltarlo all'infinito. A un certo punto ho pensato che questo modo di ipnotizzare forse un altro trucco che insegnano nei servizi segreti.

Intanto mi guardava con una specie di perplessità, come se dubitasse che avessi capito l'ultima parte del suo discorso. Poi ha fatto un gesto con la mano, sventolandola davanti alla faccia, e ha concluso:

– Figliolo, ascolta il mio consiglio. Tu adesso accetti quelle scartoffie e tutto quello che c'è scritto sopra. Inutile arrabbiarsi, queste persone eseguono gli ordini e operano con le informazioni che arrivano dal comando del distretto al quale eri assegnato. E quando tu urli e parli dei reparti speciali, per loro sei un esaltato, un veterano di guerra traumatizzato, o forse un fuori di testa... Quello che hai fatto nell'esercito lo sai tu, posso saperlo io, ma non possono saperlo loro, poveri cristi, scribacchini. In fondo sono civili come tutti gli altri, portano l'uniforme ma non sono mai stati in caserma, non hanno mai visto la guerra, l'unica volta che hanno usato un'arma è stato per sparare i sette colpi dell'arruolamento[2], e questa è tutta la loro storia nell'esercito. Inutile prendersela, bisogna essere comprensivi. So che la tua situazione è brutta, che ti senti un po' perso, un po' deluso da quello che hai trovato tornando nel mondo civile, però è solo l'inizio, il peggio deve ancora arrivare. Dovrai affrontare una vera e propria crisi, avrai problemi con il sonno, difficoltà psicologiche, potrai diventare violento e nessuno ti starà vicino. Ti consiglio di accettare anche questo, perché fa parte della riabilitazione, e se riuscirai ad attraversarla senza suicidarti e senza ammazzare nessuno chiamami, ti aiuterò io a trovare un lavoro giusto per te. Adesso vai e preparati a star male, i prossimi mesi saranno un inferno, credimi. Cerca di uscire il meno possibile di casa e di non toccare alcol e droghe. Poi un giorno ti risveglierai, come da un lungo sonno. Al-

---

[2] Sparare sette colpi con il Kalašnikov è un esercizio obbligatorio all'atto dell'arruolamento nell'esercito o nella polizia. Si fa riferimento a questa pratica quando, in modo sarcastico, si vuole evidenziare un livello di addestramento molto basso.

lora sarà il momento di chiamarmi –. Si è alzato in piedi.
– Ti auguro buona fortuna, aspetterò la tua telefonata. E
ricorda che non esiste niente di piú importante della tua
Patria, del tuo Dovere, del tuo Onore.

Le ultime parole che mi ha detto le conoscevo: era il
motto dei Berretti Insanguinati, una sorta di organizzazione della quale facevo parte anch'io, anche se solo for-
malmente.

Tra militari russi si racconta una leggenda – della quale non ho avuto una conferma esatta, come per la maggior
parte delle storie che circolano tra i compagni dell'esercito
– a proposito di un reparto di forze speciali del KGB, una
squadra di paracadutisti-sabotatori che rimasero scoperti
in un'azione in Afghanistan. Si diceva che stessero com-
battendo contro i reparti d'intelligence americani, e che
questi per ingannare il nemico si fossero travestiti da paracadutisti sovietici, indossando dei berretti blu, come quelli che indossano ancora oggi i paracadutisti russi. I nostri
aspettavano l'arrivo dell'elicottero che li doveva evacuare,
ma gli elicotteristi non riuscivano a capire dove fossero i
militari veri e dove gli impostori, dunque il comandante
degli *specnaz*[3] ha ordinato ai suoi uomini di strappare la
loro bandiera rossa (ogni reparto russo porta sempre con
sé la bandiera, come un portafortuna) e sistemare i pezzi
di tessuto sopra i berretti blu, per farsi riconoscere dagli
elicotteristi. Dopo questo episodio, dice la leggenda, i reparti *specnaz* hanno deciso di portare i berretti rossi, e di
chiamarli «insanguinati» perché per i militari il colore rosso
della bandiera rappresenta il sangue dei compagni caduti
per gli ideali e la difesa della Madre Patria.

Di solito due volte l'anno, in autunno e in primavera,
nei reparti speciali si fa l'assegnazione dei berretti insangui-

---

[3] La parola *specnaz* (o *spetsnaz*) è un'abbreviazione di *special'nogo naznačenija*, che
significa «per incarichi speciali». Ufficialmente si chiamano cosí solo i reparti speciali
dipendenti dal ministero dell'Interno e dal direttorato principale per l'Informazione,
ma spesso tra civili il termine è usato erroneamente per indicare tutti i reparti speciali.

nati. C'è un vero e proprio esame, a cui possono accedere solo i militari migliori, in tutto non piú di una cinquantina di pretendenti. I berretti sono al massimo cinque e andranno ai piú forti, i piú resistenti e preparati.

Prima ti fanno correre una corsa a ostacoli con addosso tutto il corredo da combattimento: giubbotto antiproiettile, casco, munizioni, zaino, mitra. Se i pretendenti sono troppi, per eliminare subito quelli deboli ti fanno mettere anche la maschera antigas, cosí la metà crolla per terra dopo qualche chilometro. La distanza varia sempre tra i dieci e i quaranta chilometri, dipende da come si svegliano al mattino gli istruttori. L'ostacolo piú difficile è la palude, perché bisogna attraversarla in gruppo, uno appiccicato all'altro, senza perdere l'arma e senza rimanere impantanati. Poi ti fanno superare una collina oppure discendere una spiaggia strisciando, rotolando, facendo le capriole, e subito dopo devi attraversare un fiume o un lago nuotando con quasi quaranta chili di materiale addosso, poi ti chiedono di provare l'arma per vedere se funziona bene, facendoti sparare una serie di colpi su bersagli a distanze diverse. Chi non centra il bersaglio oppure ha l'arma danneggiata, è immediatamente escluso. Nella parte finale, senza riposare o riprendere fiato, arrivi sempre di corsa davanti a una trentina di istruttori che aspettano già scaldati, e che cominciano a massacrarti di botte. Per i primi cinque minuti picchiano forte e senza pietà, se rimani in piedi e non hai ferite gravi prosegui negli incontri singoli, battendoti contro un istruttore alla volta. Questi incontri durano un minuto, gli istruttori fanno cambio per cinque volte e se non crolli, alla fine, ricevi il caro premio.

In genere fanno in modo di non consegnare piú di tre berretti alla volta, quindi si può immaginare come cresce la tua autorità tra i colleghi se lo ottieni. Ma alla fine tutti questi simboli del potere e della forza servono a poco, in guerra va avanti il soldato ben integrato nel reparto, intelligente e furbo, preparato, non quello che si crede il guerriero universale imbattibile solo perché porta un capo di abbigliamento diverso dagli altri ed è uscito vivo da una tortura volontaria. Io non credo tanto in queste cose, mi sembrano proprio quelle che dividono i militari, invece in battaglia servono solamente le cose che uniscono.

Se mi avessero chiesto di gareggiare per il berretto insanguinato nel modo che ho appena descritto, ovviamente avrei rifiutato, intanto perché di sicuro non avrei mai passato l'esame, dato che non mi piace fare a botte senza un coltello per difendermi, e anche perché nella mia esperienza di guerra in mezzo ai sabotatori non sono mai stato tentato dalla moda militare e non sapevo neppure dell'importanza di quel simbolo che invece esaltava la maggior parte dei soldati.

Ma un militare può essere premiato con il berretto insanguinato anche nel caso in cui abbia mostrato estremo coraggio in battaglia, ed è per questo, per un'operazione andata bene, che io l'ho ricevuto insieme a tutta la mia squadra. Mi avevano spiegato che era importante, ma al momento non avevo realizzato di cosa si trattasse: in guerra pensavo a portare a buon termine i risultati nelle missioni, e nelle pause tra una missione e l'altra era fondamentale mangiare e dormire. Per gran parte del tempo, insomma, ero impegnato a sopravvivere.

Intanto il tenente colonnello mi allungava la sua mano. Aveva una stretta da perfetto militare, forte, veloce e dinamica: come una buona coltellata, che non si sente ma distrugge.

Io non avevo piú detto niente, stavo ancora elaborando tutte le informazioni che mi aveva buttato addosso.

Mi ha dato un biglietto, c'era scritto: TENENTE COLONNELLO VASILIJ IVANOVIČ ŠAPKIN, CONSIGLIERE ONORARIO DELLA FRATELLANZA DEI BERRETTI INSANGUINATI, e sotto c'erano i numeri del telefono fisso e del cellulare.

Ho messo il biglietto nella tasca della giacca, e come se non ci fosse un motivo preciso ho detto:
– Anch'io faccio parte della confraternita dei Berretti Insanguinati, ho ricevuto il premio dalle mani del generale Petrov, comandante dell'offensiva nell'operazione antiterroristica a Groznyj. Purtroppo non mi sono mai interessato alla confraternita, ma ora sarei curioso di conoscere meglio l'organizzazione…

Lui mi ha guardato con una serietà che mi faceva sentire nudo e trasparente. Poi ha messo la mano sulla mia spalla e ha parlato con la voce bassa e un po' dispiaciuta:
– So bene chi è lei, compagno sergente maggiore, per questo l'ho invitata qui e ho speso mezz'ora del mio tempo. Altrimenti, dopo quel teatrino in cancelleria sarebbe finito dritto in cella. Deve capire che con il suo congedo, come le ho già detto, niente può rimanere come prima, e così anche il suo berretto insanguinato, come le altre decorazioni, non può essere incluso nel suo curriculum, perché lei non rappresenta piú l'esercito e all'esercito non servono gli elementi decorati sparsi in giro per il mondo: ci servono all'interno, dentro le nostre file. A me, personalmente, sta molto a cuore la sua storia. E soprattutto, mi sta a cuore il mio vecchio amico, il capitano Nosov, che tempo fa mi ha parlato di lei… Per questo le dico come direi a mio figlio: non faccia stronzate, torni presto a servire la sua Patria. Se non si sente di farlo, la aiuterò io a trovare il lavoro che merita, in un ambiente in cui sarà protetto dal male del mondo civile… Però ti prego, figliolo, non finire come gli altri, non tornare a essere un umano mortale, rimani tra noi, tra gli *specnaz*…

Non sapevo cosa dirgli, adesso le domande e i sospetti che avevo coltivato dentro di me durante la nostra conversazione erano rientrati nella normalità, e tutto mi appariva molto chiaro. In questo incontro c'era lo zampino del mio capitano. Il buon vecchio Nosov sapeva cosa mi aspettava dopo il congedo, e aveva usato le sue conoscenze per aiutarmi a rimanere a galla… All'improvviso sentivo di nuovo l'unione con i miei compagni della squadra operativa: ero ancora uno di loro, e questo pensiero creava dentro di me un enorme senso di vergogna, mi sentivo il traditore che ha lasciato gli amici in difficoltà, quello che ha preferito una soluzione facile per salvare la propria pelle, scappando dalla guerra alla prima occasione.

Ero confuso. Ho salutato il tenente colonnello promettendogli di farmi vivo, almeno per confermare che stavo bene. Sono uscito dal distretto portando nella tasca della giacca un documento nel quale era scritta un'altra versione del mio servizio militare, una storia sconosciuta e lontana dalla mia, una storia che mi bruciava il petto attraverso la stoffa dell'uniforme. Quel libretto rigido, nuovo di zecca, che ancora emanava odore d'inchiostro e di tipografia, quel libretto grande come un passaporto, con il fregio d'oro sulla copertina rossa e le pagine tutte piene di scritte e timbri mi rovinava l'esistenza, non mi faceva respirare. Camminavo verso casa.

Non avevo voglia di aspettare i mezzi pubblici, volevo solo camminare, come se muovermi sulla superficie della terra fosse l'unico modo per restare dentro la legge di gravità, per non staccarmi dalla strada e prendere il volo.

Dovevo attraversare un grande parco, sono entrato nel viale centrale, ho cominciato ad avanzare in mezzo agli alberi e mi sembrava di essere in un cimitero. Tutto era morto, le foglie gialle e marroni per terra, l'odore del marcio e della terra bagnata che si sente di solito nelle giornate umide e grigie d'autunno, l'assenza del sole, la luce che arrivava attraverso le nuvole, il cielo somigliava a una vecchia coperta piena di rattoppi scoloriti a loro volta pieni di buchi.

A ogni passo sentivo una strana forza arrivarmi addosso, come se la pazzia fosse fatta di onde che mi stordivano e si portavano via la ragione. Mi sembrava di entrare nell'acqua e continuavo a camminare senza respirare, sentivo i polmoni strapparsi e il cuore che tremava sotto una pressione esagerata. A un certo punto mi sono fermato e senza pensarci, guidato dal puro istinto, ho tirato fuori dalla tasca il mio biglietto militare e l'ho lanciato lontano in mezzo agli alberi, sulla terra piena di foglie. Subito ho cominciato a respirare profondamente, come se dal mio cuore fosse stato tolto un grande peso, come se si fossero liberate le vie respiratorie chiuse dall'eternità. Mi sono sentito all'improvviso bene, ottimista, mi sono messo a ridere fino ad avere le lacrime agli occhi per quell'attacco inaspettato di emozioni positive, era come essere finito sotto la slavina della felicità, che ti travolge fino a schiacciarti. Non riuscivo a camminare, ridevo e mi venivano gli spasmi dentro la pancia, mi sono piegato in due, cadendo in ginocchio, e poi ho vomitato. Mentre vomitavo continuavo a ridere, reggendomi con una mano sulla terra, come se in quel momento la terra fosse il punto d'appoggio di tutto l'universo. Continuavo a ridere e non riuscivo a fermarmi, era piú forte di me, mi sentivo troppo leggero, come se avessi ricevuto una botta e fossi in quel momento in cui si riprende la memoria ma non si sente ancora il proprio corpo, i propri arti, se sono interi, oppure rotti, oppure non ci sono piú.

Dopo aver vomitato ho riso ancora per qualche minuto, finché non mi è venuto il singhiozzo, poi mi sono alzato e ho ripreso la mia strada, singhiozzando e ridacchiando, ho cominciato persino a parlare con me stesso a voce alta, a raccontarmi vecchie barzellette che non sentivo da anni.

Ero tornato nel passato, avevo di nuovo quindici anni e non sapevo niente della guerra in Cecenia, del servizio militare, del ritorno alla vita pacifica.

Mezz'ora dopo ormai era sceso il buio, quando ho aperto la porta di casa l'odore di vita quotidiana mi ha fatto lo stesso effetto di una martellata presa in piena faccia. Mi sono fermato un attimo, mi sembrava che ci fosse qualcosa d'importante da fare, e improvvisamente nella mia testa sono apparse due parole: biglietto militare! Il mio cuore ha cominciato a battere tanto forte da produrre un suono, come un treno che sfreccia e fa vibrare aria e terra. Ho preso una pila, ho controllato se funzionava e subito di corsa sono uscito per strada. Correvo cosí veloce che mi veniva da svenire, continuando a ripetere a voce alta gli insulti destinati a me stesso:

– Cretino, idiota, testa di cazzo! Buttare un documento cosí importante, ma che cosa mi è preso? Porca miseria, non riesco piú a controllarmi, sto impazzendo come un debole del cazzo?! Un invalido, un disabile, un disabile mentale sto diventando, ecco qual è la verità!

Correvo delirante in mezzo alla città per tornare nel posto dove avevo buttato via il mio libretto, e disperatamente flagellavo la mia coscienza promettendo di diventare rigido nei confronti di me stesso e cominciare una nuova vita, positiva per la salute, piena di attività sportiva per rimanere nella sana ragione (non so perché, ma in quel momento ho immaginato che facendo sport si curava la mente).

– Basta, basta con questa merda di stress e problemi psicologici! Piú ci pensi e piú stai male… Mi sono rotto le palle, da domani comincio a massacrarmi con gli allenamenti, un'ora di corsa al mattino e alla sera, flessioni a sfinimento, addominali fino a vomitare, farò il bagno nel fiume tutto l'anno, l'acqua ghiacciata schiarisce le idee, mio nonno lo diceva sempre…

Quando sono entrato nel parco ho avuto difficoltà a trovare il viale centrale, mi sono aggirato in mezzo ai passaggi semibui, con i giovani che stavano radunati attorno alle panchine e mi guardavano stupiti, bevendo birra e fumando le loro sigarette. Li sentivo parlare di me, facendo ipotesi su chi fossi: un tossico, uno scemo che aveva perso le chiavi di casa, uno stronzo che cercava grane. Un gruppetto si è staccato dalla sua panchina e ha cominciato a seguire i miei spostamenti, prendendomi in giro, ridendo di ogni mia mossa. Sicuramente i miei movimenti disordinati dalla corsa e dal nervosismo facevano ridere, ma mentre cercavo il libretto non facevo caso a quei tizi.

Alla fine, quando ho trovato il posto in cui avevo lanciato il documento, ho acceso la pila e mi sono messo a cercarlo.

Le foglie erano tante, la terra era bagnata e anche con la luce non riuscivo a vedere bene: ero in preda all'agitazione e mi sentivo disperato, un buono a nulla, mi sentivo sconfitto dalla vita. Mi sono piegato a quattro zampe come un animale, ho messo la pila in bocca, stringendola tra i denti, e spingendomi avanti sulle ginocchia passavo le mani in mezzo alle foglie. A un certo punto con la destra ho sbattuto contro una bottiglia rotta e mi sono tagliato sul palmo, ho urlato, ma senza lasciare la presa dei denti sulla pila, per questo il mio urlo era uscito basso e molto animalesco. Subito ho sentito dietro di me le risate dei ragazzi che mi osservavano da una decina di metri. Me ne sono fregato e ho continuato a cercare, procedendo nella direzione in cui doveva essere precipitato il mio documento secondo la traiettoria che avevo ipotizzato. Non ero per niente sicuro e ogni secondo che passava mi sentivo sempre piú stanco, sempre piú scoraggiato, sporco, bagnato, in mezzo al fango e alle foglie marce, da solo, a parte quel gruppetto di stronzi che mi derideva con grande entusiasmo.

Finalmente ho toccato qualcosa con la mano sinistra, qualcosa di solido, diverso dalle foglie. Subito ho riconosciuto il mio documento. Con le dita sporche di terra bagnata e di marciume l'ho raccolto e me lo sono messo in tasca. Poi, soddisfatto, ho fatto una serie di respiri profondi, mi sono alzato e mi sono diretto verso il viale. Sulla mia strada si sono materializzate le sagome di una decina di ragazzi, che contro la luce dei lampioni sembravano figurine nel teatro delle ombre. Ho capito che mi avevano preso per un cretino e adesso volevano continuare a sfottermi, oppure volevano la mia giacca. Quindi, finché avevo ancora la possibilità di cambiare rotta, ho deviato un po' a destra per evitare il loro muro.

Ho cominciato a camminare veloce per allontanarmi, ma mi sono accorto che loro si spostavano verso di me con la stessa velocità. Quando li ho avuti a pochi metri, ho notato che erano tutti belli cazzuti, teste rasate, giacche militari con strani simboli cuciti sulle maniche, simboli che ricordavano la svastica nazista. Ormai ero quasi sicuro che quell'incontro sarebbe finito in violenza, allora ho puntato in modo provocatorio la pila sulle loro facce, per osservarli meglio: mi guardavano senza paura, con una chiara voglia di sfogare su di me i loro problemi giovanili.

Avevano tra i quindici e i diciotto anni, forse qualcuno anche di piú, comunque non mi sembrava il momento adatto per chiedergli i documenti e chiarire chi fosse maggiorenne e chi no. Indossavano tutti i guanti con le protezioni, alcuni avevano dei bastoni nascosti nelle maniche dei giubbotti, si capiva da come tenevano dritte le braccia. Portavano anfibi pesanti, con delle placche di ferro sulle punte. Non era la prima volta che assaltavano qualcuno, poco ma sicuro, si capiva che di scontri ne sapevano qualcosa, ma come si dice, l'abito non fa il monaco, perciò la loro efficienza era tutta da scoprire. A dire il vero ero abbastanza scettico, perché per esperienza diretta so che le persone capaci non assaltano mai tutte insieme, si presentano davanti alla vittima al massimo in tre, mentre gli altri si nascondono lí vicino per entrare in azione al momento giusto.

Chiunque sappia davvero picchiare può confermare che essere in troppi in una rissa può diventare uno svantaggio, dunque i miei aggressori dovevano far parte della categoria che dalle mie parti chiamiamo «ferri da stiro»: persone incapaci di usare le strategie, che contano solamente sul proprio numero e sulla forza brutale. Dove sono nato io picchiare uno sconosciuto in gruppo era fare una figura da bastardi.

Uno di loro, quello che sembrava il piú grande e il piú forte di tutti, evidentemente il leader, mi ha fatto un cenno con la testa e poi ha detto:

– Tu, pazzo, che diavolo fai nel nostro parco?

Nella sua voce si sentiva ancora la risonanza infantile.

Mi ha fatto subito schifo il modo in cui avevano deciso di cominciare la loro aggressione, un'offesa banale e rozza, senza niente di piú sottile, di piú interessante o studiato. Ho risposto con la voce stanca e bassa:

– Toglietevi dalle palle, altrimenti domani si parlerà di voi al telegiornale, nella cronaca nera. Non ho una grande pazienza...

Improvvisamente uno di loro, un ragazzino con la faccia di merda che aveva una bottiglia di birra in mano, l'ha lanciata dritta verso la mia testa. Per fortuna l'avevo visto alzare il braccio e ho fatto un salto all'indietro. La bottiglia è volata davanti ai miei occhi ed è sparita nel buio del parco, mentre io prendevo in mano la mia arma. Portavo e continuo a portare sempre addosso una pistola e un coltello, senza mi sento a disagio. Nell'ambiente in cui sono nato e cresciuto le armi rappresentano un importante momento educativo nella vita: le persone pericolose – ho imparato – non sono quelle armate, ma quelle non educate all'etica delle armi, alla responsabilità delle proprie azioni.

Quella sera avevo la pistola sul fianco destro, attaccata alla cintura, e il mio coltello preferito agganciato sulla schiena. D'istinto ho scartato la pistola e ho tirato fuori il coltello, anche perché sparare a quattro gatti minorenni non mi sembrava una cosa intelligente e onesta. Intanto continuavo a puntare la pila sulle loro facce (questa è una mossa molto importante, soprattutto quando si deve affrontare un gruppo nutrito di nemici, la luce che batte negli occhi permette di manovrare l'arma praticamente senza essere visti). Mi sono messo in posizione con le ginocchia rilassate e leggermente piegate, la testa incassata tra le spalle e il coltello stretto nella mano destra, tenuto all'altezza della coscia. Come sospettavo non erano organizzati per il combattimento di gruppo, perché per qualche momento sembrava che non riuscissero a decidere come partire, finché il loro leader non ha dato l'esempio, saltando nella mia direzione con un urlo grande e bestiale, sollevando in aria il suo bastone. Mi sono riparato con la mano che teneva la pila e mi sono spostato verso destra, lui è piombato su di me tentando di colpirmi in testa, ma nell'istante in cui il bastone è scivolato sulla mia spalla senza quasi sfiorarmi io gli stavo ficcando per la terza volta il coltello nel fianco.

Ero immerso nella lotta e colpivo per uccidere, la grinta militare non mi era passata. Dopo un istante lui ha realizzato di essere stato ferito ed è caduto per terra, strillando come un disperato. Ne ho visti arrivare altri tre, uno ha tentato di nuovo di picchiarmi con il bastone, ma forse era troppo agitato, oppure all'ultimo momento ha cambiato idea, comunque il suo bastone è finito ai miei piedi, e lui con un urlo improvvisato ha fatto un salto indietro, nascondendosi dietro gli altri. Ho spinto uno dei due che erano rimasti, avvicinandolo al compagno, e con un solo lungo taglio ho colpito le loro gambe, poco piú in basso dei genitali. Mentre sentivo i tessuti della carne che si laceravano sotto la lama, uno di loro ha gridato:

– Cazzo, questo ha un coltello!

Alla parola «coltello», del gruppo degli assaltatori sono rimasti solo il capo – che stava accucciato per terra tremante, bianco come la morte, tenendosi con la mano il fianco colpito – e i bastoni abbandonati dagli altri. Mi sono chinato sul ragazzo, ho cercato di guardare la sua ferita, ma lui continuava a stringerla con le mani e a lamentarsi, liberando nell'aria stranissimi suoni e facendo le bolle con la saliva che colava dalla bocca in grande quantità. Gli ho mollato uno schiaffo sulla faccia.

– Smetti di piangere, stronzo! Lascia 'ste mani giú, fammi vedere...

Lui non mi ascoltava, si era rannicchiato ancora di piú e aveva cominciato a respirare fortissimo, come se qualcuno lo stesse strangolando. Ero nervoso, mi sono alzato e gli ho dato un calcio sul muso.

– Ti ho detto di mettere via queste mani di merda! Vuoi che te le tagli? Ma guardati, che bastardo che sei! Piangi come una puttana! Se vuoi darle, impara anche a prenderle...

Mi sono chinato su di lui un'altra volta e gli ho spostato le mani con la forza. Ho sollevato un lembo del suo giubbotto e lui ha urlato dal dolore, poi ho illuminato la ferita: non era niente di grave, i primi due colpi avevano tagliato i tessuti lungo la pancia, avrebbe risolto tutto con una ventina di punti. La terza coltellata era stata piú seria, andava all'interno del fianco, però non era scesa in profondità, perché il giubbotto aveva fatto da spessore fermando la lama a metà. La lama del mio coltello era larga quasi quattro centimetri, perciò la ferita era bella grande, ma perdeva sangue buono, non quello interno, quindi molto probabilmente gli organi erano illesi.

Mi sono alzato e ho controllato per terra, per assicurarmi di non aver perso niente, perché spesso nelle risse qualcosa ti salta fuori dalla tasca e non te ne accorgi, da ragazzo mi capitava di perdere cosí le chiavi di casa. È stato allora che ho notato un libro buttato in un angolo, forse da uno dei ragazzi, e l'ho preso per dare un'occhiata: erano le poesie di Goethe in due lingue, una pagina in tedesco e quella di fianco in russo. Ho scosso il libro dalla terra e me lo sono infilato sotto la giacca. Poi ho pulito il mio coltello sul giubbotto del ferito, che intanto continuava a fare le bolle di saliva e ad allargare il suo repertorio di suoni incomprensibili.

Sapevo che i miei nemici si nascondevano attorno a me, dietro gli alberi. Sentivo con chiarezza i loro respiri, percepivo la loro presenza. Ho strisciato la luce della pila sui tronchi, beccando le facce di quei piccoli stronzi che mi guardavano con paura. Poveretti, erano cosí spaventa-

ti che non si azzardavano a uscire per aiutare il loro capo,
aspettavano che io me ne andassi. Ho spento la pila e sonò
partito per la mia strada, lasciandogli un mio commento
sui loro gusti letterari e su tutta la situazione nella quale
si erano cacciati:
    – Non avete capito un cazzo! Leggeteli bene i libri, al-
meno smetterete di essere stronzi. E portate in ospedale
quel pezzo di merda, cosí la razza ariana non perderà uno
dei suoi elementi fondamentali…

Ho continuato per un bel po' a sputare insulti verso
quei piccoli nazistelli schifosi, ma intanto grazie al nostro
breve scontro notturno mi sentivo di nuovo a mio agio.
Avevo le mani macchiate di sangue per colpa del taglio
che mi ero fatto con la bottiglia rotta, ero sporco di terra
e di marciume e il mio cuore batteva in regime d'azione, la
mia natura chiedeva a gran voce che la serata movimentata continuasse. Arrivato a casa ho medicato la ferita e ho
avvolto la mano in una benda, sentivo il sangue pulsare,
se non facevo qualcosa diventavo pazzo.
Ho preso uno dei miei fucili, ho inserito un caricatore
pieno e ho montato un silenziatore, poi sono uscito sul balcone. C'era un vento che passava sfiorando la pelle come
se qualcuno mi parlasse da vicino, poco piú in là lo stesso vento prendeva forza, scorreva in mezzo ai palazzi fi-
schiando leggermente, quasi un lamento animale. La notte era piena di umidità, sembrava che stesse per arrivare
la nebbia. Mi sono sistemato su una sedia, nascondendo-
mi dietro la ringhiera del balcone, e ho attivato il visore
notturno montato sul fucile. Ho cominciato a osservare le
persone che passavano sotto, sulla strada, centrandole nel
reticolo del mirino, tenendo il dito teso sul grilletto, con il
colpo in canna pronto a esplodere. Avevo bisogno di colpire qualcosa, di mandare una pallottola dritta verso il bersaglio, di ascoltare il suono melodico e sottile del bossolo
che rimbalza sul pavimento. Volevo sentire il ritorno del

calcio sulla spalla, vedere un corpo cadere giú senza sensi e toccare la terra.

Ho seguito qualche passante, poi ho sollevato il fucile e mi sono concentrato sulle finestre, vedevo la gente nelle case di fronte, famiglie che finivano di cenare tardi, guardavano la televisione, un padre che leggeva un libro ai figli seduti attorno alla sua poltrona, una coppia di anziani abbracciati in cucina, accanto alla teiera dipinta con i colori tradizionali russi, uno studente che scriveva davanti alla finestra, una ragazza seminuda che si preparava per uscire sistemandosi la pettinatura allo specchio, una coppia di giovani che litigava sul balcone, riempiendo l'aria di isteria e di nobile cattiveria, una donna sola, appena uscita dal bagno, che si stendeva sul letto completamente nuda come dentro un sogno.

Il mondo era cosí vario che non sapevo a chi sparare per primo, finché ho cominciato a nutrire dubbi sul fatto stesso di sparare. Sono rimasto ancora un po' a osservare le persone, trattenendo il respiro, quelle vite mi sembravano piccole e indifese e per questo m'incuriosivano.

Non so quanto tempo è passato, una dopo l'altra si stavano spegnendo le luci dietro le finestre che avevo spiato, poi si sono scaricate le pile del visore e in quel momento sono tornato in me. Ho tolto il caricatore, ho tirato indietro piano l'otturatore e ho estratto il colpo dalla canna, poi ho messo la sicura e mi sono ritirato in casa.

Mi sembrava di aver passato la serata insieme alle persone che avevo osservato dal mirino, ospite nelle loro case. Ho deciso che avrei ripetuto la procedura ogni giorno.

Adesso i miei pensieri scorrevano in modo ordinato: anche se era tardi mi sono preparato la cena e ho mangiato. Il mio appartamento era immerso in un silenzio materiale, una presenza fisica che stava vicino a me. Mi sono fatto la doccia e sono andato a letto. Ma appena mi sono steso ho capito che non sarei riuscito a dormire: mille pensieri passavano nella mia testa come cavalli in corsa.

Pensavo a tutto, al passato, al presente, alla guerra; ipotiz-
zavo cosa stessero facendo i miei compagni della squadra
di sabotaggio, cercavo di costruire un piano per il futuro,
mi giravo da una parte all'altra, sbranato da sentimenti
sempre diversi che mi trascinavano tra polarità opposte,
dal positivo al negativo, dalle speranze alla profonda disperazione e alla paura per il vuoto che mi aspettava nella vita civile.

Il mattino è arrivato senza che me ne accorgessi, e io
ero sveglio come un grillo. Cosí è cominciato il mio periodo d'insonnia.

I primi giorni sono passati tra i vari tentativi di trovare
la condizione giusta per addormentarmi. Avevo sempre un
sentimento strano addosso, sulla pelle, come se qualcuno
mi accarezzasse in continuazione, mi venivano anche i brividi, una specie di febbre. Poi, una sera, ho perso i sensi
per la prima volta.

Sono svenuto in cucina, non mi ricordo cosa stessi facendo, so solo che mi sono svegliato sul pavimento, al
buio, sdraiato sul braccio destro che pulsava dal dolore.
C'è voluta una decina di minuti prima che riuscissi a muo-
verlo, pensavo fosse rotto, in realtà era semplicemente
addormentato.

Quando ho ricominciato a pensare, ho capito che ero
rimasto svenuto per molte ore. Ho preso a muovermi per
l'appartamento e ho notato cose di cui non ricordavo niente: c'erano frasi deliranti scritte sul muro, il filo telefonico
era tagliato e il telefono era immerso nella vasca da bagno
piena d'acqua, insieme alla piccola radio strappata dalla
parete della cucina. Le finestre erano oscurate con delle
coperte, il televisore era avvolto in un tappeto, le foto dei
miei famigliari, che prima erano appese, le ho trovate am-
mucchiate in un angolo.

Non riuscivo a credere ai miei occhi. In camera c'era
una postazione da combattimento organizzata alla per-

fezione: un armadio buttato sul fianco e tirato contro il letto faceva da barricata, sul cuscino c'erano una decina di bombe a mano, tre caricatori per Kalašnikov pieni, una pistola APS con due caricatori di scorta e una radio militare portatile che non funzionava perché le mancava il blocco d'alimentazione. Appoggiato al letto stava uno dei miei fucili, un AKSM-74 con il visore notturno montato.

Passando davanti allo specchio ho realizzato che avevo addosso il giubbotto antiproiettile.

Non ci capivo niente, mi sembrava di essermi svegliato dentro il delirio di un altro. Ho preso qualche spicciolo e ho deciso di uscire per comprare qualcosa da mangiare e per schiarirmi le idee, ma ho trovato la porta inchiodata al telaio. Per aprirla ho dovuto usare un piede di porco recuperato dalla cassetta degli attrezzi da scassinatore di mio zio Sergej. L'ho fatta saltare insieme a tutti i chiodi piantati dentro. Mentre cercavo di richiuderla alle mie spalle, la mia vicina, una signora di circa cinquant'anni, si è affacciata sul pianerottolo e mi ha chiamato per nome:

– Nicolai, tutto bene figliolo?

Mi guardava con preoccupazione e io non sapevo cosa risponderle, alla fine ho tirato fuori qualche suono che somigliava a un «Sí, grazie». Lei, stringendosi addosso una di quelle vestaglie da casa con cui spesso si consolano le casalinghe russe, si è avvicinata e mi ha detto sussurrando:

– L'altra notte quelli del piano di sotto volevano chiamare la polizia. Si lamentavano del rumore che facevi, ma io sentivo che stavi parlando al telefono con qualche tuo amico dell'esercito, e gli ho detto di non disturbarti per questa volta… Si capisce, sei appena tornato, hai bisogno di tempo per adattarti, ci sta che ogni tanto fai anche un po' piú di rumore. Però la prossima volta fai piano, altrimenti quelli prima o poi ti denunciano!

Io la guardavo senza capire niente di quello che mi stava dicendo, non ricordavo nessuna telefonata, non ricordavo nulla di quello che avevo fatto negli ultimi due, forse tre giorni, come se qualcuno li avesse cancellati dalla mia memoria completamente.

La mia vicina era una brava persona, mi voleva bene, anche se ci conoscevamo poco perché l'appartamento in cui stavo apparteneva alla buonanima di mio zio Sergej, e io non mi ero mai fermato lí per tanto tempo, ci passavo solo qualche volta a pulirlo e annaffiare i fiori mentre mio zio era via per affari oppure in carcere, dove alla fine l'avevano ammazzato.

I miei genitori erano emigrati tempo prima – mio padre per sfuggire alle persecuzioni della polizia, che negli ultimi anni dell'impero comunista era diventata la piú potente associazione a delinquere; mia madre per trovare un posto in cui costruire una vita degna e umana, lontana dal degrado e dai pericoli della Transnistria. Sicuramente potevo vivere con mia nonna o con gli altri zii, ma da quando ero tornato preferivo stare solo, per questo ero andato ad abitare lí.

Il mio rifiuto della vita pacifica veniva fuori nei particolari. Avevo difficoltà a riabituarmi all'acqua calda, al corpo pulito, persino al cibo fresco. Lo sporco sotto le unghie, i vestiti militari che sapevano di sudore e terra, il cibo consumato lontano dalla cucina e dal tavolo, le finestre chiuse, il buio, spostarsi per l'appartamento illuminando il percorso con la torcia a luce rossa, erano abitudini che mi davano una strana sicurezza. Mi tagliavo le unghie con le pinze del kit di sopravvivenza, anche se usare le forbici sarebbe stato piú comodo e piú accettabile esteticamente. Mia nonna ogni tanto veniva a casa mia e mi preparava roba da mangiare per parecchi giorni. A volte non la incrociavo perché uscivo, oppure perché me ne stavo immerso nei miei deliri, lei era molto discreta e preferiva lasciarmi abbastanza in pace, forse credeva che cosí mi sarei ripreso piú in fretta. Qualche volta invece, quando la sentivo trafficare in cucina, andavo a darle una mano. Parlavamo un po', ma mi stancavo facilmente, mi veniva mal di testa, come se stessi facendo un lavoro di grande concentrazione. Allora mia nonna mi salutava, lasciandomi solo.

Il resto della mia famiglia, le poche volte in cui ci vedevamo, mi trattava molto bene, con comprensione, ma sempre mantenendo una certa distanza, tutti sapevano che ero diverso da quel ragazzo che due anni prima era finito nell'esercito quasi per uno sbaglio del destino. Con me erano molto attenti, costruiti, come se parlassero con un moribondo oppure con un disabile, se venivano a trovarmi si fermavano poco e parlavano di cose che con la mia situazione non c'entravano niente, di solito positive, chi dei miei amici era passato a chiedere di me, chi mi cercava... Raccontavano le novità, tutto quello che era successo in quei due anni di assenza, parlavano di matrimoni e nascite, di ex compagni di scuola che avevano costruito una casa o trovato un lavoro, del futuro splendido che attendeva tutti noi. Ad ascoltarli mi sembrava di tornare ai tempi della propaganda sovietica, quando si raccontavano solo le cose belle, nessun problema, nessuna critica al sistema comunista, se c'erano critiche e problemi riguardavano solo le notizie che arrivavano dall'Occidente, dai paesi «colpiti dalla schiavitú imperialistica».

Nessuno, in quei discorsi, mi raccontava che buona parte dei miei vecchi amici del quartiere erano morti per via della droga, perché la consumavano oppure perché erano entrati nel giro dei trafficanti, giro in cui nessuno riusciva a durare tanto. Non mi dicevano che la polizia e l'amministrazione locale avevano formato una delle piú potenti organizzazioni criminali della nostra regione, e che avevano eliminato in modo definitivo tutte le organizzazioni criminali preesistenti, anche quelle che, diversamente da loro, avevano un minimo di etica e rispettavano la natura umana evitando i crimini di massa. Tacevano sui traffici di armi e di uomini, sulle nostre ragazze mandate a prostituirsi nei Paesi occidentali, sulle persone costrette dai debiti a consegnare i propri figli, destinandoli a morire sotto il bisturi di un chirurgo per salvare qualche ricco dagli organi marci. Era iniziata un'epoca nuova, qualcuno la chiamava Depressione, ma era un termine fin troppo positivo: era il Disastro, la Catastrofe, la fine di una civiltà che si trasformava in un inferno sulla terra.

E io, nonostante fosse in corso il mio periodo-psicosi, percepivo tutto questo, lo sapevo.

Avevo già cominciato a pentirmi di aver accettato il congedo e di non essere rimasto nell'esercito, lontano da quel mondo schifoso che mi circondava.

Dopo il primo episodio conclamato di perdita di memoria, le mie condizioni psicofisiche si sono aggravate notevolmente. Sono dimagrito: avevo fame ma non riuscivo a mangiare, come se un blocco m'impedisse di consumare il cibo. Bevevo acqua in continuazione, tantissima acqua, ma appena dopo aver tracannato l'ennesimo bicchiere la sete tornava. Andavo in bagno ogni quarto d'ora a svuotare la vescica, e subito buttavo giú un altro po' d'acqua. Spesso mi spostavo per casa nudo, giravo per le stanze senza una meta precisa, in una mano la bottiglia di vodka e nell'altra la cinghia del Kalašnikov che mi trascinavo dietro sul pavimento.

Mi tornavano in mente le parole del tenente colonnello Šapkin, le sue profezie sui disturbi psicologici di cui soffriva buona parte dei soldati come me, provenienti dai reparti operativi impegnati nella guerra contro il terrorismo, ma non potevo credere di vivere quelle cose sulla mia pelle. Ogni cosa che mi capitava era nuova e mi faceva paura, a volte sentivo un terrore simile a quello raccontato in certi film di fantascienza americani, quando il protagonista si accorge di avere dentro il proprio corpo un mostro che lo consuma, lo uccide dall'interno. Allora pensavo a una frase, forse il verso di una poesia del passato, dedicata a una persona divorata viva da una bestia: «Vedendo i suoi visceri vivi sepolti in un vivo sepolcro»[4]. Mi sembrava di essere gravemente malato, temevo che la vita mi sfuggisse per sempre.

Ogni tanto per non sentirmi troppo solo cantavo qualche canzone o parlavo a voce alta, avevo perso il conto del tempo, non riuscivo piú a capire se era giorno oppure sera, controllavo l'orologio da tavolo dimenticandomi che l'avevo rotto, perciò per me erano sempre le otto e venti. Passavo le ore fermo, seduto sul letto, senza riuscire a dormire ma neppure a stare sveglio, stremato al limite delle forze. Tenevo gli occhi socchiusi, se mi rilassavo le palpebre cominciavano a cadere e rimanevo semplicemente ad ascoltare tutto quello che succedeva intorno a me. In quei momenti nella mia testa cresceva un dolore, un palloncino che si gonfiava al centro del mio cranio e spaccava tutte le arterie, riempiva d'aria il cervello finché stava per esplodere e uscire dalle orecchie e dal naso, ma prima che scoppiasse sentivo come una carezza lungo la colonna vertebrale, di nuovo quella presenza fisica vicino a me, e allora aprivo gli occhi di scatto e mi accorgevo di avere tutta la faccia bagnata di sudore freddo.

A volte invece cominciavo a pensare a qualcosa, cercavo di seguire il filo del pensiero, di non perderlo, e finiva che dopo un po' mi accorgevo di parlare da solo, interpretando anche diversi ruoli. Un giorno mi sono ritrovato sul letto accucciato in posizione fetale, abbracciato a un mucchio di bombe a mano. Sul muro di fronte al letto c'era disegnata un'enorme porta, alta fino al soffitto, dovevo averla scolpita graffiando l'intonaco con il cacciavite.

Un'altra volta sul tavolo ho trovato una serie di fogli di carta riempiti con la mia grafia. Ho esaminato tutto con attenzione e ho scoperto che nei momenti di perdita di coscienza tentavo di comunicare con qualcuno trami-

---

[4] Lucrezio, *De rerum natura*, Libro V.

te lettera. Alcune di queste lettere iniziavano rivolgendo-si a mio padre, poi il destinatario cambiava e diventava mio nonno, poi qualcuno dei miei amici. C'era anche una lettera scritta in forma di rapporto militare ufficiale, con tanto di intestazione, indirizzata alla cancelleria celeste. Chiedevo a Dio in persona di concedermi il congedo dalla mia esistenza obbligatoria. In quel momento, senza dub-bio, ero impazzito.

Dopo un po' che facevo questa vita da demente, mi sono reso conto di aver tentato il suicidio. Il perché non abbia deciso di utilizzare un'arma da fuoco, oppure dell'esplo-sivo (ne avevo abbastanza per lasciare questo mondo por-tando con me buona parte dei miei vicini), rimane uno dei piú grandi misteri legati a quel periodo: perché in una casa piena di armi uno decide di suicidarsi tentando di annegare nella vasca da bagno? Non lo so, ma io l'ho fatto. Me ne sono accorto quando sono saltato fuori dal-la vasca con l'acqua che mi era entrata dentro le vie re-spiratorie e il petto che mi faceva male come se un uomo molto grande e molto forte mi stesse schiacciando con il suo stivale. Ho cominciato a tossire, sputando via l'acqua dai polmoni e piangendo di dolore: mi sembrava di avere ingoiato una lama affilatissima che adesso, tirandola via, mi stava tagliando tutti gli organi interni. Quando ho ca-pito cos'era accaduto ho tremato per qualche ora solo alla prospettiva di finire la mia esistenza in un vecchio bagno ed essere scoperto dai vicini per via dell'insopportabile odore del mio corpo in fase avanzata di decomposizione.

Ho deciso che avrei fatto di tutto per non cadere piú in quello stato di perdita di coscienza, quindi ho pensato che poteva essere utile creare un semplice meccanismo di controllo della realtà.

Innanzi tutto dovevo ricominciare a misurare il tempo. Ho comprato un orologio nuovo e ho creato una tabella, in cui ogni mezz'ora dovevo mettere la mia firma di fronte al numero che indicava l'orario corrente. Secondo i miei ragionamenti questo esercizio poteva aiutarmi a rimanere cosciente, legato alla realtà. Poi dovevo scoprire come addormentarmi, perché non potevo piú rischiare di finire in dormiveglia, era la porta di passaggio verso l'attività psicofisica incontrollata. Ho provato di tutto: mi sono sbronzato e ho preso delle pastiglie, ho fatto esercizio fisico fino a crollare a terra per l'esaurimento, ma rimanevo sempre con gli occhi accesi. Alla fine, dopo alcune settimane d'insonnia, ho capito cosa c'era di sbagliato in casa mia: il silenzio. C'era troppo silenzio, e io non ci ero piú abituato.

Per fare un esperimento mi sono deciso a liberare il televisore dal tappeto in cui l'avevo avvolto durante la mia prima notte di delirio, e l'ho acceso. Ho trovato un canale che trasmetteva ventiquattr'ore su ventiquattro vecchi film di serie B, stranieri e russi. In quel momento davano un film d'azione, una vecchia pellicola americana su qualche guerra, con tanto di sparatorie ed esplosioni. Era quello che ci voleva: ho alzato il volume fino all'impossibile, e intanto sentivo una sorta di liberazione, la leggerezza che cresceva dentro il petto. A ogni respiro mi allontanavo dal mio corpo, salivo nell'aria come un beato, volavo sempre piú leggero e lontano. Ho cominciato a sbadigliare, e ho fatto appena in tempo a scivolare sul fianco destro, poggiando la testa sul piccolo cuscino, prima che il sonno mi prendesse in pieno, con la velocità e la forza costante di un carro armato che avanza contro il muro di una casa, spianandolo come se fosse di cartone.

Quando mi sono svegliato avevo davanti lo schermo crepato del televisore che ancora trasmetteva a tutto volume un film poliziesco. Era mattina.

Con mia grande gioia riuscivo a ricordare perfettamente cos'era accaduto la sera prima, il mio esperimento con il televisore e il modo in cui avevo preso sonno cullato dal rumore della guerra. Ho fatto una veloce ispezione dell'appartamento e non ho trovato niente che mi facesse sospettare un'attività subconscia: avevo scoperto il modo per addormentarmi.

Purtroppo qualche ora dopo ho avuto uno spiacevole confronto con i miei vicini del piano di sotto, che minacciavano di denunciarmi alla polizia per disturbo della quiete notturna. Ho passato tutto il giorno tentando di trovare una soluzione alternativa, e alla fine ho deciso di creare una stanza nella stanza: la notte ho montato in camera una vecchia tenda, l'ho imbottita di coperte e mi ci sono sistemato dentro con il televisore. Ho dormito di nuovo bene, e dai vicini nessuna lamentela. Era la mia prima importante conquista nella vita pacifica: il diritto di dormire.

Ma avevo un'altra serie di problemi da risolvere per imparare a vivere normalmente. Mentre portavo avanti la mia lotta contro l'insonnia, infatti, mi aveva preso un altro male, che in modo piú leggero si era già manifestato subito dopo il congedo. Era l'odio.

Di solito quando si parla di odio si presuppone l'esistenza di un oggetto che lo provoca, odiamo qualcosa o qualcuno, il mio invece era un odio cieco, puro sentimento primordiale nella sua peggiore espressione.

Le crisi erano tremende: cominciavano con una forte tensione alla testa che poi si trasformava in un dolore denso e pesante che fermava l'udito e la vista e faceva tremare tutto dentro. Mi sentivo come dopo l'esplosione di una bomba, disassemblato, rotto. In quello stato non riuscivo quasi a respirare, i polmoni non si aprivano, i muscoli erano tesi come le corde di un veliero. Passava solo un filo d'aria che circolava nell'organismo con un fischio sottile, come quello che usciva dal polmone bucato di mio zio Vitalij.

Il cuore pompava piú veloce e sembrava che da un momento all'altro dovesse saltare fuori dal petto, gonfio all'impossibile. E intanto la mente sentiva tutto, capiva ogni particolare di queste sofferenze, come se qualcuno mi facesse iniezioni di adrenalina apposta per mantenermi in vita il piú a lungo possibile.

Nel periodo dell'odio uscivo spesso, può sembrare strano ma secondo me era proprio l'odio che mi spingeva a uscire di casa, a cercare i posti dove potevo stare per ore in mezzo alla gente. Quando ero da solo, infatti, l'odio non trovava terreno fertile, si consumava in fretta e subito si trasformava in uno stato catatonico, fino a diventare un semplice malumore con leggere sfumature di cattiveria. In quei momenti cercavo di respirare forte, l'ossigeno mi riempiva la testa, e riuscivo quasi a illudermi di aver sconfitto il mio malessere.

Ma quando passeggiavo per le strade della mia città, nei posti pubblici, nel parco, al mercato, ero carico di odio come una bomba atomica è carica di energia nucleare. Ogni cosa che appariva davanti ai miei occhi m'irritava. I nuovi visionari della civiltà occidentale avevano lavorato a strati sull'architettura decadente e grigia dell'Urss, e la libertà e la democrazia avevano preso la forma d'interventi estetici eseguiti da lavoratori turchi con materiali cinesi. Le mura delle vecchie case erano dipinte con colori nuovi, sembrava di stare dentro un cartone di Walt Disney, oppure in una visione strappata dalla testa di qualche maniaco. I locali pubblici avevano una quantità esagerata di fiori di plastica e alberi finti come soluzioni d'arredamento, le luci al neon anche dentro i cessi, e poi la gente: tutti occupatissimi, tutti che correvano anche se non ce n'era bisogno, l'importante era dare l'impressione di avere qualcosa da fare. Tutti che dicevano «Scappo, sono in ritardo», «Ho delle commissioni da sbrigare», «Sono impegnato», «Sono incasinato», tutti che copiavano i personaggi delle soap opera messicane e americane con cui le compagnie televisive nazionali ti friggevano il cervello offrendoti un nuovo esempio di esistenza: tutti broker, manager, dealer, killer,

pusher. Mi sono accorto che avevo l'inspiegabile impulso
di sparare a tutti quelli che incontravo per strada: muovermi come in un videogioco da quattro soldi scaricando
il fucile contro i passanti, i clienti dei bar, i commessi, i
passeggeri degli autobus. Vedevo attorno a me un unico
fiume insignificante di materia umana marcia, persone già
morte che continuavano a camminare, respirare, costruire
e procreare, e intanto avanzavano nel loro stato di decomposizione fisico-mentale. Mi sentivo solo.

In una fiaba che mi raccontava spesso mio nonno, un
giorno un bambino si sveglia da solo, senza la sua famiglia, senza i vicini di casa; non c'è nessuno per le strade,
nessun animale, nessun essere vivente, nemmeno il Sole
e la Luna, nemmeno il cielo, solo un niente vuoto e cieco. Quel povero disgraziato, spaventato a morte, si aggira
per la città deserta sperando di trovare almeno una traccia umana, finché da alcuni indizi capisce di essere rimasto imprigionato nel giorno di ieri. Quindi si ferma a ragionare sul perché gli sia accaduta una cosa simile, su chi
può averlo punito in questo modo e per quale peccato. E
poi si ricorda che il giorno prima ha litigato con il nonno,
perché non ha voluto ascoltare i suoi consigli. E capisce
che comportandosi male, rifiutandosi di ascoltare i genitori e i nonni, facendo sempre di testa sua, si è ritrovato
senza niente da portare nel giorno nuovo, perché non ha
raccolto abbastanza materiale per costruire il futuro. A
quel punto il bambino si pente e Dio gli permette di entrare nel giorno nuovo, di tornare dalla sua famiglia a vivere la sua vita.
    Camminando per strada, sentivo di essere solo nel gior-
no nuovo: gli altri erano rimasti indietro, imprigionati nel
giorno di ieri tra la vita e la morte, e per questo li odiavo
tutti, odiavo il mio Paese, odiavo il mondo cosí tanto da
volerlo vedere morto.

Poi, un mattino, l'odio mi ha procurato uno spavento terribile e ha cambiato il mio modo di guardare l'esistenza. Ero su una stradina in mezzo al parco, diretto a casa, dopo aver fatto una delle mie solite passeggiate piene di disprezzo, fermandomi piú volte per odiare in silenzio i passanti e immaginarli cadere a terra sotto i colpi della mia pistola, che stringevo fedelmente nella tasca della giacca. A un certo punto sono passato davanti allo spazio per i bambini, con i giochi, la sabbia e altre cose adatte al loro divertimento. Di solito lo trovavo vuoto, perché andavo al parco subito dopo pranzo, quando i bambini dormono ancora, oppure di sera, quando dormono già.

Stavo proseguendo, poi ho visto un'immagine che mi ha turbato molto: una giovane donna, forse qualche anno piú grande di me, bella, con gli occhi azzurri e i capelli biondi, un po' coperti da uno di quei berretti di lana che facevano a casa i contadini; aveva addosso un cappotto elegantissimo da boutique costosa, dei guanti di pelle di alta qualità e un paio di scarpe da ginnastica per niente in sintonia con il resto del suo abbigliamento firmato, tranne che con il cappello. Sembrava di origini povere, molto probabilmente era una ragazza di campagna che aveva sposato qualche uomo d'affari di città. Se ne stava chinata davanti a un bambino di tre-quattro anni, vestito pesante, che si muoveva con difficoltà e frignava, voleva salire su una delle piccole giostre montate in quell'area, ma forse la madre aveva paura a lasciarlo da solo.

Vedere quel bambino che implorava la madre piangendo per finta, capriccioso, e lei un po' persa in un ruolo per cui evidentemente non era ancora del tutto pronta, mi ha fatto subito un effetto negativo. Come se qualcuno mi avesse iniettato un'altra dose di odio in una vena che portava dritta al cuore, fino a cambiarmi il colore della pelle e trasformarmi in vampiro, in un morto-non-morto. Non

ho capito perché, ma automaticamente mi sono fermato a
osservarli, e mentre li guardavo la mia mano stava già tirando fuori la pistola dalla tasca della giacca.

Era una sensazione che mi capitava spesso in guerra,
quando in mezzo a una battaglia, con il tempo che scorre
cosí veloce che non si riesce a capire se si è ancora vivi o
già morti (e spesso si muore senza capirlo fino in fondo),
all'improvviso tutto si ferma, o meglio rallenta al massimo, e allora si può anche percepire la traiettoria di una
pallottola nel volo e ogni piccolo gesto che accade sul campo: tutto si vede dall'alto, da una posizione privilegiata.
In quei momenti non puoi fare niente oltre che guardare,
non puoi comandare il tuo corpo, cambiare le decisioni che
il cervello ha trasmesso ai muscoli, perché quell'io che sta
sul palcoscenico non ascolta quell'altro io che sta in platea.
Quel giorno, nel parco, mi sentivo proprio cosí. Sentivo
il mio respiro, il battito del mio cuore, sentivo le mie dita che stringevano l'arma e il pollice che tirava indietro il
cane, preparandola all'uso. Ho sentito il *clack* dell'attiva-
zione, e intanto guardavo attraverso i miei occhi la madre
e il figlio a pochi metri da me.

La donna, senza fare caso alla mia presenza, si era gira-
ta di spalle e spiegava qualcosa al suo bambino, io mi sono
fermato con la pistola pronta, nascosta dietro la schiena,
e fissavo il bambino negli occhi. Anche lui mi fissava, con
la bocca leggermente aperta. Piú ci guardavamo, piú mi
sembrava che tra noi stesse crescendo un grande flusso di
energia, una forza capace di fermare il tempo. Quel bambino mi stava strappando fuori dalla vita. Davanti ai miei
occhi si andavano componendo le immagini di quello che
avrebbe causato su di lui un colpo sparato in piena faccia.
Il proiettile di una Tokarev, calibro 7,62, sparato da una
distanza di cinque metri, gli avrebbe frantumato tutte le
ossa del cranio; la forza d'impatto causata dalla velocità
supersonica avrebbe trasformato i tessuti in una massa
frullata, tutto sarebbe esploso diventando una nuvola di

polvere rossa che sarebbe rimasta per un istante sospesa nell'aria, il breve ricordo di quello che un attimo prima era ancora un corpo umano. Rivedevo i corpi morti della guerra, i cadaveri dei bambini ceceni che trovavamo nelle rovine delle case, lungo le strade, persino appesi agli alberi, scagliati dalle finestre delle loro stanze per la potenza delle esplosioni generosamente seminate dall'altezza divina da cui agivano le nostre forze aeree. Bambini eliminati per errore anche dal mio reparto nelle operazioni notturne, perché trasportavano le armi per i terroristi e con il buio, per la disgrazia delle nostre anime dannate, capire l'età di una persona a duecento metri di distanza, attraverso i visori notturni, era impossibile: si vedeva solo una massa di luce verdastra in movimento e si sparava in mezzo, ad altezza pancia. Credo che in quel momento stessi pensando proprio a quello, e forse anche a tante altre cose che non ricordo, il fatto è che sono rimasto fermo, incantato a fissare quel bambino in faccia. Lo odiavo, e allo stesso tempo era come se attraverso quel piccolo umano fossi riuscito a collegarmi alla parte piú terribile di me, della quale forse avevo anche paura.

Non so quanto è passato, è molto probabile che l'uragano sia durato solo un lampo, ma ero sconvolto e avevo perso completamente le coordinate del presente. Finché non ho realizzato che davanti a me c'era la madre del bambino, e che mi stava parlando.

– Scusi, signore?

Mi sono ripreso immediatamente, cercando di focalizzarmi sulle sue parole.

– Può aiutarci, per favore?

Ero bloccato: un secondo prima ero sicuro di volerli ammazzare tutti e due, e adesso un residuo di quel pensiero mi girava ancora in testa, come se qualcuno mi avesse tirato una bella sberla e mi avesse risvegliato da un delirio. Mi sono mosso leggermente e mi sono accorto che dietro la schiena avevo ancora la pistola con il cane tirato,

pronta a sparare. Mentre tentavo di creare sulla mia faccia
qualcosa che potesse somigliare a un sorriso, ho fermato il
cane con il pollice e ho premuto piano il grilletto, accompagnando il cane per non far partire il colpo. Poi, girando verso di lei il fianco sinistro, come se volessi ascoltare
meglio (in realtà proprio il mio orecchio sinistro è quello
che non sente quasi niente), ho nascosto veloce la pistola
nella tasca della giacca. Lei non ha sospettato nulla, continuava a guardare suo figlio e solo nelle pause poggiava
gli occhi su di me.

    – Se non la disturba, può girare lei la giostra mentre
io ci salgo con mio figlio? Ho paura a mettercelo da solo, non sta mai fermo, non vorrei che cadesse e si facesse
male... Però vuole proprio fare qualche giro, le dispiace
darci una mano?

    Io sono rimasto senza parole, guardavo lei, poi il bambi-
no, e non sapevo come comunicare. Poi di scatto ho risposto:

    – Certo, certo signora, ci mancherebbe, anche piú di
qualche giro, non ho fretta!

    La donna ha fatto un sorriso largo, era una creatura
bellissima, e quando ho pensato che poco prima stavo
per spararle ho sentito una fitta nello stomaco. Lei si è
aggiustata un ciuffo di capelli che sfuggendo dal berretto le era caduto sulla fronte e mi ha sorriso ancora una
volta, abbassando gli occhi, come se si vergognasse di
qualcosa. Poi si è chinata verso il bambino e mi ha indicato con il dito:

    – Ecco, questo signore adesso ci aiuta, spinge la nostra
giostra! Sei contento?

    Lui mi guardava dritto in faccia e con la voce determi-
nata e sottile ha risposto:

    – Non voglio che spinge lui, è cattivo!

    La donna mi ha guardato con un mezzo sorriso, ha al-
largato le braccia alzando le spalle, a sottolineare il suo
stupore e il dispiacere per le parole del figlio.

    – Ma come, è buono, spingerà la nostra giostra e noi ci

facciamo tanti bei giri. Sarà come andare in pullman! Ti
piace il pullman, no? Che dici, partiamo?

Il bambino mi guardava sempre con diffidenza e un po'
di paura, ma evidentemente le parole della madre gli avevano dato sicurezza.

Sono entrati dentro la piccola giostra, prendendo posizione su una delle panchine.

– Posso andare? – ho chiesto alla donna. Avevo cercato di mettere nella mia voce tutta l'allegria e la tenerezza
di cui ero capace, ma suonava lo stesso come un comando
militare. Lei mi ha sorriso:

– Sí, grazie, siamo pronti!

Ho cominciato a spingere il bordo della giostra e quella
ha preso a ruotare, prima piano poi sempre piú forte, la
donna si è messa a ridere, anche il bambino sorrideva,
ma ogni tanto catturavo il suo sguardo serio e profondo.
Ero certo che nel momento in cui ci eravamo fissati negli
occhi, a un livello d'istinto animalesco, aveva capito che
stavo per togliergli la vita. E adesso questa consapevolezza mi faceva venire un senso di vergogna e pentimento,
la giostra continuava a girare e io mi sentivo piú morto
di tutti i morti.

Poi, soffiando l'aria dai polmoni, imitando la stanchezza per far divertire suo figlio, la donna mi ha detto:

– Basta, grazie, fermiamoci per favore!

Ho fermato la giostra e i due sono scesi, la donna fin-
geva i capogiri camminando storto, il bambino la guardava e rideva. Io tentavo di sorridere, ma dentro avevo un
vuoto galattico che mi faceva male, mi toglieva il respiro.
La donna ora stava venendo verso di me, il bambino però
si era allontanato e non voleva seguirla. Lo ha chiamato:

– Dài, vieni qui, diciamo insieme grazie al signore che
ci ha fatto fare un bel giro!

Lui stava immobile. Mi fissava dritto in faccia, come
prima. Io ho distolto lo sguardo e ho sorriso, cercando di
mettermi in sintonia con la donna che intanto si era ab-

bassata, piegando le ginocchia, e con le braccia tese continuava a chiamarlo:

– Dài, cucciolo, vieni da mamma, diciamo al signore
come ti chiami?

Il bambino non cambiava espressione, parlava tagliando le parole nette, come fa un adulto quando vuole essere
preso sul serio.

– Non voglio, è cattivo!

La donna si è alzata e mi ha guardato come se lei stessa
fosse colpevole di chissà quale grave delitto:

– Le chiedo scusa, di solito Paša non fa cosí, non so
proprio cosa gli è preso!

Io stavo malissimo, dentro il mio corpo era tornato
l'uragano, finché ho sentito esplodere le tempie e all'improvviso mi sembrava di essere sotto una cascata che mi
lavava. La donna ha fatto un piccolo urlo:

– Oddio, lei perde sangue dal naso!

Mi sono asciugato d'istinto con la manica della giacca, lei mi ha allungato un fazzoletto, ma ho rifiutato con
un gesto. Ho alzato gli occhi al cielo, mi sono fermato
simbolicamente in quella posizione per qualche secondo
e poi ho abbassato di nuovo la testa. Da giorni non mi
sentivo cosí leggero. Siamo rimasti ancora per qualche
momento in un silenzio imbarazzante, poi mi sono rivolto al bambino:

– Ciao Paša, fai il bravo, continua a proteggere la tua
mamma…

La donna sembrava un po' a disagio, ho capito che la
stavo fissando troppo a lungo, incantato. Li ho salutati
con la mano e me ne sono andato piano, senza fretta. Ero
distrutto, esaurito come alla fine di una giornata di lavoro
pesante. Gustando l'aria d'autunno, respirandola piano,
ho ripreso la strada di casa, passeggiando come si passeggia dopo aver mangiato un buon pasto, o dopo aver fatto
l'amore.

Il mio odio si era calmato, qualcosa lo aveva catturato dall'interno e lo aveva chiuso in un angolo lontano della mia anima, al suo posto. Non che fossi improvvisamente diventato un santo e avessi abbracciato la filosofia della non violenza, non sono mai riuscito ad arrivare a questo punto e dubito che ci riuscirò in futuro, in quel momento mi sentivo ancora molto distante da un possibile equilibrio.

Però il mio odio costante si era trasformato in una sorta di critica silenziosa, diretta contro il mondo che mi circondava ma soprattutto contro me stesso. La mia faccia aveva sempre la stessa espressione di sofferenza e fastidio, come se qualcuno mi avesse appena combinato un guaio o procurato un dispiacere. Se prima ero un pazzo che aveva pensato al suicidio e a una serie di omicidi (diciamo pure stragi), adesso ero diventato semplicemente un tizio muto e calmo, scontento di tutto.

Se volevo riprendermi la vita, dovevo cominciare creando un minimo d'ordine a casa: sembrava ancora di stare dentro un bunker militare, sotto assedio; in camera si camminava sulle cartucce sparse sul pavimento, dappertutto trovavo le armi che avevo nascosto mentre ero incosciente per qualche mia pazza strategia di autodifesa, persino nel freezer ho trovato una bomba a mano. Riordinare la casa, lavarla e pulirla mi ha portato via tante di quelle energie che ho passato un giorno intero a letto. Però ero contento: per la prima volta sentivo una specie di piacere del riposo.

Poi mi sono tagliato la barba e ho sistemato le basette, anche se vedere la mia faccia rasata e pulita mi ha fatto un brutto effetto: mi sembrava che dall'altra parte dello specchio mi fissasse uno sconosciuto. Nella nostra squadra barba e baffi si facevano crescere per obbligo, perché dovevamo somigliare ai terroristi e perché la barba è un perfetto elemento mimetico: la faccia pulita risalta sullo sfondo verde del bosco o su quello grigio-marrone della città, e diventa un bersaglio elementare per i cecchini. Adesso la barba mi mancava e la mia faccia mi sembrava persino femminile, magra, il mento piccolo, il naso sottile: non mi piacevo.

Quel giorno ho deciso di andare da qualche parte, a fare qualcosa di diverso. Ho preso il mio fucile con il silenziatore e il mirino ottico e sono partito per il fiume. La mia barca era ancora al suo posto di sempre, i miei cugini e alcuni amici la sfruttavano quando volevano, in cambio la accudivano e d'inverno la tiravano fuori dall'acqua perché il ghiaccio non la rovinasse. Sono saltato dentro come ero abituato a fare da bambino, la barca ha fatto una serie di movimenti sull'acqua, galleggiando sotto di me, in attesa che accendessi il motore. Ho controllato la benzina nel piccolo serbatoio artigianale: ce n'era un po', giusto per un giro di qualche chilometro. Ho tirato la leva, il motore si è acceso subito e seduto in fondo, la mano destra sul timone, ho dato gas. Il motore ha scaricato una nuvola di fumo e di rumore e ha spinto avanti la barca.

Ho guidato discendendo il fiume, l'acqua mi arrivava sulla faccia in piccole gocce, il vento entrava sotto i vestiti, faceva il solletico. Era bellissimo, mi sentivo al mio posto, nel mio tempo, fuori da ogni pensiero. Quando sono arrivato a metà del fiume ho spento il motore e ho tirato fuori i remi, lasciando che la corrente mi portasse. Mi sono sdraiato sul muso della barca, toccando un remo con il piede per tenerla piú o meno dritta. Il cielo era chiaro, con nuvole leggere che sembravano vergognarsi e tentavano di sparire trasformandosi in piccole figure.

La barca aveva raggiunto una zona in cui c'erano parecchie case sulla riva. Erano le seconde case della gente per bene, la gente del governo, dell'amministrazione, della polizia, dell'apparato burocratico della città e del Paese. Quella zona, per scherzo, la chiamavamo «Beverly Hills»: case grandi, di molti piani, bellissimi giardini con alberi da frutta e vitigni, e qua e là macchine di lusso, piscine nei cortili.

Ho portato la barca a riva e sono entrato nel bosco vicino. Da lí, attraverso il mirino ottico del mio fucile, ho cominciato a osservare quel posto. Era bello, troppo bello, nella situazione in cui vivevo io una bellezza cosí era inammissibile: era la faccia del male, della corruzione, del potere oppressivo, dei pochi che sfruttavano tutti, era un monumento vergognoso che m'irritava fino a farmi scricchiolare i denti.

Ho preso di mira un vaso molto grande ed elegante, esposto fuori da una casa e pieno di fiori che cominciavano ad appassire. Ho premuto il grilletto e il vaso è esploso in modo spettacolare, riempiendo per un istante l'aria di piccoli pezzi di porcellana mescolata alla terra nera e ai petali dei fiori morenti. Avevo prodotto un'opera d'arte, una poesia di distruzione.

Preso da questi sentimenti sottili e creativi, come un pittore che dipinge senza piú capire la ragione dei propri movimenti, ho cominciato a sparare ai vasi con i fiori, agli stucchi e alle mattonelle che decoravano le case, alle finestre, alle macchine, alle antenne satellitari che spuntavano dai tetti. E come il vero artista si ferma solo quando finiscono i colori, io mi sono fermato perché avevo finito le cartucce del caricatore.

Nel villaggio si sentivano le voci preoccupate, in pochi minuti sono arrivate due macchine della sicurezza governativa, uomini obesi con le facce sofferenti per la fatica d'indossare i giubbotti antiproiettile sui loro corpi deformati dal grasso. Tutti correvano in modo imbarazzante da un cancello all'altro, annunciando i propri danni. Mi divertiva vederli cosí agitati, spaventati, con i menti tremolanti. Si sentivano vulnerabili ma non sapevano cosa fare, alcuni passavano da una casa all'altra strisciando sotto le recinzioni a quattro zampe, come animali in fuga dal cacciatore, con le pance enormi che pendevano sotto le tute da ginnastica di

produzione turca tanto di moda a quei tempi, colorate come
le gonne delle zingare al mercato. Nessuno riusciva a capire
cosa fosse accaduto, chi avesse sparato, da dove e perché.

Sono andato avanti cosí per un po', mi divertivo molto,
prima che il sole calasse arrivavo lí da zone diverse e svuo-
tavo qualche caricatore. Poi ho dovuto smettere, perché
i potenti hanno mosso addirittura una parte dell'esercito
per difendere le loro case di campagna. Un compito degno dei veri militari, quelli dotati di spirito di sacrificio e
di amore per la Patria.

Siccome sparare ai miei fratelli non entrava nei miei
piani (si trattava comunque di ragazzi come me, entrati
nell'esercito contro la loro volontà e finiti a imbracciare
un'arma perché nel posto in cui sono nati, da secoli, l'amore per la Patria si esprime cosí), ho deciso di farla finita
con quella mia espressione rivoluzionaria.

Nei giorni successivi sono rimasto a casa, a godermi il
notiziario che raccontava dell'assalto terroristico alle abitazioni dei funzionari dell'amministrazione governativa.
Uno degli esperti di sicurezza nazionale ha detto ai giornalisti, «in confidenza», che l'intelligence era sulle tracce
di una squadra di sabotaggio composta da circa dieci uomini, numero calcolato mettendo in rapporto la quantità
di bersagli colpiti con il tempo di durata dell'attentato.
Ho saputo cosí che nel primo «attentato» avevo colpito
centosedici «oggetti di valore» in meno di cinque minuti.
Inoltre l'esperto ha dichiarato che tra i sospettati c'erano
alcuni cittadini di Paesi appena entrati nella NATO, incari-
cati dai loro nuovi padroni occidentali di compiere atti di
sabotaggio sul territorio controllato dalla Russia, nel tentativo di destabilizzare la sicurezza del nostro Paese. Alla
fine del suo discorso, comunque, l'esperto ha promesso ai
cittadini di catturare i terroristi.
Io assistevo a questo delirio: neppure gli veniva in men-

te d'includere tra le possibilità la reazione di un cittadino appena tornato dalla guerra, depresso e arrabbiato.

Con il mio AK-47 avevo sparato un caricatore da trenta colpi in poco piú di un minuto, compreso il tempo necessario a prendere per bene la mira, perché questo tipo di arma permette di sparare due colpi in un secondo e mezzo. In piú, le sue pallottole hanno una grande qualità: non cambiano traiettoria anche dopo aver incontrato un ostacolo. Quindi, colpendo un vaso di fiori al quale avevo mirato e che si trovava nel giardino di casa, la pallottola poteva aver bucato anche una parete sottile di mattoni vuoti, entrando in casa e spaccando il televisore oppure una libreria. Certo, si poteva arrivare alla conclusione che con un colpo avrei potuto anche uccidere una persona che si trovava casualmente sulla traiettoria della pallottola, e ammetto che non me ne sarebbe fregato piú di tanto, però non è successo. Semplicemente mi sono divertito, e mi sono tolto una piccola soddisfazione.

All'inizio il caso è stato abbastanza noto, ne parlavano in tv, i telegiornali dedicavano alla faccenda intere edizioni speciali, ma poi nessuno ci ha pensato piú, è stato sostituito da altre storielle, e io di nuovo mi guardavo attorno in attesa di qualcosa che potesse occupare il mio tempo.

Sono tornato a fare un giro in città. Ho messo un cappellino con visiera e degli occhiali da sole per non farmi riconoscere, all'epoca mi dava fastidio incontrare i vecchi amici. Mi era capitato di passare vicino a qualcuno che conoscevo, ma spesso loro sembravano non vedermi neppure, forse ero troppo cambiato. Una volta al mercato avevo visto una mia vecchia amica, con cui quando eravamo adolescenti credevamo di volerci bene. Era proprio davanti a me, ho fatto un passo in avanti per salutarla ma lei si è scansata, spingendomi via in malo modo, con la faccia infastidita. Ero sorpreso da quanta cattiveria avevo visto in quello sguardo.

Passeggiando, mi sono fermato davanti a un vecchio negozio che aveva una vetrina grande e spaziosa, che rifletteva ogni cosa come uno specchio. Da piccolo passavo spesso lí di fronte, perché mi piaceva il modo in cui il mio riflesso mi seguiva mentre camminavo. Mille volte, crescendo, mi ero incantato a studiare i particolari della vita su quel vetro, era bello osservare le cose al contrario, era come se vedendole solo nella dimensione reale non riuscissi a percepire fino in fondo il loro vero carattere. Qualche volta andavo al negozio anche di notte, mi mettevo seduto e guardavo il riflesso delle stelle nella parte piú alta della vetrina: sembravano talmente vicine che mi si fermava il respiro.

E adesso ero di nuovo lí, davanti a quella vetrina, e non so come sia accaduto ma improvvisamente i miei pensieri erano diventati fluidi e chiari, non c'era piú niente che li bloccava, nessun ostacolo. Osservavo com'ero vestito e ripensavo a come avevo trascorso le ultime settimane, e mi accorgevo di non aver vissuto, come se quel tempo me l'avessero rubato.

Sono tornato a casa di corsa, sono entrato sotto la doccia e mi sono lavato per un quarto d'ora, grattandomi con una spugna durissima, mi sentivo rinascere, abbandonavo la pelle vecchia e respiravo con quella nuova, come un serpente che ha fatto la muta. Avevo in testa una parola sola, che pulsava come l'acqua della fonte che spunta dalla terra, una parola che come un canale invisibile mi riempiva la testa d'aria fresca: questa parola era *Siberia*.

La decisione di andare in Siberia a trovare nonno Nikolaj[5], fratello maggiore di nonno Boris, a sua volta padre di mio padre, non era nata con un pensiero, non arri-

---

[5] «Nikolaj» è la corretta traslitterazione dal russo del nome proprio. L'autore ha preferito invece mantenere la grafia italiana «Nicolai» per il protagonista delle sue storie.

vava da una lunga meditazione: era come la prima goccia
che cade sulla testa e ci fa dire: «Ecco, ora si mette a pio-
vere». Ero sicuro che passare del tempo nella Taiga con
nonno Nikolaj era fondamentale, l'unica cosa che mi potesse aiutare in quel momento.

Ero euforico, pensavo a tutto quello che era successo
negli anni precedenti, a tutti i miei amici, a tutte le persone incontrate in guerra, e volevo pregare per il bene di
ognuno di loro, volevo che ognuno di loro sapesse come
mi sentivo, volevo condividere quel mio momento di felicità. M'immaginavo di parlarne a qualcuno, poi scop-
piavo a ridere, poi diventavo serio e riprendevo fiato, poi
improvvisavo preghiere che finivano con invocazioni agli
spiriti dei morti, agli dèi e alla natura, mi abbandonavo alla guarigione. Era come uscire da una dipendenza, aprire
la porta di una casa buia e priva d'aria ed esporsi al soffio
del vento cosí fresco che ti fa girare la testa a ogni respiro.

All'improvviso il mio spirito mi sembrava completamente salvo.

Ho preparato tutto in poche ore, quasi con furia: ho
calcolato il tragitto, ho deciso come muovermi, che mezzi
prendere. Era autunno, e sarei arrivato in Siberia nel bel
mezzo del periodo delle piogge e dei primi geli notturni,
senza strade e sentieri decenti per attraversare il territorio selvaggio e inospitale della foresta. Ho pulito e preparato i miei anfibi da montagna, qualche paio di calze
di lana, vestiti pesanti e un sacco a pelo adatto per l'alta
quota, perché nell'ultima tappa verso casa di mio nonno
avrei dovuto percorrere quasi centocinquanta chilometri
a piedi dentro il bosco, e per parecchie notti avrei dormito sotto il cielo aperto.

Avrei portato anche due fucili, un AK-47, e un Remington
700, un'arma eccellente di produzione americana traspor-
tata a casa mia illegalmente dalla Cecenia, con tanta cura, da uno dei nostri militari dei reparti di rifornimento.

Ho smontato le armi quasi completamente, perché occu-

passero meno spazio nello zaino ma anche per tutelarmi in
caso di controlli sul treno. Ho nascosto le canne dei fucili
all'interno dello schienale rigido, legandole con il nastro
isolante all'asse ortopedico, i pezzi piú piccoli li ho messi
dentro alcune confezioni di cibo, svuotate e poi incollate
accuratamente, come nuove, infine ho avvolto i telai nei
vestiti pesanti. Ho preparato tante cartucce per entrambe
le armi, ho aggiunto una pistola e il coltello da sopravvivenza. Per mio nonno ho preso un pacco da duecento cartucce calibro 7,62 X 54R, perfette per uno dei suoi vecchi
fucili Mosin Nagant, piú un coltello Ka-Bar, un bel pezzo
classico, anche quello un trofeo di guerra. Non lo avrebbe
mai usato, fedele alle sue armi, ma sicuramente gli avrebbe fatto piacere ricevere un coltello straniero, per appen-
derlo al muro insieme agli altri pezzi della sua collezione.

Da quando ero andato in Siberia a trovare nonno Nikolaj
per la prima volta, a otto anni, percepivo la differenza tra
la vita nella mia città e quella nel bosco. La gente di quei
posti era umile e vera, come se assorbisse il proprio carattere dalla terra. La Natura emanava l'unico potere possibile, piú ti avvicinavi a lei, piú sentivi la tua debolezza, la
tua inutilità. Bastava inoltrarsi nella Taiga per dimenticare
l'ambizione e le manie di grandezza, il treno viaggiava in
mezzo ai boschi e i boschi non finivano mai, e chilometro
dopo chilometro il tuo ego rimpiccioliva a misure embrio-
nali. Nel bosco apparire non serviva a niente, serviva solo
vivere, sapere che ogni cosa esistente seguiva il suo corso, e
lo stesso valeva per te, piccolo uomo in mezzo all'immenso
regno degli alberi, perso tra nevi, fiumi, laghi e paludi. Nel
bosco la mia vita si sarebbe dissolta, io stesso sarei diventato una goccia nel grande oceano della Natura.

L'uomo della foresta

Oggi prenderò la Transiberiana,
incontrerò i cacciatori, parlerò con loro,
senza fretta, senza contraddirci, seguendo le regole della Taiga,
mi racconteranno come va la loro vita.
Della Taiga profonda sono rimaste solo le paludi,
hanno fucilato la Taiga dal bordo degli elicotteri,
non torneranno gli uccelli selvatici di una volta,
solo le trivelle sono rimaste a prosciugare la terra, come vampiri.
Tanto tempo fa la Siberia è stata conquistata,
spesso le pallottole hanno sostituito le parole,
noi scendevamo nelle miniere, ammanettati,
le nostre prigioni sono diventate le vostre culle, bambini siberiani.
Nella Taiga possente affondano le nostre radici,
abbiamo cercato di salvarla, non era facile,
tra le trivelle e i boschi abbattuti si sentivano solo bestemmie.
Il tempo del bene è passato, è arrivato il tempo del male.
Prima c'erano i vecchi saggi – io credo nelle loro parole –,
non sparavano alle bestie addormentate,
non inquinavano i fiumi con l'esplosivo, con i motori,
consideravano una vergogna cacciare gli orsi con il fucile.
Nella Taiga possente affondano le nostre radici,
ma oggi la Taiga chiede pietà.
Amo questa terra, qui sono nato e cresciuto,
ma di quel mondo ai miei figli non resterà niente.

(Dalla canzone *Dialogo della Siberia* di Sergej Matveenko,
cantautore russo di origine siberiana)

Piú nobile di un Lord inglese,
con l'incarico piú alto di quello di un apostolo,
per la foresta vaga una faccia scontenta
e tiene tra le mani una carabina.

Se qualche balordo ancora non ha capito
chi è il padrone di questi boschi,

e costruisce trappole per gli animali
oppure caccia per proprio piacere,

il mio vecchio non perde la calma:
senza rimorsi spara al nemico,
che sia un ambasciatore di pace,
un turista, oppure uno scienziato.

Spara a tutti il nostro caro guardiano
per far conoscere al mondo intero la regola siberiana:
per qualsiasi balordo che viene in questo bosco
noi abbiamo una pallottola pronta.

(Poesia che ho scritto da ragazzo,
dopo aver passato un'estate
in Siberia con nonno Nikolaj)

Quando Dio creò l'uomo era già stanco. Ciò spiega molte cose.

(Aforisma attribuito a Mark Twain)

La piú breve descrizione del senso della vita è questa: il mondo si
muove, si perfeziona; l'obiettivo di ogni essere umano è partecipare
a questo movimento, obbedire e contribuire ad esso.

(Citazione attribuita a Lev Nikolaevič Tolstoj)

Prima di andare da nonno Nikolaj dovevo passare da San Pietroburgo, che si trova dalla parte opposta del Paese, all'estremo ovest.

Dovevo sistemare un affare che mio padre mi aveva affidato anni prima, quando era andato via in gran fretta, lasciandomi alcune sue vecchie faccende da sbrigare. Erano tempi molto difficili, sul territorio dell'ex Urss tutto cambiava alla velocità della luce, e come molti altri rappresentanti di un mondo del crimine che affondava le radici in un sistema arcaico – quello dei cosiddetti «criminali onesti» che agiscono in nome di ideali politici e sociali, senza pensare ad arricchirsi – anche mio padre aveva subito degli attentati da parte della polizia corrotta, addirittura tre: cercavano di eliminarlo perché non voleva condividere con loro i guadagni dei suoi affari.

Il primo attentato era stato organizzato vicino a un locale di Tiraspol', una specie di mensa per militari. Era stato invitato a un incontro con alcuni rappresentanti della nuova amministrazione, che cominciavano a diventare molto potenti: all'epoca i poliziotti facevano trattative vere e proprie, cercando di spartire le zone della regione tra i criminali che collaboravano, toglievano ai vecchi per dare ai giovani. Ma era una finta: appena un criminale giovane assumeva il pieno controllo su un'attività, i poliziotti lo eliminavano e si appropriavano del territorio, con la scusa di evitare la lotta per il posto liberato. E parecchia gente si beveva questa strategia, convinta che la polizia volesse veramente portare serenità e pace nei margini della comunità. Nel giro di poco i poliziotti hanno fatto fuori una buona parte dei criminali, diventando la piú potente associazione a delinquere del momento.

Quel giorno il nonno aveva cercato di fermare mio padre, ricordandogli che parlare con i politici era contro le nostre regole, ma lui non voleva ascoltare nessuna ragione: ormai, come molti altri della sua generazione, non si riconosceva nei codici dei vecchi, voleva controllare i suoi piccoli affari, diventare una sorta d'imprenditore dell'illegalità. Al locale ha incontrato dei poliziotti che gli hanno proposto di gestire un traffico di droga nella nostra zona: sembrava tutto ben organizzato, con i magazzini, i punti-vendita all'ingrosso e il classico spaccio per strada. E in omaggio gli promettevano anche la gestione indipendente di una grossa discoteca che stava prendendo piede. Lui non ha detto niente, chiedendo tempo per riflettere. Una risposta che molto probabilmente non li ha soddisfatti, visto che quando si è seduto al volante per andarsene un uomo gli ha buttato una bomba a mano sotto la macchina. L'uomo non sapeva che mio padre, per quella pura fortuna che nella sua vita disperata non l'ha mai lasciato, aveva parcheggiato sopra un tombino coperto da una grata spaccata in piú punti, e che la bomba era finita proprio in una delle spaccature, esplodendo in un tubo di cemento armato senza provocare alcun danno – spavento a parte. Solo a quel punto mio padre ha capito che mio nonno aveva ragione.

Dopo qualche mese c'è stato il secondo attentato, e questa volta sulla scena c'ero anch'io. Eravamo in macchina in mezzo ai boschi, tornavamo a casa da una cittadina poco distante, e dietro di noi c'era un'altra macchina con dentro un amico di mio padre e una ragazza, una di quelle che nelle società evolute si chiamano «di facili costumi».

Ci siamo fermati per fare benzina e mangiare una cosa al volo, e quando dovevamo rimetterci in marcia mio padre mi ha chiesto di andare con il suo amico, perché adesso voleva dare lui un passaggio alla signorina. Io ero giovane ma non ero scemo, comunque mi avevano insegnato a essere discreto e non gli ho detto niente, limitandomi ad augurargli tra me e me tutti i mali del mondo per il suo comportamento disonesto nei confronti di mia madre e soprattutto perché lo faceva senza vergogna in mia presenza. Siamo partiti, davanti mio padre che dava il «passaggio» alla signorina, dietro il suo amico e io pieno di rabbia. Dopo la terza curva ho sentito una lunga raffica di spari, e in un momento, prima che riuscissi a capire cosa stava succedendo, l'amico di mio padre era uscito di strada, mi aveva tirato fuori dal sedile davanti e mi aveva portato in mezzo agli alberi, allontanandomi dall'auto. Ci siamo nascosti, ho visto che lui imbracciava un AKS, io avevo una CZ calibro 9 agganciata alla cintura.

La macchina di mio padre era mezza accartocciata contro un albero, e dall'altra parte del bosco qualcuno continuava a sparare verso l'abitacolo: da come si presentavano le cose, mio padre non aveva scampo. Il suo amico sembrava disperato, in preda a una sorta di tic continuava a cambiare posizione del selezionatore da fuoco singolo a raffica breve, bestemmiando e convincendosi – e convincendo anche me – della morte sicura di mio padre. Ma a un certo punto abbiamo sentito una serie di raffiche che arrivavano da vicinissimo: era mio padre che sparava nascosto dagli alberi a circa cento metri da noi! Siamo corsi nella sua direzione, finché non lo abbiamo trovato sdraiato sulla schiena, tutto pieno di sangue, con un Kalašnikov puntato verso il bosco. Anche il suo amico ha cominciato a sparare, io invece non riuscivo a capire dove si trovasse l'avversario e ho rinunciato, mi sembrava inutile sprecare le cartucce della mia pistola sparando a caso, soprattutto perché c'erano già in ballo due fucili d'assalto automatici.

Mi sono semplicemente nascosto dietro gli alberi lí accanto, aspettando che tutto finisse. Hanno sparato qualche caricatore, con lunghe pause, e poi basta, il tutto non è durato piú di cinque minuti.

Siamo rimasti per un bel po' fermi ai nostri posti, nel caso in cui l'attentatore si facesse sentire ancora, ma era sparito. Dopo quasi un'ora di attesa in mezzo alle macchine che passavano senza fermarsi, anzi accelerando alla vista del fuoristrada di mio padre divorato dai proiettili, siamo usciti allo scoperto. La ragazza era morta sul sedile. Ricordo di aver sentito fisicamente l'esistenza di Dio, era vicino e mi accarezzava tutto, avevo la testa vuota e le gambe morbide, quasi mi sentivo mancare, ma non per la visione della ragazza senza vita, quanto per la consapevolezza chiara e semplice che al suo posto in quell'esatto momento potevo esserci io. Il corpo era letteralmente spaccato dalle pallottole, il torso tranciato, segato a metà, il fianco destro, il piú esposto ai colpi, era disintegrato. Della testa era rimasta solo la parte inferiore, il resto era spalmato nell'abitacolo. La portiera dietro cui era seduta sembrava all'improvviso piccola, trasformata da un incantesimo in una strana miniatura. C'era sangue dappertutto, a terra il profondo rosso si mischiava con l'olio e la benzina che colavano dai fori della carrozzeria, come se la macchina fosse un organismo ferito, un animale morente colpito da un cacciatore.

Mio padre, di nuovo baciato dalla fortuna (quando lo baciava la fortuna ci metteva proprio tutto il suo amore) era praticamente illeso, il sangue che aveva addosso apparteneva quasi tutto alla ragazza: lui aveva solo sfondato con la testa lo specchietto retrovisore al momento dell'impatto contro l'albero, procurandosi una piccola ferita sulla fronte. Si era poi storto la caviglia destra saltando giú dalla macchina, e non riusciva tanto a stare in piedi. Tutto qui.

Dopo questo attentato, comunque, mio padre ha praticamente smesso di uscire dal cortile di casa, si spostava sempre con gli amici fedeli, in grande riservatezza e solo in caso di estrema necessità.

Suo padre, nonno Boris, lo prendeva apertamente in giro davanti a tutta la famiglia, perché se avesse rifiutato di parlare con i poliziotti non sarebbe successo niente. A tavola lo chiamava con disprezzo «presidente Kennedy», oppure, con un piacere quasi sadico, «la povera vittima», «il perseguitato» e ancora «l'anatra¹ di Dallas». Non ho mai capito perché, ma la figura di John Fitzgerald Kennedy rappresentava per mio nonno il prototipo dell'uomo sfortunato, stupido e incapace di gestire la propria sicurezza, vittima dei propri sbagli e della propria debolezza politica. E quelle, secondo mio nonno, erano anche le caratteristiche di mio padre.

L'ultimo attentato è avvenuto sulla strada, fuori da un ristorante, mentre mio padre e un suo amico si dirigevano verso le loro macchine nel parcheggio. Gli attentatori sono passati in auto lenti, sparando diversi colpi in direzione dei due che camminavano tranquilli cominciando a digerire la cena.

Si sono buttati per terra, mio padre ha risposto al fuoco colpendo un attentatore al braccio e quello ha perso la pistola dal finestrino. Un altro ha cercato di buttare una bomba a mano, ma una raffica sparata con la mitraglietta dall'amico di mio padre l'ha centrato nel collo e nella testa, e la bomba a mano ormai attivata è caduta dentro la macchina. Pochi istanti dopo, mentre svoltavano l'angolo attorno al ristorante, gli attentatori sono saltati in aria. Né mio padre né il suo amico sono stati feriti. La pistola caduta all'attentatore, una Walther PPK, è stata recuperata da mio padre ed è rimasta nascosta a lungo a casa nostra, l'ho trovata solo anni dopo.

Il giorno successivo all'attentato mio nonno, come pen-

¹ In russo una persona goffa, sfortunata, è talvolta associata all'immagine dell'anatra.

sando, ha detto a bassa voce: «Finalmente Kennedy ha avuto la sua rivincita». Io però sapevo che c'era mancato poco: quel pomeriggio, sul muro del ristorante, avevo contato i fori di ventisei colpi.

Tre giorni dopo il terzo attentato mio padre abbandonò la Russia e se ne andò in Occidente: la fortuna poteva non reggere tutte quelle prove a cui la stava sottoponendo...

Qualche mese dopo la sua partenza sono stato «interrogato» da alcuni poliziotti su certi presunti tesori che aveva lasciato in città. Era pomeriggio e tornavo dal mercato, quando una macchina mi ha superato e si è fermata sul bordo strada. È sceso un poliziotto in borghese che mi ha fatto cenno di avvicinarmi. Appena sono arrivato davanti a lui, senza dire niente mi ha dato un pugno in faccia. Sono caduto, altri tre poliziotti in borghese mi hanno circondato, mi hanno perquisito, uno mi ha colpito alla testa con il calcio di una cz. Poi, preso per le gambe e per le braccia, sono stato caricato a peso morto sulla loro auto. Il cibo che avevo comprato era rimasto sparso sull'asfalto.

In macchina, mentre non sapevo dove mi portavano, un poliziotto ha cominciato a farmi domande sul conto di mio padre: se lo avevo sentito di recente, cosa sapevo di lui, dov'era, di cosa si occupava. E soprattutto: dove aveva nascosto i suoi soldi? Io non sapevo veramente niente, mio padre di sicuro era andato in Occidente, probabilmente in Germania, ma non chiamava, non mandava lettere, era sparito senza dare notizie. Di certo non sapevo nulla dei suoi soldi, altrimenti li avrei usati per andare via da quel bordello di Paese, per costruirmi la vita in qualche posto piú umano. Insomma, le cose si mettevano male, perché davo l'impressione di non voler collaborare e i poliziotti si arrabbiavano sempre di piú.

Quando ci siamo fermati nel bosco sulla riva del fiume ero sicuro che mi avrebbero ammazzato. Nella mia testa erano comparse le immagini dei cadaveri che io stesso, con i miei amici, avevo qualche volta ripescato dal fiume, corpi pieni di segni di tortura, le mani e i piedi legati con il fil di ferro, qualche buco di proiettile nel petto e sulla testa. Ho pensato: «Ecco, finirò cosí». E infatti, dopo avermi tirato fuori dalla macchina e riempito di calci, mi hanno legato le mani dietro la schiena con il fil di ferro. Mi hanno ordinato di entrare nell'acqua del fiume fino alla cintura dei pantaloni, poi uno di loro ha estratto la sua pistola, l'ha caricata e me l'ha puntata addosso.

«Dove li tenete i soldi di tuo padre?» ha chiesto.

Non so come spiegarlo, ma in quel momento sono entrato in uno stato di totale rilassamento, non m'importava niente di quello che succedeva, mi sentivo già morto e ogni cosa attorno a me appariva talmente stupida e ridicola che ho cominciato a ridere piano, come se avessi sentito per caso una barzelletta nel discorso di due estranei. Il poliziotto ha urlato e poi ha sparato nell'acqua attorno a me, e alla fine mi ha mandato a quel paese, andando via con i suoi colleghi.

Sono uscito dal fiume e senza riuscire a slegarmi sono partito a piedi verso casa. Per strada un uomo mi ha aiutato a liberarmi le mani e mi ha offerto da bere. Mi ricordo che mi sentivo incredibilmente normale, come se tornassi da scuola o da un altro posto famigliare. Era quella la parte piú terribile della nostra vita: le ingiustizie e la prepotenza per noi erano routine, le solite cose.

Prima e dopo la partenza di mio padre, molti dei suoi amici avevano deciso di lasciare il Paese. Uno di loro gli aveva affidato un appartamento a San Pietroburgo, rimasto vuoto dopo la morte della madre. Il tizio, data la vita piuttosto movimentata che faceva, non aveva mai abitato in quell'alloggio: all'epoca stava in Francia, si occupava di traffico d'armi a livello internazionale e non pensava certo di tornare a casa, ma allo stesso tempo non voleva vendere l'appartamento perché per lui era l'unico ricordo della sua infanzia. Spesso i criminali sono sentimentali, e quello era proprio un caso di criminale sentimentale, che aveva deciso di trasformare l'appartamento della madre in una specie di altare alla sua memoria.

Toccava a me, da quando mio padre se n'era andato, seguire tutti gli affari legati a quell'appartamento.

A sedici anni avevo registrato lí il mio domicilio, e a diciotto avevo preso la residenza. Prima di entrare nell'esercito ero riuscito ad affittarlo a uno studente, un tipo simpatico che si chiamava Arkadij, con il quale avevo fatto un accordo: lui doveva tenerlo in ordine, pagare regolarmente le bollette e occupare solo una stanza – lasciandone sempre pronta un'altra nel caso in cui servisse a me – e in cambio io gli facevo pagare la metà del prezzo di mercato. Era un buon affare, dato che i prezzi degli immobili erano saliti alle stelle, e di conseguenza erano aumentati moltissimo anche gli affitti.

Poi ero finito in guerra e per due anni non avevo potuto ritirare i soldi, quindi Arkadij, persona corretta e fedele alla parola data, aveva contattato mio cugino e passava a lui l'affitto per me. Ma mio cugino, da vera canaglia, aveva preso quella situazione alla leggera e aveva usato quei soldi come se fossero i suoi, la paga mensile per qualche ignoto impegno. Quello stronzo girava per la città comportandosi da uomo ricco, pagando da bere a tutti i suoi amici, si era comprato una macchina usata per fare il duro davanti alle discoteche e portare a spasso le ragazze, sperando che io morissi in guerra e che il suo paradiso continuasse all'infinito. Solo che la vita è fatta in modo diverso, niente è eterno e spesso ci tocca saldare i conti che abbiamo in sospeso. Per questo, quando sono tornato, quello stronzo non si faceva trovare, era l'unico membro della famiglia che non si degnava di farmi visita.

Nonno Boris, già abbastanza malato, mi aveva dato il permesso d'intervenire fisicamente contro quell'elemento indegno della famiglia, «quel topo», diceva lui, usando il termine che nel vecchio gergo criminale indica chi osa rubare ai propri amici o parenti.

Adesso avevo deciso di riprendere il controllo dell'appartamento, passare a San Pietroburgo a salutare il mio inquilino e chiacchierare con lui della ristrutturazione: l'edificio era vecchio e il tempo non aveva avuto pietà, perciò l'amico di mio padre aveva mandato parecchi soldi, chiedendomi di ristrutturarlo alla maniera moderna. La somma era notevole, poteva bastare per l'acquisto di un piccolo monolocale in periferia. Pensavo di lasciare ad Arkadij una parte di quei soldi e chiedergli di occuparsi dei lavori mentre io ero in Siberia, in modo che al mio ritorno potessi trovare tutto finito. E chissà, magari andare ad abitarci.

San Pietroburgo, come capita spesso d'autunno, mi ha dato il suo benvenuto con una fitta pioggia nordica, fredda e pungente, accompagnata da un vento costante carico dell'odore del sale e delle paludi su cui è costruita la città. Le strade sembravano posate in una culla di nebbia che circondava e riempiva tutto, cancellando la linea dell'orizzonte. I palazzi, i ponti, le torri e le famose facciate barocche (diciamo pure eccessive) dell'epoca zarista sembravano sospesi nel nulla. Anche i suoi abitanti, da sempre, somigliano a fantasmi: facce pallide, pelle trasparente come ali di libellula sotto i rari raggi del sole; si spostano camminando sulla terra con un enorme senso di abbandono interno. Già alla nascita nei loro occhi si legge la perdita del senso della vita, un'espressione molto intima, calma, priva di ogni contrasto, da cui si può riconoscere un nativo di San Pietroburgo in qualsiasi parte del pianeta. Nonno Boris, ricco di fantasiose definizioni, chiamava questa città «il paese dei morti viventi». È uno di quei posti in cui se cammini distratto e per sbaglio finisci in mezzo al cimitero non ti accorgi del cambiamento.

Ho fatto qualche chilometro a piedi, poi ho preso il

tram e sono arrivato dritto sotto il palazzo in cui si trovava l'appartamento.

Arkadij era a casa, lo sentivo dalla musica che arrivava attutita da dietro la porta. Volevo fargli una sorpresa e ho inserito la chiave nella toppa piano, senza far rumore, poi ho spinto la porta con molta cautela. Ho infilato dentro la testa per osservare la situazione prima di procedere con la mia irruzione da perfetto film di spionaggio, ma dall'altra parte c'era lo studente che con una bottiglia di birra in mano, spaventato, osservava i miei movimenti. Appena i nostri occhi si sono incrociati, mi ha guardato con stupore:

– Nicolai! Allora sei vivo! – Nella sua voce c'era una nota di sorpresa.

Ci siamo salutati abbracciandoci come due vecchi amici. Non lo eravamo, ci conoscevamo appena, ma tra noi si era creata fin da subito una sorta di fiducia, e in quel momento eravamo davvero felici di vederci.

– Sono vivo, sí, non è stato facile ma sono tornato! – ho risposto sorridendo. Lui ha mosso le braccia nell'aria e ha fatto una smorfia, poi ha detto:

– Allora tuo cugino mi ha raccontato un sacco di balle! Mi ha detto che ti avevano sepolto, che eri stato ucciso in guerra!

Non ci potevo credere. Mio cugino mi aveva dato per morto per giustificare il fatto che si prendeva i soldi dell'appartamento. Ho sentito la rabbia annebbiare la mia ragione. Arkadij ha capito subito che il tema della mia morte era abbastanza delicato, quindi ha deciso di cambiare argomento.

– Qui, come vedi, è tutto in ordine. L'anno scorso c'era troppa umidità e dal balcone arrivavano infiltrazioni d'acqua, allora ho comprato un prodotto apposta, una specie di silicone, e l'ho passato attorno a tutte le porte e le finestre, adesso va meglio...

La casa in effetti era tenuta bene, in modo molto maschile: mi sentivo a mio agio lí dentro, come in una camerata militare. C'era tutto il necessario, ogni cosa al suo posto, il frigo ronfava in cucina, il bagno era pulito e ordinato, le finestre erano lavate e non si notavano segni di polvere, i fiori erano vivi, si respirava un'aria buona.

La sua camera era molto modesta e ben curata. Il letto da una piazza e mezzo era fatto preciso come nell'esercito, sul tavolo c'era il computer acceso con un gioco avviato, contro il muro uno scaffale pieno di libri. Sul davanzale della finestra una pianta che somigliava a un piccolo albero.

Abbiamo passato la giornata a parlare del mio piano di ristrutturazione dell'appartamento, Arkadij era un tipo affidabile e ho capito che facevo bene ad arruolarlo come capo cantiere, conosceva parecchi studenti figli di famiglie povere, gente di campagna o di periferia, educati fin da piccoli ad arrangiarsi, abituati a lavorare in nero per sopravvivere nella follia consumistica della metropoli post-sovietica. Mentre parlavamo dei vari lavori che dovevamo affrontare, ogni tanto Arkadij mi fermava e con un'aria da complotto telefonava a qualcuno.

– Ehi, Aleksej, stai studiando o ti fai le seghe sotto casa di quella lí?… Smettila, è da tre anni che provi a fartela e non te la fa nemmeno annusare!… Dài, mi serve il tuo aiuto la settimana prossima, sei ancora capace con i tubi?… Perfetto, ti aspetto giovedí!

Dopo ogni chiamata segnava il nome su un foglio e si guardava intorno per un po', forse immaginando la casa già ristrutturata, poi di colpo il suo sguardo s'illuminava e componeva un altro numero sul telefono.

– Oh, negro di merda! – diceva ridendo. – Sei ancora qui? Quand'è che lasci in pace il popolo ariano e te ne torni finalmente nella tua Africa schifosa? Schiavo che non sei altro, inglesi e francesi dovevano sterminarvi tutti, uno per uno… Bastardi, scimmie nullafacenti! – Mi faceva l'occhiolino. – Senti un po' fratello, vuoi guadagnare qualche spicciolo? Devo ristrutturare casa e mi serve proprio uno schiavo negro, il mio asino si affatica troppo a portare il materiale su e giú per le scale… Ci sei? Va bene, cominciamo la settimana prossima, ti mando un sms. Perché sai leggere, vero? Come comunicate voi nella savana?

Chiudeva il telefono ancora ridendo.

– Lo chiamiamo Jurij, – mi spiegava, – perché il suo nome non riesce a pronunciarlo nemmeno il rettore della facoltà di lingue. È arrivato dall'Africa con i pantaloni di lino e la maglietta da calcio, a febbraio, stava per restarci secco... È rimasto in aeroporto per una notte, finché un buon samaritano dell'università è andato a prenderlo con dei vestiti caldi. Parla perfettamente cinque lingue, studia scienze politiche e lettere, uno tra i migliori studenti dell'università... Devi vederlo, grosso come un gorilla e buono come solo Gesú Cristo! Qualche mese fa è stato aggredito da un gruppo di neonazisti alla fermata del tram e tentando di difendersi ha ferito gravemente uno degli aggressori sbattendogli la testa contro il palo della luce. Da quel giorno è entrato in fase paranoica, si sente colpevole di essere nero, crede che la sua presenza qui in Russia basti da sola a far esplodere la violenza, pensa di essere una sorta di catalizzatore del nazionalismo locale. Io e gli altri suoi amici abbiamo deciso di reagire cosí, lo prendiamo per il culo, cerchiamo sempre di deridere quel suo modo di vedere la differenza razziale come fenomeno universale, sminuendo il problema, trattandolo con sarcasmo. Per adesso funziona, a forza di sentirsi maltrattato si rende conto di essere una persona come le altre. Un tipo simpatico, davvero, il suo unico difetto è che non ha ancora imparato a bere, ha un gran fisico ma crolla dopo il terzo bicchiere...

Certe telefonate erano proprio strane. A un certo punto l'ho sentito dire, con tutta naturalezza:

– Stronzo, ce l'hai ancora con me per quella storia? Quante volte devo dirti che la colpa è solo tua, hai governato male il tuo Paese! Tutte quelle chiese non servono a niente, va a finire che la religione si trasforma in un governo parallelo... I preti non sono mai leali, se non gli seghi

le gambe prima o poi ti fottono... E poi che idea, trasformare i nobili in dirigenti amministrativi! Pensavi davvero
di riuscire a mettere in piedi un governo repubblicano con
questa cricca di traditori e bugiardi? Sei proprio un ingenuo... Piuttosto, ascolta, devo imbiancare l'appartamento,
ci sei? Certo che pago, non sono uno scroccone, io... Dài,
ci sentiamo in settimana, ti darò la data precisa... Ok, un
abbraccio, e segui il mio consiglio: fai un colpo contro la
Chiesa... Cosa vuol dire «come»? Non sei proprio portato... I dettagli te li spiego quando ci vediamo... Certo che
sono sicuro, gestisco cosí dodici Paesi e non ho avuto bisogno di cambiare tattica, funziona alla grande! Ti chiamo in settimana...

Arkadij ha incontrato il mio sguardo perplesso e divertito.

– Parlavo di un gioco politico interattivo... Io sono il
migliore, il mio amico Aleksandr invece fallisce sempre
perché per sua sfortuna è un idealista, troppo umano, non
ha ancora capito che quando si tratta di strategia politica
bisogna lasciare da parte ideali e sentimenti, o non si con-
clude niente...

È andato avanti cosí tutto il giorno, telefonate su telefonate, discorsi assurdi tra giovani studenti che vivevano
nei loro mondi, in qualche modo belli e interessanti, ma
lontanissimi da me. La sera abbiamo deciso di andare in
un locale vicino a casa, dove ogni tanto dei ragazzi che conosceva suonavano blues, si beveva ottima birra alla spina
e si mangiava niente male. A cena abbiamo parlato di come ci andava la vita, Arkadij era molto curioso della mia
esperienza in Cecenia, ma io non avevo una gran voglia di
raccontargli cose che ancora mi facevano male, quindi abbiamo passato la serata bevendo, mangiando e chiacchie-
rando in modo superficiale.

La mattina dopo avrei preso il treno che doveva portarmi fino in Siberia, e l'idea di quel viaggio era una luce
chiara e forte che m'ipnotizzava completamente. All'alba

ero già sulla porta di casa, agitato, una forza invisibile mi trascinava fuori dall'appartamento, mi spingeva via, in quel momento non riuscivo ad aspettare.

– Per favore, un biglietto per Ust´-Kut, stazione Lena, – ho detto.

La donna ha preso i soldi che ho infilato sotto la finissima fessura tra il bancone e il vetro, e senza guardarmi ha stampato il biglietto del treno con una vecchia macchinetta rumorosa. Poi me l'ha passato attraverso la stessa fessura e mi ha augurato un freddissimo «buon viaggio».

La giornata era piena di sole, sull'asfalto si vedevano ancora alcune tracce della pioggia del giorno prima, ma nel cielo c'erano pace e serenità da fare invidia al custode del Paradiso.

Il treno che percorreva la ferrovia chiamata comunemente «Transiberiana» era una locomotiva degli anni Settanta, tirava una trentina di vagoni e andava abbastanza piano. Avevo preso quello che costava meno e si fermava in piú stazioni, perché volevo passare un po' di tempo in viaggio. Con quel treno sarei arrivato fino a Tajšet, poco prima del Baikal – il lago di acqua dolce piú grande del nostro pianeta, nonché il posto piú magico e bello di tutto l'universo –, dove la ferrovia si biforca. A Tajšet avrei preso la linea BAM, che dei due rami della ferrovia è quello piú a nord, sarei arrivato fino a Ust´-Kut e sarei sceso alla stazione Lena, che prende il nome da un grande fiume siberiano. Seguendo la Lena e poi il suo affluente Sinjaja, sarei arrivato a casa di nonno Nikolaj.

Mi sono sistemato nello scompartimento indicato sul biglietto, avevo un posto in alto, un lettino rivestito di finta pelle marrone, disintegrata da crepe. Il capo vagone, un simpatico ciccione di una quarantina d'anni (vissuti abbastanza male) mi ha consegnato il set da viaggio che comprendeva lenzuolo, copricuscino, cuscino, coperta e copricoperta. Dei miei vicini non c'era ancora nessuno, ma lui mi ha avvertito che molti sarebbero saliti a Mosca.

Mi faceva quasi paura ammetterlo, ma stavo bene: facevo ipotesi su come e quando sarei riuscito a ricominciare davvero, su come mi sarei sentito a quel punto, se sarebbe stata una bella sensazione, una liberazione. Improvvisamente ho pensato che molto probabilmente proprio quello stesso istante, quegli stessi pensieri, facevano parte del primo passo verso la nuova vita, verso la realizzazione della mia speranza di stare bene e in pace con me stesso e con il mondo. Ho tirato fuori la raccolta di cruciverba che avevo comprato prima di salire sul treno, ma facevo un'enorme fatica a concentrarmi sulle definizioni e ad attivare la memoria, le parole codificate mi giravano sulla punta della lingua, ma non riuscivo a metterle a fuoco. Mi sono tornate in mente le parole di una mia vecchia insegnante, diceva sempre che «la lettura è la chiave dell'intelligenza». Una volta tornato a casa dovevo proprio riprendere a leggere.

Mancavano pochi minuti alla partenza del treno. Ho preso tutta la bella roba che mi aveva dato il capo vagone e l'ho abbandonata nello scaffale dello scompartimento, vicino al mio zaino, poi ho srotolato il sacco a pelo sul mio nuovo letto e mi ci sono steso sopra, la testa verso il finestrino. Ero pronto a osservare i paesaggi che avrei attraversato percorrendo tutta la Russia.

A Mosca il treno si è fermato per quasi un'ora. Il capo vagone aveva ragione: in pochi minuti tutte le carrozze si sono riempite di passeggeri. Nel mio scompartimento sono entrati una studentessa con ambizioni da Miss Universo, un signore con gli occhiali da serial killer e un giovane che sembrava un turista o qualcosa del genere. Piú tardi ho scoperto che era uno studente di geologia che andava a fare pratica in una delle stazioni di ricerca nel bosco siberiano. Quelli come lui mio nonno Nikolaj li chiamava «diavoli della città», perché spesso osavano disturbarlo con le loro domande sulle tipologie di pietre della zona e su cosa si trovava nella terra, pensando che i vecchi fossero talmente stupidi da raccontare dov'era l'oro e dove le pietre preziose. Mio nonno aveva un argomento forte e imbattibile contro i geologi e tutti gli scienziati che avevano lavorato in Siberia: raccontava che intere tribú di nativi erano morte per colpa delle scatolette di cibo lasciate dai membri delle varie spedizioni scientifiche. Quegli uomini cosí intelligenti, grandi studiosi, non si rendevano conto che l'alimentazione dei nativi siberiani era basata su cibi estremamente naturali, e il loro metabolismo non sopportava i prodotti industriali, cosí, pensando di fare un bel gesto, regalavano le scatolette e avvelenavano una tribú. La loro totale incapacità di comprendere la differenza tra la Russia moderna e il vecchio mondo tribale ha rovinato la Siberia.

Intanto il treno percorreva la Russia e a ogni stazione i passeggeri cambiavano, gli unici fissi eravamo io e l'apprendista geologo. Quando abbiamo superato i monti Urali eravamo al livello delle chiacchiere senza senso, quelle che si fanno per non addormentarsi o per affermare la propria presenza in mezzo al niente.

Seguendo la traccia complicata di una di queste chiacchiere, il geologo ha confessato, non senza una sorta di imbarazzo, che non aveva mai passato un giorno dentro il bosco, ma da sempre desiderava vivere e lavorare in quell'ambiente. Suo padre era un grande scienziato, diceva, molto conosciuto nel nostro Paese, e suo nonno era stato uno degli scopritori dei tesori siberiani. Ora il mio giovane compagno di viaggio aspettava con ansia il suo turno per disturbare la natura, cercando nuove strade per domarla, trasformandola in energia, tecnologia, e vari altri -gia apprezzati da tutta la società degli uomini. Mi ha mostrato un vecchio libro che ogni tanto sfogliava, era una sorta di diario scritto da suo nonno dedicato alle scoperte e alla vita nella Taiga.

– Nella mia famiglia sono tutti laureati, da piú di cinque generazioni! – mi spiegava tutto eccitato. – Uno dei miei antenati era un grande esploratore, ha guidato molte spedizioni, persino al Polo Nord! Adesso finalmente tocca a me... Mi sembra già di vedere il bosco, di sentirne il profumo... Basta leggere qui, – aggiungeva sventolando il libro, – mio nonno lo descrive alla perfezione!

Volava tra le nuvole, troppo in alto, parlando di cose su cui senza dubbio aveva letto molti libri costruendosi una grande base teorica, ma si capiva a prima vista che nella pratica non sarebbe sopravvissuto una notte nell'orto di mia nonna, figuriamoci negli spazi immensi pieni di alberi e fiumi veloci e animali che non sanno né leggere né parlare né ragionare come gli uomini.

Per questo ho deciso di dirgli la mia.

– Sai, – ho cominciato, – il bosco non è tanto semplice. Chi ci vive da sempre ne fa parte, anche nel carattere, ha dentro di sé un po' di animali, uccelli, alberi, fiumi, paludi, neve... Io vado in Siberia a trovare mio nonno da quando avevo otto anni, a volte ho passato mesi interi con lui nel bosco, eppure ogni volta mi sembra sempre di dover cominciare tutto da capo, è tutto nuovo. Per capire la Taiga bisogna passarci molte stagioni, solo quando cambia la tua percezione del tempo e della vita puoi cominciare a capire qualcosa. Credimi, adesso leggere quel libro non ti serve a niente... «Le parole sono un inganno», dice spesso mio nonno...

Il geologo mi ascoltava con attenzione, poi ha alzato il dito, come a chiedere il permesso di parlare.

– Scusa, ma quando dici «nel bosco»... Intendi proprio in mezzo al bosco? All'aperto?

– Beh, nel bosco c'è solo il bosco, perciò quando vai nella Taiga la maggior parte del tempo la passi nel bosco, anzi, direi proprio che tutto il tempo che passi nella Taiga lo passi nel bosco...

Ha capito che lo stavo prendendo un po' in giro, ha sorriso.

– E tu potresti darmi qualche consiglio? Su come è meglio comportarsi, insomma... per sentirsi protetto e al sicuro?

La parola «protetto» mi confermava che aveva davvero bisogno d'aiuto.

Ho fatto un lungo sospiro, poi sono rimasto un po' in silenzio pensando alle lezioni di mio nonno, tentando di trasformare lunghi anni di esperienza in una sintesi che potesse stare in un discorso, infine ho detto:

– La prima cosa che ti serve, quando vai nel bosco, sono le armi. Tu hai un'arma?

Mi ha guardato con gli occhi spalancati:

– Un'arma? Ma scherzi, come faccio ad avere un'arma, sono un geologo, non un cacciatore...

– Sbagliato! Vedi che non pensi come pensa il bosco? Tu ti identifichi come «geologo», ma il bosco non lo sa, per lui sei semplicemente un essere umano, un estraneo rompiscatole che è arrivato da lontano per scavare dentro la terra e disturbare il corso della vita. Se entri nel bosco come «geologo» non hai speranze, devi entrare come «niente», devi cancellare le cose che conosci e cercare di imparare il resto.

Il geologo sembrava confuso.

– Come faccio a essere «niente»? – ha detto col suo ditino alzato.

– Devi azzerarti! Portarti al livello del bosco. E siccome il nostro livello di partenza è quello della società moderna, vuol dire che devi elevarti, non degradarti. La gente pensa che passando dalla società sviluppata a un mondo primordiale tutto è molto piú semplice. Invece questo passaggio ha bisogno di una crescita enorme, difficile, che molti non riescono a compiere neppure in un'intera vita. Sto parlando di camminare a piedi per chilometri, orientarsi senza mappe né bussole, riconoscere le tracce degli animali utili per la sopravvivenza e quelle dei predatori pericolosi, saper organizzare il posto in cui vivere in modo da non disturbarli. Sto parlando di cacciare, uccidere, conservare e preparare la carne, riconoscere le piante che si possono mangiare o usare in altri modi, per scacciare le zanzare e le mosche, o per evitare l'attacco di pidocchi e zecche... Lo sai che prendersi una zecca nel bosco può essere letale? Il punto, comunque, è che nel bosco abitano esseri che hanno riflessi piú veloci dei tuoi, muscoli piú forti dei tuoi, conoscenze del territorio e capacità di percorrerlo migliori delle tue... La tua etica di cittadino e la forza dell'intelletto umano, da sole, non ti serviranno a niente: prima di mettere un piede dentro il bosco ti servono le armi.

– Cavoli, io un'arma proprio non ce l'ho... Però non sarò solo, ci saranno altri colleghi, loro vivono lí da tanto, sicuramente avranno anche le armi...

Il geologo si era agitato, si vedeva, avevo sollevato una questione a cui non era preparato. Ho fatto la faccia dispiaciuta confermando che la sua situazione era proprio difficile, giusto per spaventarlo ancora un po', e ho detto:

– In realtà anche un'arma ti serve a poco, se non la sai usare. Ne sa qualcosa mio cugino...

Lui si è acceso:

– Tuo cugino? Cosa gli è successo?

Ho fatto una faccia da mistero e ho cominciato a raccontare di quando, per la prima e ultima volta, ho tentato di portare mio cugino Griša nella Taiga da nonno Nikolaj.

Avevo sedici anni e lui uno di meno. Arrivava l'estate e mio padre e mio zio mi avevano chiesto di portarlo con me per farlo conoscere al nonno. Griša era un ragazzo che non mi piaceva affatto, perché credeva di essere piú furbo degli altri e per ogni cosa si nascondeva dietro la schiena dei genitori. Faceva sport, era un canoista, gli piaceva vestirsi alla moda e somigliare ai membri di quei gruppi musicali che ballano mezzi nudi mostrando alle ragazzine i muscoli scolpiti in palestra. Si buttava addosso un'enorme quantità di deodoranti e profumi, indossava magliette colorate che sua madre gli portava dai viaggi d'affari in Turchia, e quando parlava di mio nonno Boris diceva «quel vecchio». In piú aveva l'abitudine di masticare la gomma con una tecnica molto particolare, muovendo la mandibola in modo cosí forte ed espressivo che sembrava un autentico cammello.

Prima di partire gli avevo chiesto cosa lo spingesse ad avventurarsi nei boschi, e lui mi aveva risposto che non voleva andarci, era suo padre che lo costringeva. Già durante il viaggio in treno ho capito che mi avrebbe procurato grandi problemi. Non gli piaceva il cibo che avevamo portato e si lamentava delle condizioni igieniche dei bagni, lo annoiava stare tutto il giorno nel vagone e non capiva perché ci volesse cosí tanto tempo a percorrere la Russia. Ogni volta che il treno si fermava rischiava di perdersi nella stazione e durante una sosta una zingara gli ha sfilato l'orologio, episodio che a dire il vero consideravo fortunato, perché non sapevo come presentare a nonno Nikolaj quel maledetto parente con l'orologio da fighetto pieno di brillantini, avevo paura che vedendolo davanti alla porta di casa gli sparasse addosso.

Una volta arrivati nel bosco, nel tragitto per raggiungere l'abitazione del nonno, per colpa sua ho passato a cielo aperto tre notti in piú del dovuto, perché il signorino aveva male ai piedi e non riusciva a portare lo zaino e chiedeva di fermarsi ogni mezz'ora. La prima cosa che ha fatto quell'imbecille quando gli ho dato il coltello da caccia da appendere alla cintura è stato assicurarsi che fosse affilato, rischiando di tranciarsi due dita. Ho dovuto bendarlo usando il mio pacchetto di primo soccorso, ascoltandolo mentre si lamentava e mi accusava di avergli dato una lama troppo affilata. Ho a che fare con i coltelli da quando avevo sei anni, e non avevo mai sentito una stronzata del genere, cosa vuol dire «troppo», «bene», «male» o «cosí-cosí»… Un coltello può essere affilato oppure no, punto. Il mio viaggio si era trasformato in un incubo, tra me e me pregavo Dio di mandare un orso gigantesco che lo divorasse in fretta. Non nascondo che piú volte mi era venuta l'idea di ammazzarlo e seppellirlo sotto qualche albero, raccontando ai nostri famigliari qualche storia terribile legata a un branco di lupi affamati, ma sapevo che potevo prendere in giro tutti tranne nonno Nikolaj, che conosce il bosco meglio di chiunque altro e sente l'odore del sangue a chilometri di distanza come gli squali, e avrebbe capito subito la bugia. Nonostante la figura atletica e l'ottimo stato di salute, nel bosco mio cugino era debole, con la mentalità di chi è ancora attaccato alle mammelle della sua mammina. Sembrava uno di quei personaggi dei film d'avventura tipo *Indiana Jones*, che in novanta minuti riescono a combinare cosí tanti guai che a chiunque, dopo la visione, passa la voglia di uscire di casa. Nei giorni di cammino nella Taiga era caduto in un torrente, aveva perso metà del contenuto del suo zaino mentre attraversava un ponte tibetano, aveva raschiato la faccia contro delle foglie che lasciano sottopelle tante piccole schegge trasparenti che pizzicano come l'ortica, prima di andare a dormire aveva lasciato aperto il barattolo di latte condensato attirando una nuvola di vespe selvatiche, era riuscito a beccarsi tre zecche sulla testa e infine era sprofondato fino all'ombelico in un grosso formicaio, con il risultato di avere gambe sedere e genitali gonfi per le molteplici punture.

Quando ci siamo presentati da nonno Nikolaj e lui ha visto com'era ridotto Griša, gli ha detto che non era degno di entrare in casa sua, cosí gli abbiamo organizzato un posto dentro la legnaia, che di solito mio nonno riservava agli ospiti indesiderati. La legnaia era fatta bene, di grossi tronchi d'albero lavorati e incastrati uno nell'altro come un giocattolo per bambini, una vera e propria casa, solo senza stufa e senza finestre, con grandi sbocchi sotto il tetto per far passare l'aria in modo che il legno potesse respirare e stagionare, protetto dai forti freddi e dall'umidità. Io invece stavo dal nonno, come sempre. Mio cugino si sentiva rifiutato, e per questo non smetteva di mostrare tutto il suo disappunto per la vita che conduceva nel bosco. I cani erano troppi, la pesca non lo divertiva, non gli piaceva il gusto della selvaggina... Dopo una settimana siamo partiti per la caccia al cinghiale. Mio nonno non era amante della carne di cinghiale, preferiva i giovani alci o i caprioli, ma ogni anno abbatteva lo stesso due o tre cinghiali per preparare i *pel'meni*, ravioli ripieni di carne tritata di diversi animali, che si conservano dentro sacchi appesi alle travi dei solai. Ci siamo preparati per andare nel bosco, in cerca di un branco che stava a una ventina di chilometri (che per le misure siberiane è molto vicino, come dicono loro: «sotto il naso»).

In quel periodo dell'anno i cinghiali si radunavano in uno spazio largo e profondo in mezzo a due colline, dove l'aria paludosa garantiva tanta umidità e freschezza. All'ombra dei salici scavavano nella terra fino a un metro di profondità, e dentro quei fossi rinfrescavano le loro pellicce. I cinghiali sono dei vigliacchi, una delle poche specie animali che quando si sposta in branco manda avanti i cuccioli, sacrificandoli ai predatori per avere il tempo di scappare... La loro fortuna è che si riproducono facilmente e le loro cucciolate sono molto grandi. Mio nonno li chiamava «comunisti», paragonandoli all'ideale sovietico del cittadino terrorizzato e stupido, capace di tradire per poco, affamato e nonostante questo sempre lí a figliare...

Per cacciare un cinghiale d'estate, insomma, non servono tanti cani, solo due o tre. I cani spaventano i cinghiali, i cinghiali escono dalle loro trincee e scappano in tutte le direzioni, i cacciatori si posizionano in posti diversi, in modo da coprire tutto lo spazio, e appena vedono un cinghiale a una distanza utile lo fanno fuori. È semplice, anzi, è persino stupido.

Mio nonno aveva la sua carabina Mauser 98, e io una carabina gemella, la copia esatta (ne aveva una dozzina, portate a casa in treno dopo la presa di Berlino, nascoste dentro un pianoforte). Non ho mai provato la Mauser 98 in una situazione bellica, ma per la caccia è un'arma perfetta, una di quelle che non passano di moda. È compatta, comoda, con legni eleganti, piacevoli da imbracciare, sottili ed ergonomici, a differenza dei Mosin Nagant, famosi perché troppo lunghi e con legni troppo grossi, lavorati male, i mirini ottici troppo deboli e con poca apertura visiva, un meccanismo di ripetizione grezzo, spesso causa di micro tremori che nel momento dello sparo possono influenzare la traiettoria del proiettile. Mio nonno, comunque, usava spesso anche questo fucile. Quando gli chiedevo quale delle due armi fosse migliore, lui mi rispondeva che il Mosin era sua moglie, il fucile che aveva usato da piccolo e poi in guerra, quando combatteva nell'esercito sovietico, ma la Mauser era la sua amante, perché ne aveva scoperto la bellezza e si era innamorato. Non sapeva dire a quale dei due era più affezionato.

Dopo una settimana di lezioni di tiro impartite da mio nonno nel cortile di casa, nonostante la sua totale incapacità nel comprendere i meccanismi principali dell'arma, mio cugino a suo (e nostro) rischio e pericolo aveva ricevuto una carabina SKS con quattro colpi nel caricatore. L'SKS è un'arma semplice e corta, con un calibro potente (7,62 x 39, lo stesso dei Kalašnikov), ma con prestazioni molto più basse delle nostre Mauser. Tra le armi di mio nonno era l'unica che si potesse dare in mano a uno che non aveva mai sparato, a parte il vecchio TOZ, un fucile a ripetizione ordinaria residuato dell'industria bellica sovietica incamerato in calibro 22, ma mettere Griša davanti a un cinghiale con quell'attrezzo sarebbe stata un'azione da vigliacchi bastardi, tanto valeva dargli una fionda...

Abbiamo preso posizione a circa cinquecento metri uno dall'altro, poi mio nonno ha liberato i cani. I cani da caccia siberiani sono addestrati per portare la preda al cacciatore, non hanno paura degli spari ravvicinati e sono molto aggressivi perché percepiscono la caccia come un divertimento, un gioco. Non si limitano a spaventare facendo rumore, attaccano direttamente l'animale, lo azzannano e tentano di buttarlo per terra. Spesso quando i cani sono tanti il cacciatore non fa nemmeno in tempo a sparare, perché quelli sbranano la preda come fossero lupi, e il cacciatore resta a mani vuote.

Tra cani e lupi in Siberia non si fa molta differenza, a volte un cucciolo di lupo viene fatto crescere in un branco di cani, si cerca di farli accoppiare per mischiare il sangue e avere bestie forti e sane. I cani di mio nonno erano nati proprio cosí. Al suo ordine sono partiti pieni di allegria per stanare le bestie, sono scomparsi tra gli alberi e dopo poco li abbiamo sentiti abbaiare: in un istante, a una cinquantina di metri da me, ho visto passare un'ombra, poi un'altra. Erano cinghiali buttati fuori dai loro letti, che correvano in direzione di mio cugino. Dall'altra parte ho sentito che mio nonno sparava due colpi uno dietro l'altro, voleva dire che ne aveva già beccato uno. In una battuta non si prende mai piú di quello che si riesce a portare addosso, quindi ho inserito la sicura alla mia Mauser e sono andato a recuperare mio cugino. Ma nel posto in cui l'avevo lasciato c'era solo la sua carabina, buttata in mezzo ai cespugli, e un po' piú in là una sua scarpa. Poi, dall'alto, ho sentito la sua voce:

«Nicolai, cazzo, quelle bestie mi stavano ammazzando!»

Non avevo mai visto una reazione simile. Si era arrampicato su un albero, come fosse scappato da un branco di lupi affamati.

«Griša, che cazzo fai lassú, scendi che spaventi gli scoiattoli... Sono passati due cinghiali, no? Perché non hai sparato?»

Mio cugino era in preda al panico, continuava a ripetere che non poteva scendere perché c'erano delle bestie che lo volevano ammazzare. C'è voluta quasi un'ora di minacce per convincerlo a lasciare l'albero. Nel tragitto verso casa, con il cinghiale scuoiato distribuito nei nostri tre zaini, mio cugino ci ha raccontato che quando ha visto i due cinghiali correre verso di lui, la prima cosa che gli è venuta in mente è stata lanciargli addosso la carabina; la seconda sfilarsi una scarpa e lanciare anche quella. Ma né la carabina né la scarpa li avevano fermati, e Griša si era ritrovato sull'albero senza sapere come aveva fatto ad arrampicarsi. Il giorno dopo mio nonno ci ha rispedito a casa, dicendomi che non voleva piú vedere quel soggetto.

«Anzi, non portare mai piú nessun famigliare...» ha aggiunto.

Mentre raccontavo di mio cugino, vedevo dalle sue reazioni che il giovane geologo cominciava a immedesimarsi in quel personaggio sfortunato e incapace, ed era una cosa molto buona, perché nel bosco non bisogna mai essere sicuri di se stessi fino in fondo: lí dentro una qualsiasi gita divertente e piena di emozioni positive può trasformarsi in una trappola mortale.

Queste e tante altre cose dovevo raccontare al mio nuovo amico, ma prima di tutto bisognava risolvere la questione dell'arma.

– Ho capito che un fucile non l'hai mai visto in vita tua, ma almeno un coltello ce l'avrai, no?

Da quando avevamo iniziato la nostra conversazione il mio compagno di viaggio si sentiva veramente annichilito, tutti i suoi sogni sulla Siberia stavano crollando come un castello di carte: il suo sguardo era sempre piú fisso, la voce si era abbassata, era tutto demoralizzato. Adesso che avevo nominato il coltello, però, in lui si era accesa una luce di speranza.

– Quello sí, certo, quello è utile dappertutto, eccolo, sempre in tasca! – ha risposto con una certa allegria nella voce, e ha tirato fuori un coltellino pieghevole, una brutta copia sovietica dei multiuso svizzeri, perfetti per affilare le matite, stappare le bottiglie, limare le unghie, aprire i barattoli di conserve, eccetera. Guardavo quelle lamelle di metallo tenute insieme da due rivetti che il geologo mi presentava come lo strumento principale della sua conquista della Siberia, e mi sentivo indignato e offeso.

– Non hai niente di piú grande? Magari un coltello con la lama fissa, piú spessa e soprattutto piú lunga di quattro centimetri...

Nei suoi occhi era ricomparsa l'ombra del dubbio e della paura. «Mi sa che ho sbagliato qualcosa», diceva il suo sguardo. Io ormai ero sicuro che apparteneva alla categoria dei casi umani, e cominciavo a pensare che a causa di tutti i miei peccati Dio mi stava dando la possibilità di salvare un uomo, e io dovevo mettercela tutta.

– Sai, c'è una regola molto semplice, che nella vita funziona: prima di partire per un viaggio particolarmente rischioso, di solito si studia un minimo l'ambiente. Se non so niente della montagna e voglio scalare, chiedo a chi l'ha già fatto, e scopro che per arrampicarsi sulle rocce servono attrezzature e tante capacità fisiche. Se devo andare nel bosco, cerco di parlare con le persone che vivono lí o che ci vanno spesso. E quindi, se parliamo di Taiga, con cacciatori, pescatori e turisti. I primi hanno sempre fucili e munizioni, i secondi hanno le canne da pesca, i terzi un sacco di roba inutile che si divertono a portarsi appresso, ma c'è una cosa che hanno tutti: un coltello con la lama fissa, di acciaio spesso, temprato, da usare per organizzare un posto in cui dormire, per scavare, lavorare il legno. E naturalmente anche come arma. Smontando il manico e legando il telaio a un bastone abbastanza lungo si può anche fabbricare una buona lancia. Il coltello è lo strumento che ti permette di sopravvivere se ti perdi, se un fiume allaga la terra e ti isola dal resto del mondo, se ti aggredisce un animale selvaggio. Se non hai portato un coltello, vuol dire che non sei pronto ad affrontare il bosco.

Il geologo era distrutto, ma io ho pensato alla mia missione: non potevo abbandonarlo.

– Non ti preoccupare, – ho continuato, – quando scendi dal treno vai nel primo negozio di caccia che incontri e compratene uno come si deve, spenderai tra duecento o trecento rubli ma potrebbe salvarti la vita... Certo, speriamo che non ti succeda proprio nulla di pericoloso, anche se, come dicono in Siberia: «La speranza muore per ultima, ma comunque muore».

In quelle lunghe giornate il treno percorreva vastissimi spazi senza fermarsi e dai finestrini si vedeva solo bosco, alberi e alberi senza una collina, senza un fiume, oppure si vedeva solo steppa, senza un albero, senza un animale. Quando passava una cornacchia o comparivano i rami di un albero secco era un evento memorabile, bellissimo. Io e il geologo ci sedevamo uno di fronte all'altro, ogni tanto facevamo delle passeggiate attraversando qualche vagone, poi tornavamo indietro. Lui non faceva molte domande, piú che altro mi lasciava parlare, ascoltava attento.

– Come tutti sappiamo, – dicevo, – la Siberia è un Paese dove il clima è freddo quasi tutto l'anno; il cibo e l'accumulo di energie hanno un'importanza assoluta per alcuni predatori, ad esempio i lupi, che non si fermano davanti alla possibilità di un buon pasto, anche se appartiene a una specie che non rientra normalmente nella loro alimentazione. Per questo bisogna imparare a non lasciare tracce del proprio odore in giro per il bosco, soprattutto con gli escrementi. Quando andrai a fare la cacca nel bosco, non devi farla dentro un cespuglio o dietro un albero, come fanno molti turisti: devi scavare un buco profondo una trentina di centimetri e poi seppellire tutto. Gli escrementi sono pieni dell'odore delle nostre interiora, che si sentono da lontano e attirano gli animali, e quando stai entrando nel tuo sacco a pelo per la notte e sei tutto soddisfatto dei tuoi bisogni che hai lasciato sotto un albero lí vicino, sappi che molto probabilmente, a qualche chilometro di distanza, un lupo già sente nell'aria l'odore delle tue budella e non vede l'ora di comunicare questa fantastica notizia al suo branco per poi correre verso di te e sbranarti dentro la tua bella tendina da studente ignorante. Nel bosco gli escrementi si seppelliscono e l'urina anche, meglio urinare dentro l'acqua corrente: quando un cacciatore esperto si ferma a una sorgente che non conosce controlla se dentro ci sono piccole rane o segni di altri animali, se ci sono significa che l'acqua è buona, gli animali non bevono mai l'acqua avvelenata perché sentono le tossine, allora per prima cosa il cacciatore riempie la borraccia, poi beve qualche sorso dalla sorgente e infine fa la pipí qualche metro piú avanti, mischiando l'odore della propria urina con l'acqua, che lo neutralizza immediatamente...

Il geologo annuiva e prendeva nota. Mi aveva chiesto se poteva trascrivere i miei insegnamenti, cosí la nostra era diventata una specie di Università Mobile Transiberiana, con lezioni vere e proprie in materia di Sopravvivenza nella Taiga: come accendere il fuoco senza fiammiferi, come orientarsi senza bussola, come trovare l'acqua dove sembra che non ci sia, come pescare senza filo da pesca, come costruire trappole per animali, come uccidere e scuoiare un animale e come cucinarlo, cosa fare nel caso in cui qualche bestia percepisca la tua presenza come un'offesa oppure, peggio ancora, ti veda come una preda.

Io ho cominciato ad andare nel bosco da piccolo, prima accompagnato da mio zio Vitalij, poi spesso da solo, e piano piano ho scoperto che se non capisci le sue regole, se non impari a seguirle, il bosco ti sentirà sempre come un corpo estraneo penetrato nei suoi tessuti, una fastidiosa spina sottopelle, e proprio come accade con le spine infilate nella cute, alla fine la Natura ti espellerà a modo suo. La cosa fondamentale che mi ha insegnato mio nonno è il rispetto per l'integrità, nel bosco non bisogna portare niente dal mondo degli uomini che possa rompere il suo

equilibrio. Lui parlava degli alberi, dell'acqua e degli animali come di un'entità unica, diceva: «Andiamo a trovarla», intendendo la Taiga.

Quando arrivavo da mio nonno per prima cosa lui cercava di togliermi di dosso l'odore di città e di umano che
portavo. Dovevo fare la sauna, lavarmi con un'acqua in
cui erano stati lasciati i rametti di vari alberi, che serviva per togliere «quell'odore acido di cittadino», come diceva lui. Appendeva i miei vestiti all'aria, coprendoli da
tutte le parti con mazzetti di erbe, per dargli il profumo
del bosco (lui portava sempre una pelliccia che assorbiva
l'odore di uomo e non lo faceva passare, perché l'odore di
bestia era piú forte e restava forte anche sulla pelliccia, io
invece portavo sempre giacche normali, fatte di materiali
sintetici). Nascondere le proprie tracce durante la caccia
era una delle attività che mio nonno svolgeva con estrema
dedizione. Quando cacciava da solo, senza cani, si metteva sempre controvento, cuciva alcune erbe aromatiche
sotto la giacca, e avvolgeva il fucile con un bendaggio come si fa con una persona ferita: usava una fascia di stoffa imbevuta in un infuso di erbe aromatiche e resine, per
cancellare l'odore fortissimo di lubrificante e soprattutto della polvere da sparo bruciata, che rimane attaccato
al fucile anche se lo pulisci con attenzione piú volte, ed è
molto sgradevole per gli animali. Ovviamente seppelliva i
propri escrementi, non sputava, non respirava con la bocca
quando sospettava che vicino ci fosse un animale, perché
dalla bocca esce l'odore delle nostre interiora e gli animali
lo sentono subito.

Spiegavo al mio studente che nel bosco tutto si basa
sugli odori.

– Annusando gli escrementi gli animali memorizzano gli
odori e li collegano a certe zone, se avvertono la presenza
dell'uomo in una zona cercano di evitarla per lungo tempo, cosí un turista o un cacciatore o un escursionista ine-
sperto e non preparato alla vita nel bosco può distruggere

un ecosistema senza neppure accorgersene, allontanando
un branco di animali dal posto che hanno scelto sulla base
della loro alimentazione e spesso costringendoli a morire,
perché di solito nel bosco, come in un buon condominio,
tutti i posti migliori sono occupati. La Taiga è un grande
mondo, ma nonostante all'apparenza sia potente è anche
molto fragile... Devi stare attento a non lasciare neppure
segni semplici come resti di cibo, cicche di sigaretta, impronte di fuoco, sapone profumato o dentifricio al mento-
lo, se li lasci in un posto sbagliato possono scatenare una
reazione catastrofica... Quando i predatori si comportano
in modo violento con gli uomini spesso non è perché vogliono mangiarli, ma semplicemente perché li irrita l'odore
delle cose che portiamo nel bosco.

Mentre lui scriveva, io stavo in silenzio e pensavo alle
prossime cose da dire. Poi mi guardava con la faccia esau-
sta e chiedeva:

– Altro?

E io ricominciavo.

– Ora ti parlerò della curiosità degli animali. Le bestie
a volte sono affamate ma non sono cattive, loro non seguono la ragione ma l'istinto, e per questo fanno tutto con
curiosità. Una tigre può anche seguire per chilometri un
turista nel bosco senza farsi vedere, senza attaccare, perché non è interessata a sfamarsi con la sua carne, ma vuole
semplicemente osservare una cosa nuova. Possono anche
divorare un uomo per curiosità, per vedere come si comporta un soggetto sotto attacco. Ricordo un'estate, avevo
circa quattordici anni, mentre stavo da mio nonno è successo un incidente poco lontano da casa sua. Noi eravamo
in giro nella Taiga, seguivamo lo spostamento di un branco
di cervi che per l'arrivo di altri branchi (che molto probabilmente scappavano per colpa di qualche attività umana)
erano stati costretti a dirigersi verso nord-est, e mio nonno era certo che si sarebbero fermati davanti al fiume che
passa da quelle parti. Dovevamo assicurarci che sceglies-

sero proprio quella zona, cosí piú tardi mio nonno poteva portargli il sale per aiutarli a sopravvivere all'inverno che stava per arrivare. I giri di questo tipo durano normalmente un paio di settimane, dormendo nelle diverse case di passaggio per cacciatori, sempre vuote e aperte a tutti, costruite dai cacciatori stessi per avere a disposizione dei posti sicuri in cui riposare lungo i loro percorsi. In quei rifugi troverai sempre della legna asciutta e varie cose necessarie per sopravvivere qualche giorno: fiammiferi, qualche pentola, tè, zucchero, alcuni medicinali e altri prodotti alimentari. Nelle nicchie sotto le travi di legno del pavimento, di solito in corrispondenza dell'icona, in uno degli angoli, i cacciatori nascondono qualche aiuto prezioso per i colleghi o per loro stessi: c'è sempre una serie di cartucce, qualche semplice coltello da caccia, qualche cintura... Nonno Nikolaj nelle case vicine alla sua lasciava anche le armi, in una un fucile a canna liscia, una doppietta calibro 12, in altre vari fucili a canna rigata, qualche Mosin Nagant, alcune carabine Mauser 98 e SKS; in tutto aveva una ventina di fucili nascosti nelle casette nel bosco, che potevano servire a lui oppure a molti dei suoi amici cacciatori nei casi d'emergenza.

– E nessuno gli ha mai rubato niente? – ha chiesto a quel punto il mio studente.

– Certo che no! I cacciatori siberiani non rubano, perché nonostante il territorio sia vasto la loro comunità è molto piccola, tutti si conoscono e se ci sono elementi marci li eliminano loro stessi... Ma di questo ti parlerò in un'altra lezione... Comunque, mentre io e il nonno seguivamo il branco di cervi (che si spostava lento, perché c'erano tre cuccioli che camminavano molto piano e i cervi non sono vigliacchi come i cinghiali, di solito quando si spostano nascondono i piccoli in mezzo al branco), abbiamo scoperto un gruppo di uomini, alcuni conciati come cacciatori, altri come turisti. Abbiamo osservato i loro movimenti attraverso il mirino telescopico dei nostri fucili, mio nonno ha confermato che erano tre guide con un gruppo di estranei, e abbiamo deciso di raggiungerli e di chiedergli di non tagliare la strada al branco, che altrimenti per paura poteva di nuovo cambiare direzione esponendosi all'attacco dei predatori. Quando ci siamo avvicinati ci hanno spiegato che cercavano uno scienziato, uno studioso appassionato come te che era entrato nella Taiga da solo qualche mese prima per osservare gli orsi. Ovviamente il povero naturalista non era armato, perché rispettava gli animali, e di conseguenza era scomparso. Mio nonno ha cercato di tranquillizzare i colleghi dello scomparso dicendo che forse si era allontanato troppo e si era perso, infine ha augurato a tutti di trovarlo al piú presto sano e salvo. Ma dagli sguardi che aveva scambiato di nascosto con le tre guide siberiane ho capito che c'erano poche speranze di trovare lo scienziato vivo. Due anni dopo, quando sono tornato nella Taiga, un cacciatore che spesso passava da mio nonno per scambiare cibo e oggetti e raccontare le ultime notizie, ha detto che all'inizio della primavera due cacciatori avevano trovato i resti di un uomo scomparso tempo prima vicino alle «Colonne della Lena», un posto in cui il fiume crea molte grotte e si allarga all'infinito. Di lui era rimasto soltanto qualche frammento di scheletro, ma da una grossa spaccatura sul cranio segnato da artigli si capiva che era stato colpito da un orso, la bestia gli aveva sfondato la testa e poi il cadavere era stato divorato da diversi animali. Mi ricordo perfettamente la frase che disse mio nonno in quell'occasione: «Chissà cosa cercava l'orso dentro la testa di quel poveraccio...»

Raccontavo quelle storie al mio compagno di viaggio e mi sembrava di tornare indietro nel tempo, vedevo immagini dimenticate e scoprivo cose a cui in passato non avevo dato importanza. Il nostro viaggio procedeva, il treno si avvicinava piano piano a Tajšet.

Stare giorni e giorni chiuso dentro uno scompartimento non era facile, e anche se molto tempo passava in chiacchiere si sentiva sempre di piú la stanchezza. Quando il treno si fermava nelle stazioni abbastanza grandi scendevo per camminare un po', per sentire con i miei piedi la terra. Lí si poteva anche rimediare cibo buono a poco prezzo, soprattutto dai venditori ambulanti che assaltavano il treno con i loro sacchetti pieni di *pirožki*, un elemento importante della gastronomia tradizionale russa. Ogni casalinga li fa a modo suo, ma in genere sono costituiti da una pagnotta cotta nel forno oppure fritta nell'olio bollente, riempita con vari ingredienti come patate al pepe, formaggio morbido mischiato con gambi di cipolla fresca tagliati in piccoli pezzi, carne tritata con riso e cipolla, oppure varie marmellate fatte in casa. Costano poco e sono molto nutrienti. Oltre ai *pirožki* si trovava pollo fritto, patate bollite, pesce affumicato, latte fresco e uova (io sono dipendente dalle uova, quando ero piccolo mio nonno mi obbligava a berne tre – belle fresche – ogni mattina, diceva che mi assicuravano energia per tutto il giorno).

L'alimentazione sulla Transiberiana era un vecchio problema. Le persone che affrontavano il viaggio sul treno in genere non erano ricche, altrimenti prendevano l'aereo. Per loro l'acquisto del biglietto era in sé un investimento molto importante, e mangiare nel vagone ristorante costava altrettanto, per questo trovavi solo turisti stranieri, pochi russi benestanti che per qualche motivo non preferivano altri mezzi di trasporto piú veloci e sicuri, oppure i criminali che si occupavano di truffare con i giochi di carte (o semplicemente di rapinare) i lavoratori stagionali che tornavano a casa dopo aver passato mesi nelle cave d'oro, nei pozzi di petrolio o nei giacimenti di gas. Sulla Transiberiana quei criminali rappresentavano una specie di potere-ombra, alcuni passavano in treno tutta la vita, e

corrompendo i funzionari di polizia e della ferrovia erano
diventati un riferimento al quale tutti dovevano rende-
re conto se volevano stabilità e sicurezza. In alcune città
della Russia i biglietti per la Transiberiana li vendevano
solamente in nero: arrivavi alla cassa, chiedevi il biglietto,
e la cassiera t'indicava un gruppo di giovani balordi con
le teste rasate accucciati attorno a un tavolino del bar,
vestiti con le tute sportive e le catenine d'oro in vista. Te
lo vendevano loro il biglietto, aggiungendo la metà del
prezzo normale. Se andavi dalla polizia ti dicevano che
erano affari del capo stazione, se andavi dal capo stazione ti diceva di rivolgerti alla polizia, e intanto i balordi
criminali guadagnavano sulla debolezza della gente. Lo
stesso succedeva sul treno con lo sfruttamento di alcuni
servizi gratuiti: nei vagoni dove viaggiavano i criminali il
capo vagone improvvisamente poteva cominciare a chiedere ai passeggeri di pagare il completo di lenzuola che
rientrava nel costo del biglietto. Se qualcuno non voleva
pagare comparivano altri giovani palestrati con la tuta,
come se quel modo di vestire fosse un'uniforme, e diventavano violenti: potevano picchiare o intimorire verbal-
mente, minacciando di far male ai bambini, se c'erano.
Per questo motivo molti viaggiatori evitavano di usufrui-
re dei servizi del treno, portavano le lenzuola da casa e si
preparavano il cibo per il viaggio, comprando solo qualche prodotto dai venditori ambulanti che facevano prezzi molto popolari.

Dentro lo scompartimento tutti vivevano come in famiglia, sul tavolino c'era sempre da mangiare, ognuno
offriva i propri prodotti agli altri e cosí circolavano tante cose buone e tutti erano sazi. In treno succedeva di
tutto, qualcuno organizzava matrimoni, qualcuno mori-
va, c'erano sempre i contadini con gli animali vivi portati apposta per essere uccisi lungo il viaggio, perciò capitava di trovare in bagno due di questi benedetti uomini
intenti a sgozzare un pollo, un'oca oppure un maialino.

Inutile parlare dello stato del bagno dopo una simile procedura, ma il peggio era quando cominciavano a cucinare i loro animali sui fornelli a gas o a cherosene in corridoio, spalancando un finestrino. Era uno spettacolo da non perdere, una specie di caravanserraglio mobile. Su quei treni era proibito bere alcol, ma i russi rispondevano al proibizionismo con l'esatto contrario: l'alcol si consumava in enormi quantità, anzi spesso era venduto proprio dai capi vagone, gli stessi che dovevano salvaguardare il divieto. Per questo il treno diventava anche il palcoscenico di grandi tragedie.

Non dimenticherò mai un episodio in cui il tragico si mescolò al comico, una di quelle storie che servono al destino oppure a Dio (lo si può chiamare come si vuole, tanto la sostanza rimane la stessa) per far vedere agli uomini che esiste qualcosa oltre le ambizioni e le convinzioni dei semplici mortali. Era il 1990, il muro di Berlino era crollato pochi mesi prima e si respirava aria di libertà. Solo che, grazie alla nostra gente di poca cultura, quest'aria non aveva la forma di una corrente fresca che doveva cambiare tutto in meglio, ma quella di un vento d'oppio che addormentava e uccideva lentamente. Le persone cercavano di smantellare con l'entusiasmo gli schemi e i meccanismi sovietici ormai antichi, ed erano talmente impegnate in questa faccenda da non accorgersi che nessuno aveva previsto alternative. Era come guardare gli abitanti di un condominio fare a pezzi il loro vecchio palazzo nel nome della modernità, della democrazia, della tecnologia, tutti pieni di grandi emozioni e sentimenti, senza un altro posto dove andare e con un'enorme nuvola nera carica di pioggia e fulmini all'orizzonte, che arrivava a una velocità straordinaria minacciando chissà quali guai. Quando qualche anno dopo la nuvola è arrivata, spinta dal vento occidentale, ha scaricato una terribile pioggia che ha bagnato tutti e qualcuno si è pure bruciato il sedere con un fulmine, e all'improvviso la gente si è accorta di non avere piú un tetto sopra la testa. Ma intanto, all'inizio degli anni Novanta, nessuno si occupava di quella nuvola e ognuno faceva a pezzi il suo palazzo: brutto e vecchio, ma pur sempre un palazzo.

Comunque, in quel periodo zio Vitalij mi ha portato per la terza volta in Siberia da nonno Nikolaj, faceva ancora parecchio freddo ma era primavera e già si aspettava la rinascita della natura. Nello scompartimento vicino al nostro c'era un gruppo di giovani nullafacenti, forse erano studenti o semplicemente vagavano per il Paese senza alcun motivo preciso, non saprei dire. Erano in otto, sei ragazzi e due ragazze, in uno scompartimento da quattro persone, perché tra giovani si usava molto viaggiare cosí: compravano quattro biglietti per avere un intero scompartimento, davano qualcosa al capo vagone e lui chiudeva un occhio sulle persone in piú. Era una pratica cosí diffusa che quei particolari passeggeri avevano un nome nel gergo popolare, si chiamavano «le lepri». I nostri vicini facevano casino giorno e notte perché dormivano a turni di quattro, e quelli che aspettavano passavano il tempo a bere, suonare la chitarra e fumare canne. Persino mio zio, una persona di grande cuore e con tanta pazienza accumulata nei lunghi anni di carcere sovietico, a un certo punto aveva sclerato… Andava da loro piú volte durante la notte, bussava e chiedeva in modo gentile di non urlare, che tanta gente non riusciva a dormire. Loro smettevano per qualche minuto e poi pian piano ripartivano. Dopo una nottata passata cosí, al mattino nel nostro vagone hanno dato l'allarme perché uno di quei giovani era scomparso. Dato che zio Vitalij soffriva da sempre di crisi d'asma e aveva un polmone bucato, spesso di notte andava in bagno piú volte per tossire, perché aveva paura di sputare sangue nel letto, e io da subito avevo pensato che in una delle sue uscite notturne, innervosito dal casino, avesse ammazzato lui quel ragazzo. Ho passato un pomeriggio molto brutto, immaginando di trovare un blocco della polizia in una delle stazioni successive: vedevo già me e mio zio in manette, trasportati in qualche carcere della periferia siberiana, anziché a goderci il bosco e il tempo con nonno Nikolaj.

Alle quattro un disperato e infinitamente lungo urlo femminile proveniente dallo scompartimento degli studenti-nullafacenti ha risvegliato tutto il vagone. Dopo qualche minuto la notizia era passata di bocca in bocca per tutto il treno: «L'hanno trovato, è morto». In pratica era andata cosí: saranno state le tre e mezzo di notte, i giovani ubriachi e drogati suonavano la chitarra, cantavano e deliravano tutti insieme nel loro scompartimento; uno di loro, forse il piú allegro e simpatico, ha deciso di prendere un po' in giro gli amici, dandogli la scossa con due cavi attaccati a una batteria elettrica che usavano in campeggio per far luce dentro la tenda; in questo modo il ragazzo ha fatto perdere la pazienza a uno dei suoi amici, che l'ha afferrato e l'ha infilato a forza nello spazio portabagagli sotto il letto, spazio grande come una cassa da morto e chiuso ermeticamente. Nessuno ricordava questo momento perché erano tutti strafatti di droga e alcol, cosí il loro amico è morto soffocato in pochi minuti, mentre fuori suonavano la chitarra spensierati. Il giorno dopo non riuscivano a capire cos'era successo, pensavano che il loro amico si era buttato dal treno in corsa oppure era andato a nascondersi in qualche altro vagone. Lo ha trovato una delle ragazze quando ha aperto il portabagagli per cercare qualcosa nelle borse.

Nella stazione successiva tutta la compagnia di allegri amici è uscita dal treno con le facce di cera e gli occhi che diventavano di vetro mentre guardavano il corpo steso sul pavimento della stazione, pieno di lividi blu, perché era stato schiacciato tra il peso del suo amico sopra il letto e le borse che già riempivano il vano. Mentre la polizia portava via il corpo e accompagnava il gruppetto di stronzi, il ragazzo che aveva infilato l'amico nel portabagagli ha

tentato di suicidarsi tagliandosi le vene con un apribotti-
glie, facendo uscire qualche goccia di sangue mentre deli-
rava sul tema della vita. Un sergente di polizia di una cinquantina d'anni ha cominciato a prenderlo a schiaffi senza
pietà, urlandogli in faccia: «Guarda dove porta la vostra
droga, bastardo che non sei altro!»

Nei miei viaggi di solito mangiavo poco, perché stando
fermo per la maggior parte del tempo non bruciavo energie, quindi mi accontentavo di un tè caldo e un biscotto
a colazione e di un pranzo da una sola portata; a cena potevo non mangiare proprio, oppure rimediare con un bicchiere di tè e una *suška*, una specie di tarallo russo grande
e ovale. Io e il geologo avevamo unito le forze, le nostre
chiacchierate ci avevano legato e mangiavamo sempre insieme. Lui aveva una borsa con del cibo in scatola e altre
cose di cui si riempiono i turisti quando vanno in Siberia,
pensando che fuori da Mosca e San Pietroburgo non esistono gli alimentari, e che la Taiga selvaggia comincia dove finiscono le linee della metropolitana. Io come ho già
detto mi procuravo la mia parte dai venditori ambulanti
nelle stazioni. Durante i pasti mi riposavo la voce, spesso
era il geologo che parlava, mi raccontava la sua vita o ri-
leggeva le mie lezioni, per provare che era stato attento e
che aveva capito.
   – «Controllare costantemente sul proprio cappello la
presenza di zecche o pidocchi che non vedono l'ora di scavare la stoffa per attaccarsi alla pelle umana e portare nel
sangue terribili malattie come l'encefalite, di cui ancora
oggi si muore (soprattutto se siete nella Taiga e gli ospe-
dali e le ambulanze sono molto lontani); ogni volta che ci
si ferma a bere a una sorgente, controllare che non sgor-
ghi da una zona paludosa, altrimenti si rischia di prendere un'intossicazione e di morire per le coliche (attenzione:
una palude in Siberia è molto diversa da una palude europea, in alcune zone della Taiga si può camminare per ore

su un terreno che sembra rigido e coperto di bosco, senza rendersi conto che sotto c'è una grossa palude; attenzione anche al gas, le paludi siberiane sono molto vecchie, alcune si sono formate nei tempi preistorici, dopo le glaciazioni, hanno una profondità notevole e producono tanto gas che poi spurga intossicando i turisti o gli animali sfortunati che lo respirano; per lo stesso motivo attenzione ad accendere il fuoco, se sei in mezzo a una palude il gas può farti saltare in aria); controllare la presenza di ragni nelle scarpe e nei vestiti e fare attenzione alle vipere di palude, spesso entrano negli zaini e si arrotolano intorno al thermos perché amano gli oggetti caldi; non lasciare cose dolci all'aria aperta piú di qualche minuto, perché le vespe e le api selvatiche arrivano come le nuvole...»

A Tajšet io e il geologo siamo scesi insieme, il nuovo treno era semivuoto e il capo vagone non ha avuto problemi a farci sistemare vicini. La BAM attraversa la Siberia come un piccolo raggio di sole attraversa l'acqua dell'oceano. Osservare la grandezza della natura che regna in quelle terre ci faceva riflettere sul significato del tempo e dell'uomo, che rispetto all'universo è niente, nemmeno polvere, e nonostante questo si ostina a cambiare il corso naturale della vita, prova ad avere la meglio sulla natura costringendola alle sue esigenze. Quando vedevo i tunnel smisurati scavati dentro le montagne, i ponti sospesi nel vuoto sopra i fiumi enormi e potenti, pensavo che la forza dell'uomo è la sua capacità di azzardare, di tentare, di cercare di vincere in qualsiasi situazione. È uno degli elementi che ci distingue dagli altri animali: loro sono guidati dall'istinto in una realtà limitata all'esperienza acquisibile dai sensi, noi siamo guidati dalla straordinaria ragione che non ha limiti, per questo finiamo spesso in situazioni che superano le capacità dei nostri sensi e ci trovano impreparati. Pensavo tanto alla vita dei miei vecchi, la strada che avevano fatto, il modo in cui avevano attraversato quell'enorme Paese da una parte all'altra, i tempi difficili che avevano conosciuto: guerre, carestie, fame, tirannia, ingiustizia, caos. Mi domandavo se io sarei stato capace di vivere almeno una parte di quella vita e diventare come loro, o se mi sarei lasciato andare alla mia debolezza. Parlavo di queste cose con il geologo e capivo che anche lui sentiva l'enorme vuoto al quale si avvicinava la nostra generazione. Proprio per questo, mi ha confidato, aveva deciso di lasciare la città e di andare nel bosco, voleva misurarsi con le cose che non esistono piú. Meritava tutto il mio rispetto.

– Ci sono ancora un paio di cose che devi sapere, – gli ho detto quando ormai mancava poco al momento in cui ci saremmo separati, – poi sarai pronto.

Il mio studente ha tirato fuori il quaderno, quasi tutto pieno della sua scrittura. Guardandolo negli occhi sembrava diverso: meno ingenuo, cresciuto.

– Queste ultime cose, – ho continuato, – non riguardano la natura della Taiga, ma i suoi abitanti, però come ti ho detto all'inizio non c'è molta differenza, chi vive nel bosco finisce per diventare bosco... I siberiani hanno un modo tutto loro di percepire le distanze, per chi arriva dalla città ed è abituato ai trasporti pubblici, alle comodità e alla vicinanza di tutte le strutture, è difficile riuscire a camminare a lungo... Devi stare molto attento quando chiedi indicazioni ai siberiani, se ti dicono «è qui dietro l'angolo» di solito c'è almeno qualche chilometro, «bisogna camminare un po'» prevede molto probabilmente una spedizione di qualche giorno. Un'altra cosa importante è che i villaggi hanno dei nomi e sono inseriti sulle mappe, hanno le vie e i numeri civici, ma la maggior parte della gente che ci abita ignora queste formalità. Se chiedi indicazioni è meglio che non guardi la mappa, altrimenti ti confondi... E non aspettarti il classico villaggio della Russia centrale circondato da strade, con le case in fila una vicino all'altra, gli orti dietro e i grandi cortili davanti: i villaggi siberiani sono posizionati lungo il fiume, quindi circondati dal bosco, con strade sterrate che possono interrompersi all'improvviso e gruppi di case caotiche che spuntano ogni cinque-dieci chilometri. Per individuare una casa si usa il nome delle persone che la abitano, oppure una caratteristica territoriale specifica, tipo «la casa di Ignat», o «la casa sotto il grande larice bianco». Siccome sono abituati a condividere spazi molto vasti, i siberiani non accettano il raggruppamento delle case in centri comunali, sono indipendenti e tengono molto alla separazione del proprio spazio di vita da quello degli altri... Ovviamente ti sto parlando della Taiga profonda e delle terre lungo i fiumi minori: al sud della Siberia e lungo i fiumi grossi, soprattutto nei tratti importanti per i trasporti o nei punti di estrazione delle risorse naturali, ormai il mondo arcaico della Taiga è distrutto...

Adesso veniva la parte piú difficile e controversa del discorso, non volevo spaventare il mio amico ma era importante metterlo in guardia su certe regole siberiane.

– Se vuoi gironzolare nel bosco vicino a un villaggio, – ho cominciato, – è sempre meglio che prima consulti qualcuno del posto... Sai, il bosco non è un parco divertimenti, per le persone che vivono lí è piú una specie di orto, solo in una forma diversa, piú legata al mondo selvaggio. È l'unica risorsa di vita, capisci, e rischi di finire in una trappola per gli animali, o di raccogliere bacche che ti sembrano selvatiche e invece sono coltivate da qualcuno... Tutto quello che ti ho detto prima sugli animali selvaggi è vero, però spesso i turisti spariscono in Siberia per altri motivi... Per morire divorato da un animale selvaggio bisogna prima trovarlo e avvicinarsi a lui e non è una cosa semplice, bisogna saper entrare nella Taiga profonda e girare lí dentro per qualche settimana. Insomma, anche per essere mangiato da un lupo servono tempo ed esperienza...

Il geologo ha sorriso, ma si vedeva che non capiva dove volevo andare a parare.

– Il fatto è che il bosco è pieno di trappole per animali che i siberiani usano da sempre, perché fa parte della loro cultura di caccia e nessuna legge federale contro il bracconaggio può farci niente. La Taiga appartiene a chi la abita e lí dentro si fa quello che è utile per sopravvivere. Di certo chi fa le leggi contro la caccia non visita d'inverno le abitazioni isolate dei cacciatori per chiedere se stanno bene, se hanno abbastanza cibo e se quest'anno i limiti di caccia imposti dal governo russo hanno lasciato da mangiare per tutti. A dire il vero il governo è interessato solo a controllare i pozzi di petrolio, le miniere d'oro e di diamanti e i giacimenti di gas, il resto è pura truffa burocratica, un teatrino dell'amministrazione che serve a convincere il resto della Russia che la Siberia è sotto controllo. Sarebbe impossibile chiedere alla popolazione della Russia europea di rispettare la legge se fosse troppo evidente che oltre gli Urali esistono regioni che se ne sbattono della costituzione e ignorano tutto il pacchetto di leggi con grande entusiasmo...

– Quindi la maggior parte dei turisti e dei funzionari scomparsi nella Taiga sono caduti nelle trappole lasciate dagli abitanti locali?

– Alcuni sí. Però, ecco, c'erano... ci sono ancora... tanti casi di omicidi. Volontari. I siberiani sono un popolo di cacciatori, uccidere è parte del loro processo di esistenza, e la verità è che secondo la loro filosofia tra l'uccisione di un animale e di un uomo non esiste alcuna differenza: se deve essere fatto sarà fatto, nessun rimorso o crisi di coscienza. Un turista che si rifiuta di rimuovere la propria tenda da un posto perché si sente autorizzato a occupare ogni spazio che gli piace, rischia che il suo corpo diventi cadavere e scompaia, e di sicuro nessuno mai lo troverà, perché la Taiga è grande e perché lí dentro non esiste nessuna legge se non quella di chi ci vive. Mi è capitato

di ascoltare i racconti di alcuni vecchi cacciatori sull'uccisione di turisti ed escursionisti, perché quelli si muovevano nei territori in cui si fermavano i branchi di cervi o
di caprioli: le bestie spaventate si spostavano lontano e i
cacciatori perdevano le risorse di carne per una stagione
intera. Ho conosciuto un cacciatore di mezz'età che all'inizio degli anni Novanta ha ammazzato due turisti perché
si sono messi a cacciare senza chiedere il permesso. Molti
cacciatori siberiani si riuniscono ogni anno e raggiungo-
no la frontiera con la Cina, tra i siberiani e i cinesi esiste
da sempre una lotta per il dominio del territorio di caccia,
quindi i siberiani vanno lí ad ammazzare i bracconieri cinesi che cercano di attraversare la frontiera... Di solito in
queste spedizioni ci sono soprattutto vecchi siberiani legati alle religioni pagane, perché il loro odio verso i cinesi
è reso piú forte dal fatto che i cinesi cacciano i felini, che
per i siberiani sono sacri perché dentro di loro si nasconde
Amba, lo spirito della Taiga...

Il geologo era di nuovo spaventato, mi sembrava che
questi omicidi lo impressionassero piú delle storie degli
uomini mangiati dagli orsi.

– Mio nonno non ha mai scritto niente del genere... –
ha detto sconsolato.

– Questi racconti non escono dalla comunità dei cacciatori con facilità, li può sentire solo chi fa parte di quel
mondo, io li conosco grazie a mio nonno. Certo, potreb-
bero comportarsi come una società civile, scrivere cartelli
informativi, investire in qualche programma di comunicazione per il rispetto del territorio e insegnare ai turisti le
regole locali, ma a quanto pare non hanno né le strutture,
né le capacità organizzative, né il tempo libero necessario.
Costa meno sparare un colpo in testa al tizio che minaccia il loro bosco e nascondere il suo cadavere in un burro-
ne... Però, se stai molto attento, puoi sentire una leggera traccia di queste storie in forma di battute e di scherzi
un po' cattivi dei cacciatori. Sono segnali che devi saper

interpretare... Stai scrivendo? Sta' tranquillo, con questi
consigli non ti succederà niente! – ho detto, sperando di
sollevargli il morale. – Qui tocchiamo un'altra differenza
importante tra i siberiani e «quelli della civiltà». I siberiani possono essere anche grandi chiacchieroni, però non
parlano mai a vuoto, come facciamo spesso noi nelle città:
se ti raccontano una cosa, anche quando sembra non avere
nessun significato legato alla tua situazione, ascolta atten-
tamente. Lí la gente parla solo quando vuole comunicare
davvero qualcosa, altrimenti sta zitta perché sa che parlando per un'ora un uomo spreca tanta energia quanta ne
serve per un'ora di cammino. Se ad esempio dici che vuoi
andare in un posto e cosí, come se fosse giusto per chiacchierare, ti raccontano che proprio in quel posto due anni
fa è scomparso un turista, dimenticatelo! Non andarci, e
non nominarlo piú! Prima di andare nel bosco cerca i cacciatori, non evitarli, portagli qualche regalo, anche loro sono uomini e apprezzano se prima di chiedergli un favore
gli regali qualcosa, magari legato alla caccia o al lavoro nel
bosco: cartucce da fucile, un coltello, un'ascia, una corda
o dei moschettoni da alpinismo, candele, lampade a cherosene, fiammiferi resistenti all'acqua, scarpe da cammi-
nata, una rete o del filo da pesca, ami, medicinali... Vedi
tu insomma, ma ti sconsiglio la vodka, perché di solito i
cacciatori la considerano un'arma usata dai russi contro i siberiani, e in piú molti di loro non bevono, soprattutto gli
ortodossi estremisti, credono che l'alcol l'abbia creato il
diavolo... Portando un dono a un siberiano non devi dar-
glielo in mano, in genere non si usa avere tanti contatti
fisici, perché vivendo in un luogo cosí vasto la loro percezione dello spazio privato è identica a quella degli animali, può arrivare persino a qualche centinaio di metri, fin
dove si estende la loro capacità di avvertire una presenza
estranea. Quindi se incontri qualcuno non avvicinarti per
primo, aspetta che sia lui a farlo, se ti serve qualcosa puoi
chiamarlo, attirarlo con un grido, ma guai a dirigerti verso

di lui, o peggio a seguirlo senza avvisarlo. Ti capiterà che qualcuno a qualche decina di metri ti saluti con il braccio sollevato alla romana, cosí, fermo per un po' di secondi... Questo saluto in Unione Sovietica ha creato sempre grandi polemiche, la gente rimaneva scandalizzata pensando che i siberiani si fossero fatti contagiare dall'ideologia nazista. Ovviamente per i cacciatori questo saluto non ha nessuna ragione politica, semplicemente è un modo rapido ed efficace di annunciare la propria presenza da lontano, perché chiunque abbia minime conoscenze di escursionismo sa che a trecento metri di distanza si può comunicare solamente usando i propri arti, e il modo piú semplice è alzare il braccio. Tant'è vero che in Siberia tra i cacciatori esiste un codice vero e proprio, ti faccio vedere, puoi fare degli schizzi se vuoi... Il braccio alzato alla romana è un saluto ma anche un segnale di normalità, cosí un cacciatore fa capire all'altro che sta bene ed è tutto a posto. Il braccio alzato dritto alla romana e agitato da sinistra a destra è un richiamo di aiuto, un braccio che si alza e si abbassa in continuazione vuol dire che il cacciatore sta seguendo una bestia ferita e ti invita ad allontanarti dal territorio per non creare uno scontro tra cani, e soprattutto per evitare che la bestia sia abbattuta da qualcun altro, cosa che va contro le regole dei cacciatori.

Quando regali qualcosa al cacciatore siberiano, quindi, devi lasciare il dono davanti a lui, se sei nel bosco lo metti per terra e poi ti allontani di qualche metro... Se ti presenti nel modo giusto puoi stare tranquillo, te lo assicuro, se ti chiedono chi sei di' che sei in cammino, che sei un viaggiatore, se ti chiedono dove sei diretto non dare informazioni precise, basta dire «a nord», oppure «seguo il corso del fiume», tanto a quelli non interessa, gli basta sapere che non vai nella loro zona, che non sarai un elemento di disturbo. Se ti chiedono se sei un cacciatore menti, ma non troppo, se dici di sí penseranno che sei lí in cerca di prede e se trovi un cacciatore che ha appena passato un brutto inverno rischi che ti faccia fuori, però se dici di no, se gli dici che non sai nemmeno tenere in mano un'arma, ti tratteranno con disprezzo, perché in Siberia chiunque, uomo, donna, bambino o vecchio, deve saper cacciare, questa è la loro cultura e tramite la loro cultura interpretano il resto del mondo. La cosa migliore è dire che sai cacciare, che nel posto da cui arrivi lo fai spesso, ma lí preferisci rifornirti dai cacciatori locali. A quel punto potresti anche chiedere qualche pezzo di carne, te lo regaleranno con piacere, perché aiutare chi è in cammino è una sacra tradizione siberiana. Ecco, cosí ti tratteranno con il dovuto rispetto. E se per caso hai qualche dubbio, se vuoi capire se tra te e un siberiano ci sono questioni in sospeso, basta che stai zitto per qualche minuto: se lui non parla e si comporta come se fosse da solo, vuol dire che è tutto a posto. Se invece fa troppe domande, ti guarda in continuazione, se osserva come ti comporti, allora vuol dire che è sospettoso. Vivere con i siberiani non è difficile, te l'ho detto, basta capire come pensano e a quel punto a volte non dovrai neanche comunicare, sono abituati a passare giorni insieme nel bosco senza pronunciare una parola... È un bel modo di essere. Mio nonno dice sempre che i siberiani non hanno bisogno di compagnia, perché bastano a se stessi.

Il treno è arrivato alla stazione Lena in tarda mattinata, prima di scendere ho salutato il mio compagno di viaggio e come si usa in questi casi ci siamo promessi di tenerci in contatto: gli ho lasciato l'indirizzo dell'appartamento di San Pietroburgo e lui mi ha promesso di mandarmi una lettera per raccontarmi le sue avventure in Siberia.

Ci voleva ancora una settimana per arrivare alla casa di nonno Nikolaj. Prima dovevo raggiungere un vecchio amico di mio zio, un pescatore che noleggiava le sue barche ai turisti e ai cacciatori per discendere il fiume. Ho camminato per qualche ora diretto a casa sua, andavo piano, mi fermavo a curiosare, incontrando posti che ricordavo. Tutto era in uno stato di grande abbandono, si notava la mancanza di un organo capace di gestire la vita in quei posti difficili e lontani. Le guerre coloniali dell'impero russo in Siberia sono sepolte sotto le ceneri della storia, ma lí la gente vive ancora con il terrore di uno Stato totalitario capace solo di prendere senza dare niente in cambio: come un vampiro crudele il potere russo ha infilato i denti nel corpo della Siberia succhiando il suo sangue e le sue ricchezze, l'ha divorata e le ha distrutto il futuro.

La Siberia è stata trattata per molto tempo come un enorme campo di concentramento per prigionieri indesiderati o come una cava di risorse naturali, e negli ultimi anni dell'impero sovietico alcune zone si sono trasformate persino in laboratori scientifici per la ricerca sulle armi chimiche e batteriologiche. Sperimentavano direttamente sugli abitanti, ed è cosí che negli anni Settanta i comunisti hanno distrutto una grande tribú di nativi, spargendo una malattia che portò via le vite di piú di trecento persone. Ogni volta che si parla del totalitarismo sovietico mio nonno non può fare a meno di ricordare questo episodio, dice che prima dell'arrivo dell'epidemia alcuni cacciatori avevano visto gli aerei dell'esercito sorvolare la zona a quote molto basse, seminando nell'aria una specie di gas, nuvole bianche sospese che brillavano al sole. E chissà quante altre vittime, quanti altri esperimenti bellici, quante azioni disumane hanno compiuto i comunisti in quella terra… È normale che poi, se li chiamate «russi», i siberiani vi correggono subito. L'unica cosa che hanno in comune con il resto della Russia è il passaporto.

Ho cominciato a interessarmi alla Siberia quando ero piccolo: nonno Boris, padre di mio padre, era nato lí e aveva passato l'infanzia in un villaggio siberiano, e mi raccontava spesso di questa terra, le sue fiabe antiche, le storie dei combattenti, dei «criminali onesti» che rapinavano le carovane dei russi, le loro barche sui fiumi, e cercavano di distruggere i loro insediamenti nei boschi.

Era nato in una famiglia di resistenti anticomunisti, a dire il vero erano resistenti-da-sempre e se la prendevano con chiunque arrivasse in Siberia a estendere il proprio dominio, ma con il regime comunista si era creata una vera e propria guerra, un po' per via dei tempi caotici, un po' perché i miei antenati siberiani appartenevano alla prima Chiesa ortodossa, portata agli slavi dagli apostoli cristiani Cirillo e Metodio. Due personaggi, questi, piuttosto estremisti nella loro filosofia (e pratica) cristiana, che hanno voluto una Chiesa molto rigida e severa, una sorta di religione combattente destinata a sconfiggere e sottoporre al proprio dominio tutte le antiche culture pagane di carattere tribale. Quando il patriarca Nikon introdusse le riforme che trasformarono la Chiesa in uno strumento politico, chi rimase fedele alla vecchia struttura fu immediatamente etichettato come separatista pericoloso per lo Stato. Molti sono stati giustiziati, altri condannati all'esilio o fuggiti volontariamente in Siberia, che a quel tempo era poco esplorata. Lí hanno formato le loro comunità, entrando in relazione con i popoli nativi e mischiando le loro culture.

Io sapevo che il padre di nonno Boris, che si chiamava Nikolaj, era stato fucilato dalla polizia quando aveva ventisette anni, sapevo anche che nonno Boris aveva un fratello maggiore, e che pure lui si chiamava Nikolaj, perché quando era nel grembo della madre suo padre era stato arrestato e portato via, e tutti erano convinti che lo avessero già ammazzato, quindi quando il bambino è nato lo hanno chiamato Nikolaj in ricordo del padre. Dopo qualche mese, però, il padre è tornato, liberato dai suoi amici briganti, e cosí in famiglia c'erano padre e figlio con lo stesso nome.

Nei successivi sette anni il piccolo Nikolaj ebbe sei fratelli, di cui quattro sono morti da piccoli, finché un giorno i comunisti arrestarono di nuovo suo padre. Questa volta lo fucilarono subito. Nikolaj era l'unico tra i figli che ricordasse quegli eventi, perché gli altri bambini erano troppo piccoli, nonno Boris aveva tre anni e sua sorella appena un anno e mezzo. Quando sua madre, la mia bisnonna, è rimasta vedova, è stata costretta a fuggire dalla Siberia per trasferirsi all'estremo sud-ovest dell'Urss, in Transnistria, dove esisteva una comunità di esuli siberiani. In quella zona faceva meno freddo e nonostante i problemi politici e sociali era piú facile sopravvivere per una donna, perciò sperava che fosse l'occasione per cominciare una nuova vita. Ma anche lí ebbe difficoltà: nonno Boris mi raccontava che per un lungo periodo neppure i suoi parenti l'hanno accettata, nessuno voleva aiutarla. Per fortuna sua nonna, che a quei tempi era già morta, era ebrea, e cosí furono gli ebrei gli unici ad aiutare sua madre, accogliendola nella loro comunità. Il piccolo Nikolaj invece era rimasto in Siberia, affidato a una famiglia del posto, perché in quegli anni aveva preso una brutta malattia e sembrava in fin di vita, e la mia bisnonna aveva paura che non sarebbe riuscito a superare il lungo viaggio. Poi, incredibilmente, nonno Nikolaj era guarito, però in Transnistria non era mai voluto andare, non se la sentiva di abbandonare la Siberia ed era rimasto con la famiglia che lo ospitava. Quando aveva sedici anni era arrivata la chiamata dall'esercito, i nazisti erano entrati a Stalingrado minacciando la macchina da guerra sovietica, servivano grandi risorse e molte famiglie siberiane erano state costrette a mandare i propri figli al fronte. Nonno Nikolaj era entrato nell'esercito perché voleva sdebitarsi con la famiglia che lo aveva ospitato per tutto quel tempo, una semplice famiglia di cacciatori che non aveva niente a che fare con la comunità di resistenti e forse proprio per questo li apprezzava cosí tanto e con loro si sentiva in pace, per lui erano genitori. Avevano due figli maschi,

e quando era arrivata la chiamata in guerra uno aveva di-
ciott'anni e l'altro venti. Quando passarono i militari per
portarsi via i ragazzi, nonno Nikolaj finse di essere il figlio
diciottenne e partí con l'esercito.

Dopo la battaglia di Stalingrado nonno Nikolaj si è fatto
a piedi tutta la Russia e metà dell'Europa, diventando uno
dei cecchini piú importanti: quando c'era da abbattere un
ufficiale di alto rango o eliminare un po' di cecchini nemici
lo trasportavano da una parte all'altra con un aereo riservato apposta per lui. Per la presa di Königsberg ha ricevuto
dalle mani del comandante dell'esercito sovietico Žukov
una carabina Mauser 98 con il suo nome e una dedica fir-
mata da Iosif Stalin. Mio nonno amava molto quell'arma,
ma la teneva appesa al muro perché diceva che con quella
aveva ammazzato degli uomini e quindi, secondo le regole
siberiane, non si poteva usare per la caccia. Dopo la presa
della Germania, Nikolaj aveva fatto parte di quei reparti
dell'Armata Rossa mandati nei boschi della Bulgaria e della Jugoslavia a combattere le bande di nazisti che cercavano d'imporre il loro potere. Ma da lí era scappato, perché
non aveva trovato bande di nazisti: solo persone del luogo
che non volevano stare con i sovietici e combattevano per
la propria indipendenza, persone che, come i suoi antenati, lottavano per la libertà. Delle infermiere siberiane che
lavoravano su un treno militare gli avevano offerto complicità per la fuga, cosí era tornato in Siberia.

Tempo dopo, nel suo paese, si è sposato con la figlia
dei vicini, ma la loro vita insieme non è durata tanto: la
ragazza si è ammalata ed è morta in pochi anni, non hanno nemmeno fatto in tempo ad avere figli. A dire il vero
nonno Nikolaj raccontava che non era malata, ma era stata vittima di un brutto malocchio: uno sciamano le aveva
gettato addosso gli anni di qualcun altro, diceva, e lei era
invecchiata in fretta. Nonno Nikolaj, come la maggior parte dei siberiani, pur essendo cristiano ortodosso credeva
molto nella magia, negli spiriti e in altre cose paranormali:

diceva che sua moglie già da bambina era vittima di questo brutto incantesimo, e lo sapeva, perché uno sciamano vedendola camminare le aveva detto che non lasciava impronte sulla terra: piano piano sarebbe diventata uno spirito, un fantasma vivente. Crescendo aveva sperato di riuscire a liberarsi dall'incantesimo, ma ogni sciamano che consultava le diceva la stessa cosa: ormai era piú legata al mondo degli spiriti che al nostro. Io credo che avesse qualche malattia genetica, oppure il cancro, anche se come diceva sempre mio zio: «Sapremo la verità solo dopo la fine», che vuol dire mai.

A ventiquattro anni Nikolaj era un giovane vedovo, e in qualsiasi altro posto del mondo avrebbe sposato un'altra donna, fatto figli, allargato la famiglia, insomma avrebbe fatto «germogliare il suo seme». Ma nella comunità siberiana di cristiani ortodossi un vedovo doveva abbandonare il paese e allontanarsi in esilio in un luogo irraggiungibile, perché la sua presenza poteva provocare intenzioni impure nelle donne sposate o nelle fanciulle da sposare.

C'erano tante di queste regole severe e disumane: molte coppie dopo aver messo al mondo una certa quantità di figli si privavano dei genitali. In alcune comunità si credeva persino che dopo aver raggiunto un certo livello di purificazione, liberandosi dalle tentazioni carnali e da altri pesi terrestri, gli uomini potessero trasformarsi in angeli. Anche i vedovi e le vedove, qualche volta, dovevano privarsi dei genitali: in questo modo, sessualmente disattivati, potevano vivere come parenti nelle case di tutti, entrare in ogni famiglia... insomma, erano considerati esseri supremi.

Nella comunità di nonno Nikolaj per fortuna non si arrivava alle mutilazioni fisiche, ma restava un buon carico di estremismo. Non mi ha mai raccontato tanto del periodo in cui ha dovuto lasciare la comunità, di come lo ha vissuto, cosa gli passava per la testa, se aveva pensato di fingere di andarsene in esilio e semplicemente spostarsi in qualche villaggio lontano, oppure di trasferirsi in città... So che subito dopo la morte di sua moglie i vecchi gli hanno dato tre mesi per andarsene, e durante quei tre mesi a casa sua vivevano a turno vari uomini del villaggio, perché la tradizione voleva cosí.

In una di quelle notti, mentre i suoi compaesani gli facevano da guardie, ha sognato zio Il'ja, il fratello maggiore di suo padre Nikolaj.

Zio Il'ja da bambino lavorava in una cava di sale nella Taiga: un vero e proprio buco scavato nella terra, largo poco piú di un metro e profondo qualche decina. Le cave di sale somigliavano a pozzi, quasi sempre sul fondo si raccoglieva l'acqua e quando una sorgente sotterranea consumava le pareti fino al cedimento l'acqua riempiva tutta la cava in pochi secondi, uccidendo i lavoratori. Per questo dalla palude si portavano le rane e si buttavano sul fondo della cava: finché si sentiva gracidare non c'era da preoccuparsi, voleva dire che non avevano una via di fuga, ma appena il verso delle rane spariva, significava che si era aperto un passaggio che sotto la pressione della corrente sotterranea poteva diventare ogni ora piú grande, e bisognava abbandonare subito la cava per salvarsi la vita.

Il sale si estraeva scavando lungo le pareti con una piccola pala e un picchetto, poi si portava in superficie usando una specie di carrucola, cioè una corda che passava attorno a un grosso tronco d'albero abbattuto e fermato sopra l'entrata della cava: da una parte si sistemava il secchio pieno di sale, dall'altra una pietra che con il suo peso teneva la corda leggermente tirata. Ogni volta il lavoratore doveva salire per svuotare il secchio, e data la scarsa qualità dei materiali era un'operazione molto pericolosa, anche perché le corde a contatto con il sale si seccavano e spesso i lavoratori finivano vittime di incidenti, rischiando di morire da soli nella loro cava.

Era successo anche al mio giovane antenato Il'ja: un

giorno la sua corda si era spezzata e lui era rimasto intrappolato. A casa nessuno si era preoccupato, perché spesso i lavoratori dormivano nel bosco per tutta la settimana. Poi, quando è arrivata la domenica e lui non si è fatto vedere, i suoi hanno sospettato che fosse successo qualcosa e sono corsi verso la cava, ma non hanno trovato nessuno.

Zio Il'ja tornò a casa dopo un mese, sporco, magro e fuori di sé: disse che a salvarlo era stato un angelo e che poi quest'angelo gli aveva chiesto di costruire una strada dentro la Taiga seguendo la stella del mattino. Cosí, dopo essersi messo in sesto, prese l'ascia e altri attrezzi per lavorare il legno e tornò nella Taiga.

Ha passato la vita a costruire quella strada: abbatteva gli alberi, li lisciava e li lasciava stagionare, spianava il suolo e posava i tronchi, fermandoli con un sistema di pali piantati nel terreno a circa un metro di profondità. Sembrava un ponte senza fiume. Nessuno sa dove comincia e dove finisce, nella Taiga tra freddo, diluvi, incendi e frane cambiano forma paesaggi interi, immaginiamo cosa può succedere a una strada di legno. Però, ogni tanto, i cacciatori raccontano di essersi imbattuti in quella che ormai chiamano «la strada verso Dio». Sembra che incontrarla porti una grande fortuna. Qualcuno dice che lo zio è salito al cielo, che Dio l'ha portato in Paradiso perché lui gli ha dedicato tutta la vita. Esistono anche delle icone dello zio Il'ja rappresentato come un santo, a torso nudo, con una fascia nei capelli e l'ascia tra le mani. Ma si sa che in quanto a santi dei siberiani non c'è da fidarsi molto, santificavano chiunque sembrasse stravagante e giusto.

Comunque, tornando a nonno Nikolaj, nel sogno zio Il'ja gli ha detto di continuare la costruzione della strada e lui, fedele al richiamo del santo parente, è partito. Dopo anni passati a cercare inutilmente la strada dello zio percorrendo il bosco in lungo e in largo, Nikolaj aveva perso ogni speranza, ma aveva trovato un posto bellissimo per costruire la sua casa, una casa enorme e comoda sulla riva della Sinjaja: prima ha fabbricato la sauna con la stufa, un posto per lavarsi e una piccola stanza in cui posare i vestiti e conservare un po' di cose utili, poi, stabilitosi in quella stanzetta, ha lavorato per tre anni all'edificio principale, e alla fine ha messo in ordine il cortile e ha realizzato una scala che porta al fiume. Tutto con le sue mani, senza l'aiuto di nessuno a parte Dio. Quando la casa era finita Nikolaj ha passato molte stagioni a cacciare: lavorava le pellicce e le portava al fiume Lena, dove i cacciatori s'incontravano con i commercianti, e cosí rimediava quello che gli serviva per la vita nel bosco. A un certo punto ha iniziato ad allevare cani, e in poco tempo aveva una delle mute piú grandi della zona, piú di cento bestie; poi ha costruito una barca e ha cominciato a pescare con la rete, e ha imparato ad affumicare pesce e carne.

Dice che non ha mai fatto entrare una donna in casa sua, che è rimasto fedele alla moglie, anche se un suo grande amico mi ha raccontato che aveva varie relazioni con donne di villaggi diversi e che due di loro hanno pure avuto dei figli, ma lui non li ha mai riconosciuti perché «basta che abbiano la madre, il padre il suo lavoro l'ha fatto una volta e non serve piú». Intanto continuava a cercare la strada di Il′ja, anche se ormai aveva perso le speranze, diceva che Dio l'aveva cancellata perché non voleva piú lasciar entrare gli uomini in Paradiso.

Per molto tempo nonno Nikolaj non aveva voluto parlare con i suoi parenti, non voleva vedere nessuno che gli ricordasse le sue radici e la sua infanzia: diceva che la sua famiglia erano i cani e gli animali del bosco, e la sua casa era la Siberia. Nonno Boris qualche volta era andato a trovarlo, ma lui non si era mai fatto trovare. Lo ha visto per la prima volta su una foto che gli ho portato io, nei suoi ricordi era un bambino di tre anni e adesso se lo ritrovava all'improvviso sessantenne.

«A che mi serve? – mi ha detto restituendomi la foto.

– Per ricordarmi che ho un fratello brutto e vecchio? Meglio senza...»

Io sono l'unico della famiglia che ha fatto entrare in casa, perché gli ricordavo sua mamma e perché gli piaceva che mi chiamassi come lui e suo padre. A dire il vero anche zio Vitalij andava a trovarlo ogni anno, ma il nonno non cedeva al contatto: non gli parlava, lo trattava come un estraneo e non gli ha mai permesso di sperare in una misera confidenza. Zio Vitalij lo chiamava «il vecchio orso» e ne parlava con grande rispetto, come se in fondo approvasse. Diceva che nella nostra famiglia nonno Nikolaj era l'unico vero siberiano, e all'inizio pensavo che si riferisse al fatto che solo lui continuava a vivere in Siberia facendo il cacciatore. Piú tardi ho capito che parlava dello stato d'animo e del carattere del nonno, grezzo e severo con tutti, soprattutto con se stesso.

È stato proprio zio Vitalij, comunque, a portarmi in Siberia per la prima volta. Avevo otto anni e l'Urss esisteva ancora, ma i cambiamenti erano nell'aria, si percepiva tra la gente un enorme senso di complicità, come se all'improvviso tutto il Paese avesse deciso di tifare per la stessa squadra di calcio. Dopo qualche giorno di viaggio le mie impressioni sulle misure del mondo erano miseramente crollate. Conoscendo in pratica solo la Moldavia e la Transnistria, non immaginavo quanto potesse essere grande la Russia e tanto meno la Siberia: quanto sono vasti i boschi, quanto sono alte le montagne, quanto sono larghi i fiumi... Mi sentivo schiacciato dall'impatto ma allo stesso tempo mi riconoscevo in ogni cosa: accettavo di essere una parte insignificante della materia, pura energia di cui era fatta l'esistenza stessa.

In quel periodo faceva caldo ed era pieno di mosche e zanzare, e nonostante i racconti che giravano nella mia famiglia, in cui la Siberia appariva un paradiso terrestre, a prima vista mi sembrava un autentico inferno. Quando siamo arrivati nonno Nikolaj non c'era e ci siamo sistemati nella legnaia, dove di solito dormiva mio zio. Una mattina, dopo tre giorni di attesa, un branco di *lajka*[2] aveva invaso lo spazio davanti alla casa: qualche minuto dopo è arrivato nonno Nikolaj. Era abbastanza magro, non altissimo, e la sua faccia – precisamente quella parte di faccia non coperta dalla barba lunga e ricca con le punte bianche, come una montagna al contrario – era segnata da alcune rughe accurate, ma nel complesso appariva molto chiara, sembrava una di quelle icone che non rivelano la vera l'età del soggetto. Aveva occhi sottili di un colore paludoso, furbi e molto profondi, con una strana capacità di concentrarsi sull'infinito. I capelli erano come quelli di tutta la famiglia di mio padre, neri e rigidi, e siccome li portava corti sembravano gli aghi di un riccio. Indossava una giacca a vento di provenienza sconosciuta, con un grande cappuccio munito di visiera che pendeva sulla schiena e un rivestimento di pelliccia (forse di lupo) cucito a mano su schiena e petto; sopra la giacca c'era la cintura siberiana di cuoio decorata in modo grezzo e ricamata con un filo robusto, come quello con cui una volta si cucivano i sacchi dello zucchero, e alla cintura era attaccato il coltello da caccia, spesso e curvo. In spalla aveva la sua Mauser 98 e uno zaino dell'esercito sovietico pieno di rattoppi e scompartimenti aggiuntivi fatti a mano: dal nero abissale del fondo dello zaino che sfumava in porpora sui lati, risalendo il tessuto fino a coprirne quasi la metà, si capiva che lí dentro c'era carne fresca appena tagliata.

Quando mi ha visto affacciarmi dalla legnaia è rimasto per qualche tempo a fissarmi negli occhi, io non toglievo lo sguardo e lo fissavo a mia volta, la sua faccia non esprimeva nessuna emozione. Improvvisamente ha interrotto il nostro muto dialogo passandosi la mano destra sulla barba, come se cercasse di pettinarla, e poi a voce bassa e in tono serio, allungando le parole come un perfetto can-

---

[2] Razza canina originaria della Siberia, generalmente utilizzata per la caccia.

tante lirico a fine carriera (quando non riesce piú a distinguere le situazioni in cui deve cantare da quelle in cui si parla), ha chiesto:

«E tu chi saresti?»

«Sono Nicolai, tuo nipote», ho risposto io altrettanto serio e deciso. Lui ha indicato lo zaino e poi la porta di casa:

«Bene Nicolai, andiamo, dobbiamo cucinare questo capriolo prima che vada a male…»

L'ho seguito come se ci conoscessimo da sempre.

Quando sono arrivato a casa del pescatore che noleggiava le barche era l'ora di pranzo. L'uomo era in cortile con altre sei persone, a prima vista pescatori locali, preparavano intorno al fuoco la *ucha*, una zuppa di pesce che da quelle parti fanno in modo eccellente: avevo sentito il suo odore inconfondibile lontano un chilometro. Sul recinto del cortile erano appese le reti e sotto casa, ormeggiate in riva al fiume, galleggiavano una decina di vecchie barche a motore. Mi hanno invitato a tavola con loro, e secondo la tradizione hanno aggiunto alla zuppa un litro di *samogon*, una specie di vodka fatta in casa. Mischiare l'alcol con la zuppa prima della pesca serve a prolungare nel sangue un piacevole effetto alcolico e aiuta a mantenere il caldo nello stomaco.

Finalmente, dopo pranzo, il pescatore mi ha dato una vecchia barca. Il motore non mi serviva: per discendere il fiume, spinto dalla corrente, bastavano i remi, e anche quelli servivano piú che altro a velocizzare il viaggio e ad allenarmi ogni tanto, giusto per fare qualcosa. Potevo starmene sdraiato per la maggior parte del tempo a guardare il cielo, orientandomi con le cime degli alberi che crescevano sulla riva: quando le vedevo apparire da uno dei lati significava che la barca stava sbandando e con i remi la raddrizzavo, senza neppure alzarmi.

Quei quattro giorni sul fiume sono stati i piú belli del viaggio. Stavo rilassato e mi sembrava che il mio corpo si sciogliesse e colasse nell'acqua, potevo percepire ogni movimento sotto e intorno a me: i pesci che passavano lungo la barca e la toccavano con il dorso, le lontre che sbuffavano vicino alla riva, gli uccelli che volavano sulla superficie del fiume per acchiappare gli insetti. Ho fatto anche qualche bagno, nuotavo attorno alla barca finché non sentivo il freddo risalire la colonna vertebrale fino al cervello e le tenaglie che stringevano i muscoli. Ho incontrato una decina di barche, in maggioranza pescatori, e un gruppo di turisti in canoa.

Di notte tiravo la barca fuori dall'acqua e mi fermavo a dormire sulla riva, improvvisando una specie di campeggio temporaneo. Prima di partire avevo fatto rifornimento dal vecchio pescatore, mi aveva dato sei pesci essiccati e salati e dieci pezzi di carne secca di alce che si possono mangiare senza alcuna preparazione, basta masticarli accompagnandoli con un po' d'acqua, perché sono molto salati. La sera invece ne mettevo qualche pezzo nel brodo che preparavo con il dado dentro una tazza di ferro: non era certo arte culinaria d'eccellenza, ma un liquido caldo e saporito all'ora del sonno fa sempre piacere.

Arrivato alla Sinjaja ho lasciato la barca nel posto concordato, il vecchio proprietario l'avrebbe portata via agganciandola alla sua barca a motore ma non si sapeva bene quando, poteva restare a riva anche una stagione intera, per questo era importante portarla dentro il bosco per qualche centinaio di metri e girarla con il fondo verso l'alto, coprendo le fessure tra i bordi e la terra con rami e foglie per evitare che gli animali la trasformassero in una tana. Adesso cominciava il lungo viaggio a piedi.

Entrare nella Taiga significa uscire dal mondo reale. Ho sistemato il mio zaino per distribuire il peso e trovare l'equilibrio, perché se un fianco tira piú dell'altro camminando ci si può far male. Dovevo anche montare le armi,

non solo perché cosí era piú comodo trasportarle, ma soprattutto per la mia sicurezza, per potermi difendere dagli
animali nei casi piú estremi. Ho montato prima l'AK-47,
portandolo a tracolla, davanti, in modo da averlo sempre
pronto per le urgenze; il Remington 700 invece l'ho messo
in verticale nello zaino. Ho cercato per terra tra i rami secchi un bastone abbastanza lungo con cui avrei esaminato
sistematicamente il terreno davanti ai miei piedi, soprattutto nei casi in cui sospettavo la presenza di una trappola
o di una palude: nella Taiga neppure i ricordi servono per
orientarsi, il bosco cambia veloce, e dopo due anni mi sembrava di camminare in un posto completamente estraneo.
Sapevo solo che dovevo andare a nord-ovest, seguendo la
corrente della Sinjaja, fino al ponte tibetano costruito da
mio nonno e tre suoi amici cacciatori per facilitare l'attraversamento del fiume.

La notte mi arrampicavo sugli alberi e organizzavo un
letto in mezzo ai rami, cosí non disturbavo gli animali e
loro non disturbavano me. Beh, veramente, quando ero
ragazzino, proprio dormendo su un albero ho fatto un incontro che mi è rimasto nella memoria per tutta la vita.

Era l'inizio dell'estate, avevo quindici anni ed ero
scappato di casa ignorando il divieto di andare in Siberia
imposto dai miei genitori. Mi sentivo abbastanza grande
e volevo a tutti i costi andare a trovare mio nonno. Senza il consenso degli adulti tutta la faccenda mi sembrava
ancora piú rischiosa e gasante, avevo passato i pomeriggi
sul treno a far finta di prendere decisioni epocali sulla mia
vita, sul mio futuro: potevo non tornare mai piú, rimanere per sempre da nonno Nikolaj... Costruivo i miei piani per la vita con lui nella Taiga: che bello sarebbe stato
passare l'inverno insieme, quante cose di cui occuparmi
avrei trovato nella foresta... È bastato il tempo del viag-

gio perché questa eccessiva meditazione sull'assoluta libertà decisionale che m'illudevo di possedere mi trasformasse in un autentico stronzo. Tutto mi sembrava semplice da realizzare, la mia indipendenza mi aveva regalato i super poteri: con un passo potevo attraversare i monti, con un'occhiata piegare gli alberi, e con la volontà dello spirito potevo apparire in ogni posto del mondo. Ovviamente gli altri uomini mi sembravano ridicoli nella loro dimensione. Quando sono entrato nella foresta ero cosí esaltato dalla mia presunta superiorità rispetto a tutte le cose viventi che ogni mia mossa, anche la piú banale, mi sembrava una svolta decisiva per il pianeta intero. Persino le bellezze della Taiga erano merito mio, le avevo fatte io e adesso ero la divinità che passava a vedere come stavano le sue creature. Con tutta quella superbia ci mancava poco che la mia capoccia si mettesse a bollire come una pentola a vapore, liberando dalle orecchie tutta la potenza che credevo di possedere. A pensarci ora mi viene da ridere, che presuntuoso e stupido adolescente... Avevo lanciato il mio ego fino alle stelle solo perché ero uscito di casa senza avvertire nessuno!

Una di quelle notti ho cercato un albero per dormire, ho scelto un vecchio abete con tanti rami grossi che si estendevano per molti metri, un albero enorme e pieno di freschezza. Sono salito agganciando la corda alla cintura, mentre all'altra estremità avevo legato lo zaino per poterlo tirare su. Quando ho finalmente raggiunto un posto che mi sembrava adatto, ho staccato la corda dalla cintura, mi sono messo comodo e ho cominciato a tirare su lo zaino. Ho preparato il mio letto nel punto in cui un ramo si biforcava, passando la corda attorno ai due rami piú piccoli per creare un supporto su cui ho poggiato le fronde tagliate fresche. Era comodo e morbido come un'amaca, mi sono coperto con la giacca e ho chiuso gli occhi. Mi sono addormentato subito.

Già nel cuore della notte, però, mi sono svegliato per-

ché avevo una strana sensazione, una sorta di paura primordiale inspiegabile: mi sentivo osservato, anzi, ero sicuro che qualcuno mi stesse fissando, dentro di me bruciava
l'anima incendiata dallo sguardo insistente dell'estraneo.
Quando gli occhi si sono abituati al buio quasi totale, dentro il verde dell'albero sono riuscito a individuare la testa
di una lince a qualche decina di centimetri dalla mia faccia! Aspirava il mio odore allargando le narici e tenendo
la bocca leggermente aperta – è il modo in cui respirano i
felini quando cercano di capire un odore nuovo, tengono
la bocca aperta per liberarsi dagli odori che hanno dentro, per non mischiarli con quello sconosciuto. La belva
si avvicinava lentamente alla mia faccia e io ero paralizzato: riuscivo a vedere dentro i suoi occhi, erano grossi,
pupille nere, fisse. Sapevo che non bisogna mai guardare
un animale negli occhi, ma in quel momento non riuscivo
a ragionare, ero stregato. Era cosí vicina che ho sentito
il suo respiro, era caldo e somigliava a quello di un gatto,
ma piú forte e selvaggio. A quel punto per ammazzarmi
bastava poco, un morso al collo o anche meno: un movimento brusco e sarei morto di paura. Invece la lince stava
ferma, e anch'io stavo fermo, cercavo di prendere le sembianze di una pietra, respiravo molto piano, con lunghe
pause, finché dopo qualche istante o un'eternità non sono
piú riuscito a rimanere immobile, i miei polmoni stavano
esplodendo per la mancanza d'aria e il mio corpo era pieno di adrenalina da far tremare le ginocchia. Ho chiuso gli
occhi abbandonandomi al destino, aspettando con terrore
la reazione della lince.
    Quando li ho riaperti non c'era piú. Ho fatto un re-
spiro profondo, l'aria nei miei polmoni era come alcol, mi
ha fatto girare la testa. Guardandomi attorno ho visto la
lince che si allontanava camminando lungo il mio ramo,
andando piano e leggera, passeggiando, fino a quando è
sparita nel buio.
    Per il resto della notte non sono riuscito a chiudere

occhio, stavo sdraiato nel mio letto sull'albero, tenendo il coltello stretto in mano appoggiato sul petto per sentire il potere del metallo attraverso i vestiti. Ero cosí spaventato che non sono riuscito nemmeno a ragionare sull'importanza del fucile che avevo nello zaino. Tutto il senso di superiorità e prepotenza coltivato nei giorni precedenti era sparito senza lasciare segno: erano bastati pochi secondi faccia a faccia con una lince curiosa per tornare a sentire chi ero veramente e qual era il mio posto nel mondo. Per molti anni, anche dopo aver vissuto esperienze ben piú brutte e spaventose dell'incontro con un animale selvaggio, mi è capitato di svegliarmi in piena notte con il cuore fuori dal petto, aspettando il ritorno della lince.

Quando avevo raccontato tutto a nonno Nikolaj, mi aveva spiegato che quella non era una vera lince, ma l'incarnazione dello spirito del bosco che voleva dimostrarmi quanto fossi debole e pieno di paure (ma bisogna dire che come la maggior parte dei siberiani nonno Nikolaj vedeva lo spirito del bosco un po' dappertutto). Nella società siberiana non basta certo nascere per diventare uomini: bisogna azzerare il proprio ego grazie a un'educazione allo scontro violento e diretto con la vita. E per entrarci, nella vita, bisogna passare attraverso una serie di riti.

Ovviamente nonno Nikolaj, da buon siberiano attaccato alle proprie radici, ha voluto che avessi anch'io la mia iniziazione: qualche giorno dopo il mio incontro con la lince mi ha portato da un suo amico, uno sciamano jakuta, che si trovava con la sua tribú a qualche centinaio di chilometri dal fiume.

Tra gli sciamani siberiani gli jakuti sono da sempre considerati i piú potenti, si dice che vivano nell'oltremondo e per questo, pur rappresentando una parte importante della comunità, abitano sempre fuori. Oltre a essere un medico, un veterinario, un ambasciatore, un becchino e un sacerdote, lo sciamano è anche un autentico psicologo e sociologo.

Nonno Nikolaj, dicevo, mi aveva portato dallo sciamano perché secondo lui senza un'iniziazione non potevo piú vivere, né tanto meno entrare nel bosco: la Taiga non mi avrebbe sopportato, mi avrebbe sentito come un elemento estraneo e fastidioso.

Non ho opposto resistenza: rispettavo mio nonno e le sue credenze, anche se avevo tantissimi dubbi sull'attività degli sciamani, la magia e altra roba simile.

Con una barca abbiamo fatto circa duecento chilometri verso nord, poi abbiamo camminato giorni interi dentro la foresta, per raggiungere il posto in cui gli jakuti portavano le renne per i pascoli estivi. In pochi conoscevano qualche parola di russo, giusto lo stretto necessario per gli scambi commerciali, ma mio nonno parlava un po' la loro lingua, e quando non sapeva le parole si aiutava gesticolando. Magari ogni tanto c'era qualche problema di comunicazione e capitava che a certe sue frasi dette con estrema serietà gli altri reagissero con un largo sorriso, però si capiva che nonno Nikolaj era riuscito a entrare in quella cerchia cosí stretta e che era accettato dagli jakuti come uno di loro: al nostro arrivo ci hanno preparato una sorta di cena e ci hanno offerto ospitalità in una grande tenda in mezzo all'accampamento, riservata per noi.

A me questi jakuti sembravano una specie proprio diversa dalla nostra, bassi e tutti uguali, i primi giorni non riuscivo a distinguerli né a ricordare i loro nomi.

Il vecchio sciamano (l'età non era definibile, ma era comunque molto vecchio) era la metà precisa di mio nonno: un nano con la faccia rotonda come il nostro pianeta, gli occhi stretti come due lune nuove, braccia corte e muscolose e mani con dita cosí piccole che sembravano le zampe di un felino. Mio nonno diceva che era capace di trasformarsi in un animale, una tigre o una lince. Chissà, magari sull'albero avevo visto proprio lui...

Il giorno del rituale ho dovuto fare la sauna dentro la tenda, come si usa tra i nativi siberiani che fanno una vita nomade. Mi sono spogliato e ho lasciato i miei vestiti a un ragazzo che li aspettava con le braccia tese. La tenda era rivestita di rami e foglie profumate; per terra, al centro, c'era un buco coperto da pietre di fiume incastrate una sull'altra a formare una specie di piccola stufa. Lí dentro si faceva il fuoco che scaldava le pietre fino a farle diventare roventi, il fumo saliva e usciva da un buco in cima alla tenda. La temperatura era molto alta, come nella sauna tradizionale fatta di legno, ma gli odori erano diversi, molto piú freschi e piú forti, alcuni li conoscevo, altri erano nuovi. La cosa incredibile è che gli jakuti non uscivano mai all'aria per riposare, stavano nella sauna tutto il giorno senza un respiro, solo vapore e aria bollente.

Mentre facevo la sauna mio nonno è andato con il vecchio sciamano nella Taiga a vedere un branco di renne che pascolava un po' distante. Seduto sulla panca vicino a me c'era un giovane jakuta (avrà avuto una trentina d'anni, forse anche meno) che versava l'acqua e di tanto in tanto aggiungeva la legna nel fuoco, sembrava un guardiano.

All'improvviso si è alzato, spiegando al volo che doveva andarsene e dicendo qualcosa su una donna. Parlava un pessimo russo e mi è sembrato di capire che aveva da fare con la sua compagna, cosí gli ho fatto un cenno affermativo con la testa. Lui mi ha sorriso e mi ha lasciato solo.

Dopo qualche minuto nella sauna è entrata una donna, nuda come l'aveva fatta mamma, con i capelli neri come le piume del corvo sciolti lungo la schiena, lunghissimi, e uno sguardo giocoso molto promettente. Era molto bella, il naso piccolo leggermente in su, le labbra carnose e un sorriso da perfetta presentatrice televisiva, gli occhi a mandorla molto chiari, quasi verdi, che nel buio della sauna sembravano brillare come quelli di un serpente d'acqua. Aveva un corpo come non se ne vedono tra le donne russe, fatta d'un pezzo, molto atletica però naturale, linee armoniche senza forzature. Mi fissava con il sorriso e gli occhi a fessura e si avvicinava lentamente.

Prima che potessi formulare una chiara ipotesi su quell'apparizione, la donna si era attaccata a me come una tigre alla sua vittima, e già dopo qualche istante ci stavamo dedicando a ciò di cui i gentiluomini di solito non parlano.

È rimasta in sauna con me per tutto il giorno, ovviamente le forze erano dalla sua parte, come spesso accade quando la spensierata verde adolescenza si scontra con l'età adulta, che vanta anni di pratica e non ci mette molto a dimostrare la propria superiorità. A un certo punto non ero per niente contento della sua magnifica presenza, dato che dopo varie riprese in cui mi ero buttato senza conoscere i miei limiti, alla fine non avevo energia nemmeno per tenere gli occhi aperti: stavo semplicemente sdraiato incollato alla panca, in uno stato vicino a quello che nello yoga si chiama *samadhi*, cioè la liberazione totale dello spirito e l'ingresso in una dimensione esistenziale separata dal corpo. Somigliavo a un ortaggio imprigionato dentro un barattolo di salamoia.

Respiravo a malapena, impregnato dei fumi della sauna, con lei che seduta su di me teneva stretti i miei fianchi magri tra le sue cosce e come una strega sussurrava qualcosa nella sua lingua, ridendo e massaggiandomi con le mani unte dell'estratto di erbe profumate. Le sue dita scivolavano lungo il mio torso come l'acqua e s'infilavano in mezzo alle costole come coltelli: era piacevole e irritante allo stesso tempo.

Ogni tanto aprivo gli occhi e guardavo il cielo attraverso l'apertura in cima alla tenda, le nuvole percorrevano lo spazio azzurro cosí veloci che a guardarle perdevo l'equilibrio e mi sembrava di stare proprio in mezzo a quel fiume d'aria, barcollando sospeso tra i corpi celesti.

Quando il cielo è diventato nero e si vedeva qualche stella, la mia amante senza nome mi ha lavato con l'acqua fresca, usando al posto della spugna un piccolo fascio di erbe. Poi mi ha dato un lungo bacio, mi ha aiutato ad alzarmi dalla panca e siamo usciti insieme, tenendoci stretti sotto una grossa pelliccia.

Tempo dopo ho saputo da mio nonno che gli jakuti fanno sesso fino all'esaurimento prima di ogni rituale in cui devono affacciarsi al mondo degli spiriti, in modo che il corpo, già soddisfatto, non crei interferenze. E infatti dopo quella giornata di sauna e amore ero un foglio bianco, non avevo nessun pensiero, osservavo tutto curioso ma lontano.

Mi hanno restituito i miei vestiti, poi un vecchio jakuta mi ha consegnato il mio coltello avvolto in un pezzo di stoffa grezza legata stretta da una corda. Mi hanno spiegato che dovevo avere l'arma addosso, però protetta, perché nella dimensione degli spiriti non si ha nessun controllo e se per paura avessi cercato di usarla rischiavo di far male a me o a qualcun altro.

La cerimonia della mia iniziazione si sarebbe svolta vicino alla tenda dello sciamano, in un prato in mezzo agli alberi: al centro c'era un piccolo fuoco e tutt'intorno erano seduti alcuni jakuti giovani e vecchi, e anche nonno Nikolaj.

Lo sciamano è uscito dalla sua tenda portando una tazza di ferro da cui si alzava un vapore caldo, me l'ha infilata tra le mani e con un gesto mi ha detto di bere tutto in un sorso. Ho ingoiato un po' di liquido e pochi istanti dopo ho sentito le gambe molli, come di cotone, l'aria era diventata nauseante e difficile da respirare e ho smesso di identificare i colori delle cose: riuscivo a vederli ma non sapevo interpretarli. Poi tutto ha cominciato a girare, era impossibile fissare le immagini, sentivo migliaia di stazioni radio che trasmettevano tutte insieme nella mia testa e non distinguevo piú niente, né parole né voci. Ecco perché rendevano inoffensivi i coltelli: per evitare che ci fossero reazioni violente e incontrollabili mentre si era sotto l'effetto della droga.

A un certo punto tutti i presenti si sono messi a cantare in coro una canzone (o forse ripetevano semplicemente una serie di suoni melodici), tra loro c'era anche la faccia sorridente di mio nonno, mentre il suo amico sciamano ha cominciato a saltare attorno a me scuotendo i campanellini attaccati al vestito e ai capelli e battendo sul tamburo. Sembrava posseduto, faceva smorfie e versi animaleschi, mi strattonava e faceva finta di mordermi.

Di quello che è successo dopo non ho ricordi precisi, ogni volta che ci penso finisco in una specie di sogno, come se anche la memoria di quel giorno fosse allucinogena e bastasse tornarci con la mente per sprofondare nel delirio...

Vedo... Un grande schermo televisivo suddiviso in quadretti, dentro ogni quadretto succede qualcosa... Se mi sforzo di concentrarmi su uno dei quadretti, i piccoli bastardi si moltiplicano, finché lo schermo prende le sembianze di una tela tutta piena di colori e movimenti, che pulsa di vita senza che io possa controllarla. Sento un forte dolore in mezzo agli occhi, come se qualcuno mi stesse piantando un chiodo nella fronte... Gli occhi stanno per esplodere, piccole cellule si muovono all'impazzata formando qualcosa, la decorazione di un tappeto, oppure un complesso mosaico in trasformazione, caotico e totalmente privo di senso, di ordine... È un'immagine osservata al microscopio... I colori sono spariti: ora vedo il buio, e nel buio una struttura illuminata dall'interno, una linea di luce fatta di numeri che parte da sinistra e sfila dritta davanti ai miei occhi, 1, 2, 3... fino a 18, poi di colpo prende la direzione opposta, si allontana piccola e sottile, i numeri non si leggono più. Ora è di nuovo buio... Sono nel bosco, vicino a un fuoco immobile. Anche gli alberi sono fissi come statue. Io sto sdraiato per terra sulla schiena, con le braccia aperte, guardo in alto ma vedo me stesso, da sopra: sono fuori dal corpo, e il corpo è immobile sotto di me. Un'ombra senza

forma si avvicina, è un riflesso di luna che scorre sull'acqua,
piano piano si trasforma ed è chiaro che è una volpe: un ani-
male grosso, innaturale. La volpe gigante gira intorno al mio
corpo in senso orario, poi mi lecca la faccia. La sento, dopo,
che si siede sul mio petto e resta un po' lí, sento la pressione
del suo peso che si fa sempre piú leggera, finché diventa solo,
di nuovo, un'ombra che brilla...

Quando mi sono svegliato ero completamente solo vicino al fuoco ormai spento e c'era il sole: avevo dormito
quasi dodici ore. Sono andato a lavarmi la faccia in una
specie di grosso lavandino scavato nel legno e mi sono spaventato, l'acqua sulle mie mani era rossa come il sangue.
Poi ho capito che avevo la faccia dipinta. Ho lavato via
bene tutte le decorazioni e ho bevuto perché avevo molta
sete. L'acqua fresca ha risvegliato per contrasto il gusto
terribile della tisana allucinogena e ho avuto un attacco di
nausea: lí dentro c'erano funghi ed erbe tossiche, le stesse
che si usano per preparare i veleni.

Piú tardi nonno Nikolaj mi ha accompagnato dallo sciamano. Gli ho raccontato tutto preciso quello che avevo visto. Nella prima visione, mi ha spiegato il vecchio, avevo
visto il mondo materiale mentre lo abbandonavo per entrare nella dimensione degli spiriti. La seconda visione era la
mia vita futura, rappresentata in ordine numerico. La terza
visione era la piú importante, perché diceva che ero stato
accettato dalla foresta, che assumendo le sembianze della
volpe era venuta a riconoscermi. Lo sciamano mi ha detto
che da quel giorno in poi la volpe era l'animale che dovevo
rispettare e proteggere di piú, e che nei momenti di pericolo mi avrebbe aiutato. Tra l'altro ero fortunato perché
la volpe è l'animale in cui s'incarna il Grande Bugiardo,
cioè Dio, che per gli jakuti non è proprio il Creatore, ma
è lo spirito piú vecchio che esiste e che ha generato la vita
involontariamente: creare faceva parte della sua natura e
lui non riusciva a fermarsi, continuava a generare e gene-

rare. Ogni spirito vivente nasce da lui e torna dentro di lui. Antiche leggende raccontano che la sua piú grande virtú è la contraddizione: lui porta il caos dentro di sé, e per non versare il caos tra i vivi e salvare il mondo è costretto a raccontare bugie agli uomini, prendendo le sembianze di un animale o di un vecchio bisognoso per non svelare la sua identità. Il giorno in cui un mortale smaschererà il Grande Bugiardo, il mondo sparirà nel caos liberato dal suo ventre.

E adesso ero di nuovo solo nella Taiga, e di nuovo pensavo a quanto sarebbe stato bello fermarsi lí e non tornare piú a casa, ma al posto del sentimento di onnipotenza provato tanti anni prima c'era la consapevolezza, chiara e semplice, che se lí c'era qualcosa di simile a una divinità certamente non ero io.

Dopo tre giorni di cammino, finalmente sono arrivato al ponte tibetano che univa le due rive del fiume Sinjaja. Nonostante sapessi che era stato costruito da uomini che sapevano il fatto loro – compreso mio nonno – il ponte era vecchio e non aveva l'aria di una struttura tanto solida, quindi prima di attraversarlo con lo zaino ho fatto un'esplorazione dettagliata, lasciando i pesi sulla riva e camminando leggero.

Mentre assicuravo l'estremità di una corda a un albero vicino al ponte e mi legavo l'altra attorno alla vita, ho immaginato il mio studente geologo che si preparava a fare la stessa cosa da qualche altra parte nella Taiga. Chissà se i miei consigli gli avrebbero salvato la vita... Gli avevo raccomandato d'ispezionare sempre i ponti prima di attraversarli, perché gli sbalzi di temperatura li portano in poco tempo all'estrema usura:

«Devi stare per qualche minuto in mezzo al ponte e ascoltare: se non senti scatti, rumori di strappo, tremori di tensione, vuol dire che molto probabilmente la struttura reggerà te e il tuo zaino. Comunque non fare mai passi troppo lunghi e non correre. Scommetto che tu sei uno di quelli che pensano che meno tempo passi sul ponte meglio è...»

Lo studente aveva fatto un gesto con la mano come per dire «ma figurati», però era arrossito e avevo capito che c'avevo preso.

«Il trucco è non far dondolare la struttura, – avevo continuato, – altrimenti si rischia di romperla. Se il fondo è di legno non devi mai poggiare il piede su una sola trave, ma distribuirlo su due travi vicine, e non al centro e nemmeno sui bordi: piú o meno a un terzo della trave, dove il legno è piú resistente».

Gli avevo anche spiegato che in Siberia ogni volta che si attraversa un ponte è bene irrobustire gli attacchi. Si tratta di sacrificare un po' del proprio materiale, tagliando qualche metro della propria corda e legandola intorno alle corde che reggono la struttura per rafforzarle.

«È un gesto estremamente buono e gentile, degno di un abitante della Taiga coscienzioso... E tu vuoi essere coscienzioso, vero?», gli avevo chiesto come una finta minaccia. Lui, tutto contento, aveva annuito.

Il ponte era abbastanza sicuro, l'ho attraversato e ho legato due pezzi della mia corda alla sua struttura.

Ora dovevo seguire sempre il fiume, fino a un sistema di laghi collegati da piccoli canali e circondati da paludi: «l'Acqua dell'orso». Si chiama cosí perché lí gli orsi vanno a pescare, fanno il bagno e detengono il monopolio sulla raccolta delle bacche selvatiche che crescono abbondanti nelle paludi. L'importante era non passarci troppo tempo, perciò ho dovuto camminare per quasi otto ore senza riposare un minuto.

Per fortuna, come mi era già capitato durante altre esplorazioni di ambienti naturali, sono entrato in uno stato molto simile all'ipnosi, cosí potevo muovermi per molte ore senza provare fatica. Tutto il mio essere era concentrato nel respiro, e il resto – la ragione, i sensi, la memoria – funzionava in modo indipendente, fuori dalla coscienza ma sempre raggiungibile in caso di bisogno. Ero il pilota automatico di me stesso.

La cosa incredibile è che nonostante la sensazione di distacco dalla realtà i miei sensi erano molto piú acuti di quando provavo a sforzarli apposta. Stavo concentrato verso l'interno, eppure riuscivo a sentire, vedere e riconoscere gli odori al meglio, e soprattutto provavo uno strano sentimento: percepivo con la pelle. Erano brividi leggeri che mi avvertivano della vicinanza di un animale o di un altro essere umano.

Era molto simile a quello che mi capitava da bambino quando veniva a trovarci un'amica di mia madre: qualsiasi cosa facesse quella donna, aiutando mia mamma in cucina o sistemando i gomitoli di lana, io anche da lontano sentivo i brividi di piacere sulla pelle, come se ogni suo gesto sprigionasse onde potentissime di energia. Anche quando giocavo con i miei amici a nascondino vicino al fiume o in un campo di mais, non so come ma sentivo la loro presenza, e sfruttavo questi piccoli poteri per spaventarli o organizzare qualche dispetto.

Una volta l'avevo raccontato a nonno Nikolaj, ero convinto che fossero legati allo spirito del bosco e tra me e me formulavo ipotesi molto strane ed esoteriche. Ma il nonno mi aveva detto che era una cosa normalissima: aveva a che fare con l'istinto predatore di tutti gli esseri umani che permette di sentire e interpretare gli odori a livello inconscio, e di percepire l'energia che emanano i corpi delle creature dotate di un sistema sanguigno. Il sangue, diceva mio nonno, ha dentro una grande quantità di energia che funziona un po' come quella elettrica, e qualsiasi persona sensibile può avvertirne il flusso. Vivendo lontano dalla natura, senza cacciare, le persone dimenticano questi poteri e solo tornando nel bosco possono risvegliare la loro dimensione addormentata. Per questo, secondo nonno Nikolaj, per sopravvivere nella Taiga ed esserne parte è meglio non viziarsi troppo con i prodotti dell'industria alimentare sviluppata: solo attraverso la conoscenza del sapore della carne, il contatto con l'odore che hanno gli animali sopra e sotto la pelliccia s'impara a sentire la loro presenza nel bosco, a riconoscerla dentro un soffio di vento.

In guerra succedeva qualcosa di simile: quando inseguivo i terroristi sulle montagne avevo imparato a riconoscere l'odore che lasciavano – molti di loro non si potevano lavare per molto tempo, e in questi casi i vestiti che si portano addosso peggiorano la situazione, diventano degli amplificatori – e mi era capitato piú volte di scoprirli solo grazie a quell'odore, fiutavo i terroristi come un predatore a caccia. Anche il sangue umano ha un odore: fresco e un po' acido, profondo e sottile; quando comincia a marcire, nel caso di una ferita di alcuni giorni medicata male o troppo grave, puzza come la buccia di una patata marcia, con forti note dolciastre.

Nonno Nikolaj mi raccontava che durante la Seconda guerra mondiale, quando davano la caccia ai tedeschi, molti soldati siberiani cercavano di migliorare le capacità dei sensi ricorrendo agli antichi metodi dei cacciatori: mangiavano la carne umana fresca, sventravano i nemici uccisi per sentire che odore avevano all'interno. Io del sapore della carne umana per fortuna non so niente.

Dopo tante ore di cammino in modalità «pilota automatico», mi accorgevo di quanto fossi stanco solo quando mi fermavo per qualche semplice motivo come sistemare lo zaino o raccogliere qualcosa: cominciavo subito ad avvertire i sintomi dell'esaurimento. Dovevo lasciarmi alle spalle «l'Acqua dell'orso» e raggiungere le colline che sorgevano oltre i laghi.

Ho fatto un ultimo sforzo per aggirare un'altura coperta

di bosco misto e trovare il crinale meno ripido da risalire. Avevo scelto la collina chiamata «Passo d'inverno» perché c'era una vecchia casa mantenuta dai cacciatori della zona, dopo un giorno di cammino non avevo la forza di arrampicarmi su un albero, e avrei dormito lí.

La casa era in buone condizioni, ho riempito un secchio di legno a una fonte che si trovava poco distante e mi sono fatto un bagno freddo e pungente. Ho acceso il fuoco nella stufa e mi sono preparato un brodo bollente con il dado e qualche pezzo di pesce secco, facendo un po' di calcoli: se non c'erano imprevisti, il giorno dopo a quella stessa ora sarei stato a casa di mio nonno. Avvolto nei vestiti caldi, guardando i bagliori del fuoco tenero che ballavano sui muri, sono caduto in un sonno senza ricordi.

La mattina sono partito presto: dovevo scendere dal «Passo d'inverno», superare un'altra collina, poi un'altra e un'altra ancora, fino a raggiungere il punto in cui il fiume si allargava. Restando sulla riva dovevo seguire una curva lunga qualche chilometro e lí, a un certo punto, avrei trovato la scala costruita da nonno Nikolaj. Camminavo e pensavo al tempo passato con lui nella Taiga, al nostro rapporto co-sí intimo che non sapevo raccontare ai miei amici perché mio nonno era proprio un personaggio strano, difficile da capire. Con lui mi capitava di passare giorni interi senza una parola, sembrava di vivere con un fantasma che si spo-stava per casa, oppure il fantasma ero io, perché quando gli chiedevo qualcosa non mi rispondeva, si comportava come se non esistessi. Poteva persino partire per il bosco senza dirmelo e stare fuori qualche giorno. Poi tornava e improv-visamente parlava con me come se niente fosse, mi raccon-tava le storie, m'insegnava i trucchi di caccia e di soprav-vivenza, come se io fossi parte del suo mondo da sempre.

Una volta mi è capitato di trovarlo in una situazione assurda, pensavo che fosse una malattia mentale, qualco-

sa tipo Alzheimer... Era in pieno stato confusionale, non
mi riconosceva e mi trattava come un estraneo, io ero disperato, non sapevo come comportarmi. Ho pensato che
fosse meglio dormire nella legnaia per non provocarlo, ma
quella notte non sono riuscito a chiudere occhio pensando
a cosa fare, se andarmene e non tornare mai piú o spinger-
mi nella città piú vicina, chiedere aiuto, tornare con degli
infermieri e ricoverarlo in ospedale, cosa che per lui era
equivalente alla morte. La mattina ero ancora indeciso e
distrutto da quel peso quando nonno Nikolaj ha spalanca-
to la porta della legnaia e mi ha chiesto, sorpreso, perché
avessi dormito lí invece che stare in casa con lui. Gli ho
spiegato tutto, ma lui sembrava non sapere di cosa stessi parlando, diceva che mai e poi mai mi avrebbe trattato
cosí male... Non ho mai scoperto cosa fosse successo, ma
ormai quell'episodio è solo una delle tante strane storie
legate a nonno Nikolaj.

Come quella del lettino. Sono arrivato a casa sua un
giorno d'estate e in cucina ho trovato un lettino a dondo-
lo per bambini, di legno, fatto da lui. Gli ho chiesto spiegazioni, e lui mi ha raccontato in tutta serietà che durante l'inverno aveva trovato nel bosco un piccolo bambino
che piangeva. Lo aveva tenuto con sé per vari mesi, alle-
vandolo con il latte munto da una cagna del suo branco
che aveva partorito proprio in quel periodo. Io ero molto
perplesso perché la sua casa era tagliata fuori dalla società, lontana centinaia di chilometri, e trovare un neonato
in quei posti, soprattutto d'inverno, era un affare impossibile. Insomma, ero piú che sicuro che non esistesse nessun bambino. Allora nonno Nikolaj mi ha spiegato che in
realtà era un cucciolo di tigre, trasformato dalla magia della
Taiga in un bimbo in modo che potesse essere assistito da
un umano nel periodo invernale, probabilmente perché la
madre era malata e senza latte. Ne era certo perché Manul, il suo gatto selvatico della steppa grosso e fannullone,
da quando il bambino era entrato in casa se n'era andato

a dormire al pian terreno con i cani, con cui di solito non andava per niente d'accordo, e i gatti, si sa, hanno molta paura delle tigri. Poi, quando cominciava a fare caldo ed era piú facile trovare il cibo, la madre era arrivata a riprendersi il cucciolo.

Quando mio nonno raccontava fiabe e leggende dei cacciatori e dei nativi siberiani non lo faceva mai con il tono da storie inventate: le sue parole avevano la determinazione dei fatti realmente accaduti, attraverso la sua voce le creature magiche, le streghe e gli spiriti buoni o cattivi esistevano davvero attorno a noi, nel mondo reale. Passavamo giorni interi tentando di trovare i *lešie*, magici abitanti del bosco che secondo lui si nascondevano in mezzo alle paludi. Mi portava nei fiumi di notte cercando di beccare l'ora in cui le donne-lontra facevano il bagno, mi assicurava che le aveva incontrate mille volte e voleva che ammirassi la loro bellezza, ma non abbiamo mai visto niente. Una volta abbiamo fatto un centinaio di chilometri a piedi seguendo le impronte di un cervo che secondo lui aveva le corna d'oro... Era sicuro che quel cervo abitava in Paradiso, e seguendolo avremmo trovato la strada costruita da zio Il'ja.

«E poi che vuoi fare, – gli avevo chiesto, – vuoi entrare in Paradiso?»

«Certo che no, – aveva risposto. – Voglio solo sapere dov'è, ma non ho nessuna intenzione di barare con Dio!»

Era impressionante, nonostante il passato che si ritrovava si comportava come un bambino, e anch'io vicino a lui cominciavo a credere a tutti i suoi racconti: aveva il potere di farsi dare sempre ragione. La verità è che quel modo di vedere il mondo è bello: un equilibrio perfetto tra saggezza e ingenuità, esperienza e immaginazione.

Mi avvicinavo alla casa di nonno Nikolaj e sentivo sempre di piú una sorta di attrazione, come se non fossi intero e stessi raggiungendo la parte di me che viveva nascosta nei boschi e mi mancava. Ho fatto gli ultimi chilometri quasi nel buio, la notte è scesa in fretta e mi ha costretto a camminare piano, a orientarmi con il rumore del fiume.

Quando sono spuntato nella radura in cui sorgeva la casa di mio nonno, i cani hanno cominciato ad abbaiare. Dalla finestra della cucina si vedeva la luce della lampada a olio che proiettava ombre lunghe sui muri. Nonno è uscito con il fucile sulla spalla destra e la lampada tesa nella mano sinistra. La faccia era sorridente, ha fatto un gesto e i cani si sono calmati.

– Allora non hai dimenticato la strada che porta al tuo vecchio!

La sua voce era ancora piú profonda e bassa di come la ricordavo. Sono rimasto fermo a qualche metro da lui.

– No, anche se il bosco è cambiato parecchio dall'ultima volta che sono stato da queste parti...

– Ti hanno visto i miei amici lungo la Sinjaja, sapevo che stavi arrivando...

Continuava a sorridere e io ero stupito:

– Ma non ho incontrato nessuno.

– Sai che le persone qui sono come gli animali, ti guardano da lontano, annusano, ti seguono per un po' se c'è bisogno, ma raramente si fanno vedere...

Mi ha invitato a entrare illuminando la vecchia scala che portava sulla veranda della sua isba[3]. L'odore del legno stagionato pizzicava le narici e liberava le vie respiratorie come il vapore della sauna. Siamo entrati in cucina, il nonno ha appeso la lampada sopra il tavolo e ha messo il pentolino sulla stufa per fare la tisana mentre io cominciavo a disfare lo zaino. Intanto Manul, che nonostante la vecchiaia se la passava ancora bene, si era avvicinato annusandomi con attenzione.

---

[3] In russo *izba*, è il nome della tipica abitazione rurale russa, a uno o due piani, interamente costruita con tavole di legno e tronchi d'albero.

– Ma come hanno fatto a riconoscermi?

– Non ti hanno riconosciuto infatti, mi hanno detto che hanno visto un estraneo con due fucili camminare verso casa mia, e io subito ho pensato a te.

Il nonno stava trafficando con delle bustine di stoffa piene di erbe essiccate, prendeva un pizzico da ogni bustina e lo metteva dentro una brocca di legno molto aromatizzato che dava un gusto armonico a ogni tisana.

– Ah, l'infallibile logica siberiana... – ho sorriso, sedendomi sulla panca. – Come stai, nonno?

– Come la vecchia tigre, che ha fame come quella giovane ma non ha piú zanne né denti per cacciare –. Nella sua voce c'erano note allegre e una leggera nostalgia. – Insomma, vado avanti solo grazie all'istinto e all'abitudine, altrimenti sarei del tutto morto. E tu?

Mi aveva messo sotto il naso la brocca di legno con il miscuglio di erbe: aveva un odore estivo, buonissimo. Contento della sua scelta, se n'è andato verso la stufa aspettando che l'acqua cominciasse a bollire.

– Io sono stato due anni in guerra, per questo non sono venuto da te l'anno scorso né quello prima...

– Un'altra guerra? Vedi che ho ragione quando dico che gli uomini sono stupidi, basta che passi un po' di tempo, che cresca una nuova generazione, e della guerra disastrosa e devastante non resta neanche memoria! Non avranno mica fatto di nuovo la guerra contro i tedeschi?

Il nonno si era leggermente agitato.

– No, questa volta l'abbiamo combattuta nel Caucaso, come ha fatto secoli fa l'esercito zarista. Siamo stati in Cecenia contro i *wahhabiti*, i terroristi islamici.

– Terroristi islamici? E chi sarebbero?

– Sono musulmani che combattono contro tutti quelli che non danno ragione alla loro fede, in questo caso volevano creare un loro regno in Caucaso...

Nonno Nikolaj sembrava interessato, si era seduto sulla panca di fronte a me.

– E da dove arrivano?

– Da tutto il mondo, sono i fedeli che decidono di diventare combattenti, i leader religiosi gli fanno il lavaggio del cervello e loro perdono l'appartenenza razziale, le basi culturali, la loro individualità... Diventano una cosa sola. Sai come mi descrivevi tu i comunisti? Ecco, penso sia qualcosa di simile: una massa di uomini arrabbiati con il mondo pronti a tutto per difendere certe idee che a loro sembrano giuste e universali. Adesso sono ovunque, tengono i loro popoli nella povertà e nell'ignoranza per costringerli a spostarsi negli altri Paesi e invadere l'Occidente, oppure organizzano guerre aperte come quella in Cecenia, dove hanno spartito i soldi con molti esponenti corrotti del governo russo. Principalmente i sostenitori e gli organizzatori di questi movimenti sono i ricchi sovrani arabi...

– Gli arabi... – ha detto pettinandosi la barba con le dita. – Ma non sono quelli che vivono nella sabbia e hanno i cavalli con la gobba?

– Proprio quelli, però ora sono molto potenti, non sono piú i nomadi di una volta, controllano il petrolio e corrompono tutto il mondo...

– Non mi piace l'idea che degli uomini che vivono in un posto senza alberi abbiano tutto quel potere, non avranno mai rispetto della natura perché non la conoscono. Hai fatto bene a combattere in quella guerra, chi l'ha vinta?

Ho abbassato gli occhi, Manul ronfava tra i piedi del nonno.

– Nessuno, – ho risposto piano, – anche se noi li abbiamo cacciati via perché eravamo molti di piú, però loro erano armati molto meglio. Credo che il semplice fatto di riuscire a organizzare la guerra per loro sia stata una vittoria, perché hanno dimostrato a tutto il mondo quanto sono deboli le civiltà moderne, quanto è malfatta la nostra società e quanto è lontana la democrazia. Non siamo uniti come loro, siamo troppo individualisti, abbiamo imparato soltanto a sprecare, a consumare, e questa è l'arma piú potente che hanno a disposizione contro di noi...

Mi sono fermato, avevo detto troppe cose di cui mio nonno sapeva ben poco e ho deciso di cambiare discorso. Mentre lui versava l'acqua bollente nella brocca, da una tasca laterale dello zaino ho tirato fuori il coltello che gli avevo portato e l'ho messo sul tavolo davanti a lui.

– Questo l'ho preso a un nemico. È un Ka-Bar della marina militare americana.

Nonno ha estratto dal fodero la lama coperta di vernice nera, il metallo si vedeva solo nella linea sottile del filo.

– È proprio bello, lo appenderò con gli altri, – ha detto indicando una parete quasi ricoperta di lame. Si vedeva, però, che aveva ancora in testa quell'altro argomento. E infatti ha ripreso: – Sai, mi fa un grande piacere che hai fatto la guerra, cosí ora conosci fino in fondo la pazzia del genere umano. Nessuna specie animale è pazza come l'uomo, basta guardare cos'hanno fatto quegli inglesi, pensa, sono entrati in un missile per volare sulla Luna!

Aveva uno sguardo di sfida, come per vantarsi di conoscere quell'ultima notizia, per dirmi che anche lui, nonostante l'isolamento, sapeva cosa succedeva nel mondo. Non volevo deluderlo, quindi non ho fatto commenti sullo scarso tempismo con cui la notizia dello sbarco sulla Luna aveva raggiunto il fiume Sinjaja.

– Sulla Luna ci sono andati gli americani, gli inglesi non hanno un programma spaziale. Comunque è una grande conquista, non credi?

Lui mi ha guardato con comprensione, come quando ero piccolo e sbagliavo a sparare, spaventando la preda e lasciandola fuggire.

– Questa roba non serve a niente, non c'è niente da conquistare al di fuori degli istinti naturali che abbiamo perso. Se gli uomini vogliono sopravvivere devono imparare a stare insieme, per stare insieme devono imparare a condividere ogni cosa –. Ha infilato il naso nella brocca e ha approvato la tisana con lo sguardo: era pronta. – Continuiamo a comportarci come se fossimo dèi anche se ogni giorno tutti quanti dobbiamo scendere dalle nostre divine altezze per scaricare gli escrementi come qualsiasi altro animale, continuiamo a far finta di essere immortali... Ti sei mai chiesto perché gli uomini davanti alla morte si comportano come se fosse un evento straordinario e brutale? Te lo dico io perché, perché tutti in fondo pensiamo di essere eterni, senza fine, perché ci piace vivere e perché la vita in sé appare come un'immagine ferma. Ma niente è fermo in questo mondo, l'hanno capito tutte le specie viventi tranne noi, creature indegne e insignificanti... Per questo abbiamo inventato Dio, il Paradiso, la vita eterna, perché non riusciamo a percepire il fatto che ogni nostro respiro, ogni nostra esperienza, nasce dalla natura e ritorna nella natura, e si trasforma nella sostanza che dà vita ad altre creature... Questo è Dio, questo è il Paradiso, questa è la vita eterna, ma non dipende da noi, non siamo figure centrali, possiamo solo contribuire a mandare avanti questo mondo senza rovinarlo...

Mi ha passato una tazza fumante ed è uscito, dirigendosi verso la legnaia. A quanto pareva il suo discorso per adesso era concluso. Ho assaporato la tisana pensando a quello che mi aveva appena detto: come sempre mio nonno buttava giú un po' di parole in cinque secondi, e io a capirle ci mettevo anni.

Quella sera abbiamo mangiato un pezzo di carne secca e io ho fatto un brodo, poi abbiamo bevuto un'altra tisana. Prima di addormentarci abbiamo chiacchierato a lungo, nonno mi raccontava quello che succedeva nel bosco, le battute di caccia e i nuovi insediamenti di animali, mi ha detto anche che sotto il tetto della legnaia era venuta ad abitare una civetta e che una volta aveva attaccato il malintenzionato Manul mentre tentava d'introdursi nel suo nido per depredarlo. Io gli raccontavo della guerra, dei sabotatori, dei ragazzi e del capitano Nosov, di come avevo imparato a sparare e delle tecnologie dei nuovi fucili. Nonno ascoltava con attenzione e ogni tanto faceva qualche domanda, proprio non capiva come funzionassero il visore notturno e il mirino a punto rosso...

Abbiamo dormito insieme vicino alla stufa, con Manul che mi saliva di continuo sul petto e io che ogni volta lo ributtavo giú: era cosí pesante che sognavo di soffocare. La mattina dopo me lo sono ritrovato addirittura attaccato all'orecchio con i denti, gli piaceva giocare cosí. Ho staccato quel tremendo animale a forza di botte.

Tra me e Manul esisteva una specie di patto di non belligeranza. Quando sono arrivato da mio nonno per la prima volta, la bestia era giovane e piena di energie, tanto che mi ha accolto con una buona dose d'odio: organizzava dei veri e propri attentati, mi mordeva la caviglia appena entravo in casa, mi graffiava quando mi sedevo a tavola e mi mordeva l'orecchio quando dormivo. Nonno Nikolaj mi aveva spiegato che era un gatto selvatico molto autoritario, e per ottenere il suo rispetto bisognava suscitare il suo interesse, oppure scendere a patti. Per me era subito diventato tutto molto chiaro, Manul era uno stronzo con un carattere da perfetto mafioso, cercava di terrorizzarmi per ottenere qualcosa in cambio: in altre parole voleva il pizzo. Io però non ho mai pagato il pizzo a nessuno, quindi una sera, mentre mio nonno era al fiume a sistemare le trappole per i pesci, ho catturato Manul con una coperta, l'ho tenuto bloccato lí sotto e per una buona mezz'ora l'ho picchiato con il calcio del mio fucile. Non è una tecnica d'interazione approvata dagli animalisti, però, tralasciando i particolari brutali, il mio intervento è stato molto efficace nella relazione con Manul, che una volta libero, strisciando, si è nascosto sotto la stufa ed è rimasto lí per qualche giorno: da quel momento mi ha amato come uno di famiglia, era amichevole, faceva le fusa e si prestava volentieri alle coccole. Qualche volta gli capitava di sgarrare, giocando mi mordeva o mi graffiava, ma io lo prendevo a schiaffi e tutto tornava a posto.

Quando sono uscito in cortile nonno era già lí che preparava la sauna, spaccava la legna su un grande ceppo e dal tubo sul tetto usciva un leggero fumo bianco, segno che il fuoco era stato appena acceso. Ho messo un pezzo di legno sul ceppo, ho impugnato l'ascia quasi al fondo del manico, l'ho alzata sopra la testa e l'ho buttata giú piegando leggermente le ginocchia per compensare la forza dell'urto. Il legno ha fatto un rumore dolce e si è spaccato a metà. Ho ripetuto lo stesso gesto con le due parti e sono passato a un altro pezzo. Mio nonno mi stava vicino e mi guardava contento. Spaccare la legna mi piace da sempre, posso andare avanti per ore.

A pranzo abbiamo bevuto solo una tisana, perché nel giorno di sauna non si mangia niente, poi siamo entrati nella stanza già caldissima.

Per l'intera giornata non abbiamo parlato, non ce n'era bisogno. Finché la sera, in cucina, nonno Nikolaj si è accarezzato la barba con il suo gesto pittoresco e ha chiesto:

– Quanti nemici hai ucciso?

– Non lo so, a un certo punto non li ho piú contati.

– Perché? – ha messo su un'espressione di finta sorpresa.

– Mi sembrava una cosa poco onesta. Non facevo la guerra per collezionare vittime, volevo vincere e basta.

Avevo l'impressione di parlare a me stesso, come se non esistesse nessun nonno e stessi facendo questo discorso da solo.

– E adesso come ti senti, vincitore o vittima?

– Né l'uno né l'altro credo, vorrei solo che quello che ho passato non capitasse mai piú a nessuno.

– Stai tranquillo, capiterà ancora tante volte. Quando finisci in guerra le regole sono semplici: per sopravvivere devi ammazzare i nemici, devi ucciderne piú che puoi, e non pensare all'etica, tanto l'uomo vale la bestia...

Qualche giorno dopo siamo partiti per cacciare un cinghiale, un maschio anziano che mio nonno chiamava Dentone perché aveva delle zanne molto lunghe. Dare un nome agli animali era un vecchio trucco che usavano i cacciatori quando educavano i giovani: non solo imparavano a rispettare la bestia, era un modo per fargli capire che stavano per uccidere una creatura con una propria vita, e insegnargli cosí il rispetto per il sacrificio di chi muore.

Secondo i racconti di mio nonno, Dentone una volta era stato il maschio dominante in una comunità di cinghiali e adesso, pur non essendo piú fertile, continuava a far paura ai maschi giovani tenendoli lontani dalle femmine, e per questo nascevano pochi cuccioli. Era ora di abbatterlo e di mangiare la sua carne. Tra l'altro, Dentone aveva infilzato molti cani di mio nonno, e chiunque abbia visto una ferita provocata da un cinghiale sa quanta pazienza serve a ricucirla.

– Questa volta, – mi ha detto mentre avvolgeva i fucili con le bende intrise di un infuso aromatico, – l'unico sangue che vedremo sarà quello di Dentone… Scovarlo senza i cani sarà piú difficile, ma non importa, ci andiamo da soli.

Abbiamo camminato per un po' lungo il fiume, e attraversando un pezzo di palude ci siamo messi sulle tracce dei cinghiali: li abbiamo trovati sul pendio di una piccola collina. Erano molto piú vicini di quanto il nonno pensasse.

Ci siamo nascosti dietro un tronco d'albero caduto, a circa centocinquanta metri dal branco che si godeva l'aria del mattino sprofondando nelle foglie marce e trascinandosi sotto i cespugli per divorare le bacche che pendevano dai rami tesi. In assoluto silenzio abbiamo cominciato a perlustrare la zona attraverso i mirini ottici alla ricerca di Dentone. C'erano molte femmine adulte ma pochissimi piccoli, in tutto ne ho contati otto: per un branco grosso come quello era un disastro, la teoria del nonno sembrava proprio vera. I giovani maschi stavano in disparte, però Dentone non si vedeva.

Dopo circa un'ora mio nonno ha deciso di movimentare la situazione e spaventare il branco sparando un colpo in aria. Secondo lui Dentone stava nascosto dentro un buco coperto con le foglie, come piace ai cinghiali. Io dovevo stare attento e dopo lo sparo dovevo trovare Dentone tra le bestie in fuga e ucciderlo. Mi sono preparato bene, nonno Nikolaj ha contato fino a tre e ha sparato. I cinghiali hanno cominciato a scappare e ho subito notato un grosso maschio che correva in mezzo alle femmine, a occhio superava i duecento chili, in mezzo agli altri la sua cresta si alzava come una montagna. Istintivamente ho puntato il fucile su di lui, seguendo la sua corsa e aspettando che le femmine liberassero lo spazio per poterlo colpire. Lo tenevo sotto mira, fisso e implacabile.

Tutto è durato pochi secondi: ho seguito la corsa dei cinghiali trattenendo il respiro e quando ho visto il fianco scoperto del vecchio maschio ho premuto il grilletto. Il colpo è partito bello spedito, ho visto il classico movimento d'aria in direzione dello sparo, una specie di coagulazione dell'ossigeno nella forma di un cerchio bianco. Nello stesso istante Dentone si è staccato da terra con tutt'e quattro le zampe come se avesse fatto un salto ed è rimasto lí sospeso, paralizzato, poi è caduto a terra morto stecchito. Mio nonno mi ha dato una spallata.

– Bravo, finalmente hai imparato a sparare come si deve, la guerra ti ha fatto bene.

– Veramente potevo esercitarmi anche al poligono, senza rischiare la pelle, – ho risposto io.

Nonno ha fatto la faccia schifata:

– Che cosa vuoi imparare al poligono? Come si buca la carta? Lo sport è una cosa, la sopravvivenza un'altra. Quando eri piccolo mi ci è voluta un'estate e una trentina di colpi a vuoto per farti ammazzare un cervo. Non perché non sapevi sparare, sparavi benissimo, quando ti lasciavo a casa da solo centravi le mie calze appese ad asciugare, me le avevi bucate tutte. Però a sparare per uccidere un animale non ci riuscivi proprio, lo mancavi ogni volta perché non eri deciso, ti agitavi, non capivi perché dovevi farlo. Ho dovuto lasciarti senza cibo per due giorni per farti venire la voglia di uccidere, ti ricordi?

Abbiamo scuoiato Dentone e fatto a pezzi la sua carne per trasportarla fino a casa negli zaini. Prima l'abbiamo mescolata a un'erba speciale che sapeva d'aglio e aiutava a conservarla – ad eccezione di alcuni pezzi che non appena arrivati a casa avremmo dato ai cani: devono mangiarla fresca per non dimenticare il gusto del sangue –, poi abbiamo sepolto lí vicino alcune ossa e le budella, come vuole la tradizione.

Nonno aveva messo da parte le zanne di Dentone, una scelta che mi ha stupito un po': non ce lo vedevo a esibire un trofeo di caccia. Ma poi, osservando il modo in cui le ripuliva, con una specie di affetto, ho capito che voleva tenerle per ricordarsi di un animale a cui, in un certo senso, aveva voluto bene.

La caccia a Dentone è stata la nostra ultima uscita: il tempo diventava sempre piú brutto, di notte faceva sempre piú freddo, io e nonno Nikolaj passavamo giorni interi a mantenere acceso il fuoco nella stufa, mangiare, andare di corpo e fare la sauna.

Abbiamo parlato moltissimo. In uno di quei discorsi gli ho chiesto se aveva deciso di vivere lí perché odiava gli altri, oppure perché semplicemente voleva stare da solo. Mi ha risposto che all'inizio non pensava di rimanere nella Taiga cosí a lungo, credeva si trattasse di un periodo, che prima o poi sarebbe tornato nel suo villaggio.

– Ma alla fine, – ha detto, – ho perso il conto del tempo, la Taiga mi ha stregato e ho vissuto qui tutta la vita.

Poi, guardandomi dritto negli occhi, ha aggiunto:

– Se passi piú di una stagione nella Taiga, non riuscirai
mai piú a lasciarla, il sentimento che crea questa foresta è
piú forte dell'uomo. Se vuoi tornare nel mondo lascia la Taiga ora, perché se comincia a nevicare forte rimarrai chiuso
qui, e lei ti catturerà nella sua trappola come un animale...

Già il mattino dopo aveva nevicato moltissimo, mi sono
svegliato con la luce molto chiara che arrivava dalle finestre, il sole che brillava dentro i cristalli di neve. Il nonno
aveva ragione, amavo in modo cosí forte quel posto che se
non partivo subito rischiavo di restare lí per sempre, riman-
dando la partenza di giorno in giorno, fino alla vecchiaia.

Ho alleggerito il mio zaino lasciando al nonno il mio
AK-47 e delle munizioni, lui mi ha preparato il cibo per il
viaggio e mi ha accompagnato per qualche chilometro lungo il fiume.

Per strada gli ho raccontato che volevo sistemarmi a San
Pietroburgo, ero sicuro di poter cominciare una nuova vita,
trovare un lavoro e costruire il mio futuro. Mi sembrava
di essermelo meritato, e davo per scontato che il destino
avesse tenuto un posticino caldo per me.

Nonno mi ha detto che in primavera avrebbe allargato
l'orto e per questo voleva buttare giú qualche albero, si
era già messo d'accordo con alcuni cacciatori che l'avrebbero aiutato.

Nonostante la normalità leggera e trasparente di quel momento, ero sicuro che quella era l'ultima volta che vedevo
nonno Nikolaj. Abbracciandolo, l'ho tenuto stretto a lungo, come non facevo mai, anche lui mi ha abbracciato forte, poi mi ha accarezzato la faccia e ha detto con il sorriso:

– Niente è eterno in questo mondo, ed è questo il suo
lato piú bello, perché oltre la nostra memoria, oltre la ragione, oltre la fine, iniziano tantissime altre storie.

Camminavo per la Taiga e la sua voce girava nella mia
testa come una preghiera. Attorno a me c'era un magni-

fico paesaggio, i colori appassiti, la corteccia degli alberi
che già scricchiolava per il primo gelo. Gli uomini preparavano la legna secca per i lunghi mesi d'inverno, gli scoiattoli portavano le provviste nei loro nascondigli, gli orsi
passavano le ultime giornate a cacciare pesce grasso prima
del letargo, i cervi giravano intorno alle rocce annusando
l'aria alla ricerca di sale. Gli alci, sfruttando il gelo notturno che trasformava le paludi in terra solida, raccoglievano
le ultime bacche.

L'autunno nella Taiga era finito, e sentivo che era finito anche un periodo della mia vita: chiuso, abbandonato, senza possibilità di ritorno. Uscendo dal bosco ero un
uomo diverso, non volevo piú nessuna memoria, nessuna
ragione. Mi sentivo oltre la fine, e aspettavo l'inizio di
tantissime altre storie...

L'esercito dei pochi

L'oligarchia (dal greco *oligoi* = pochi, e *archè* = potere, comando) è il sistema di governo di una minoranza, di un gruppo ristretto di persone, ed è anche detto «governo dei pochi».

(Da Wikipedia)

In Russia il parere del popolo non ha nessuna rilevanza. Ciò che è rilevante è il parere di quella che io chiamo *élite*. Mi riferisco alle persone che attraverso decisioni politiche a livello locale hanno il potere di influenzare la vita della Federazione Russa. Secondo i miei calcoli il loro numero può variare dai due ai cinquemila. Poi esiste una super *élite*, una cinquantina di persone. Sono quelli che influenzano le decisioni del premier e del presidente della Russia.

(Boris Berezovskij*, dall'intervista rilasciata
a Radio Svoboda il 24 dicembre 2010)

Ho conosciuto Berezovskij nel 1994, tramite Irena Lesnevskaja, editore di «The New Times». Io mi occupavo di tecnologie politiche, lui era un semplice speculatore che aveva assunto il controllo del mercato automobilistico. Mi ha chiesto di formare una potente struttura di sicurezza, perché aveva problemi con vari gruppi criminali e aveva subito qualche attentato. [...] A quei tempi la sua corte non era un granché, aveva sempre intorno qualche criminale delle nuove generazioni, trafficanti, banditi, ceceni... Io avevo tanti contatti nelle strutture di sicurezza del governo russo, sapevo della pessima condizione finanziaria in cui si trovavano molti specialisti di antispionaggio di alto livello: l'Urss aveva speso tantissimi soldi per prepararli e il nuovo governo li licenziava perché non era in grado di pagare lo stipendio che meritavano. Avevo contattato alcuni di loro, presentan-

---

* Boris Berezovskij è stato uno dei piú influenti uomini d'affari russi, pilastro dell'oligarchia. Dopo aver sostenuto Putin nell'ascesa al governo, è stato costretto all'esilio successivamente alla campagna contro l'oligarchia ideata dallo stesso Putin. Attualmente vive in Inghilterra sotto la protezione del governo britannico. Le dichiarazioni qui riportate sono indicative della situazione politica nella Federazione Russa in quegli anni. Gli eventi raccontati in questo capitolo e nei successivi non hanno alcuna connessione con la figura e la storia di Berezovskij, né con quella dei suoi collaboratori.

do il progetto di una struttura privata che avrebbe avuto queste funzioni: raccolta preventiva dell'informazione e analisi, spionaggio, pronto intervento operativo, protezione attiva dell'oggetto a rischio. Berezovskij mi ha affidato 3,5 milioni di dollari per far partire l'operazione, e spendevamo ogni mese circa 500 mila dollari solo per pagare i nostri informatori. Nella nostra struttura c'erano persone molto qualificate, siamo diventati il servizio di sicurezza piú forte della Russia, sapevamo di essere piú forti dei servizi governativi, avevamo il controllo su tutte le loro linee segrete, se succedeva qualcosa al Cremlino, Berezovskij lo sapeva prima del Presidente. [...] A un certo punto Berezovskij ci ha abbandonati, perché ha creduto che con un nuovo Presidente sarebbe entrato presto nell'apparato governativo. Solo che Putin, dopo aver vinto le elezioni con i soldi di Berezovskij, Abramovič e degli altri oligarchi, gli ha dichiarato guerra. Alla fine sono contento che sia andata cosí, è vero che ogni cosa che Dio fa conduce al bene.

(Sergej Sokolov**, dall'intervista rilasciata
al «Moskovskij Komsomolec» il 21 giugno 2006)

Chaim, un ebreo ortodosso molto devoto a Dio e sempre rispettoso della sua religione, s'innamora di una donna atea. Dopo un periodo di riflessioni decide di abbandonare la fede per tentare di avvicinarsi a questa donna, pensando che dopo tanti anni di preghiere il Dio misericordioso capirà il suo gesto e lo perdonerà.
Si fa un taglio di capelli moderno, rinnova il guardaroba, compra un bel bouquet di fiori e si dirige verso la casa della donna desiderata. Improvvisamente, mentre cammina per strada, il cielo sopra di lui si apre e sulla sua testa si scarica un potentissimo fulmine. Il poveraccio cade morto e nello stesso istante appare davanti a Dio in Paradiso. Ancora preso dallo spavento, quando si accorge di essere morto si rivolge al Creatore e grida con disperazione:
– Signore, ti ho pregato per tutti questi anni, ti ho servito con fervore, e ora tu mi punisci cosí severamente! Perché non mi hai mandato un segnale anziché uccidermi, perché non mi hai avvertito della tua rabbia?
Dio, stupito, guarda bene l'ebreo e poi, dispiaciuto, allarga le braccia esclamando:
– Chaim, ma sei proprio tu? Maledizione, non ti avevo riconosciuto conciato cosí!

(Storiella ebraica)

Naturalmente, ti rendi conto che questo significa guerra!

(Celebre battuta, ripresa da Groucho Marx,
pronunciata da Bugs Bunny ogni volta che
subisce minacce e scorrettezze dai suoi nemici)

** Sergej Sokolov è l'ideatore e direttore della struttura di sicurezza privata *Atoll*, una sorta di «servizi segreti personali» di Boris Berezovskij.

Quando sono tornato a San Pietroburgo già dal primo giorno morivo dalla voglia di trovare qualcosa da fare. Quasi non credevo al mio umore: pensavo che si trattasse di una nuova fase della mia patologia psicotica post-militare e mi aspettavo che da un momento all'altro arrivasse il crollo totale. Ma i giorni passavano e il morale sembrava salire sempre piú in alto, cosí ho deciso di sottoporlo alla prova della vita.

Ho preso nuovi ritmi, piú salutari per il corpo e per la mente. Mi svegliavo senza alcuno sforzo alle sei del mattino, facevo un'ora di esercizi con la finestra aperta godendomi l'aria fredda di fine autunno. Poi andavo a correre per cinque chilometri: superavo la strada in cui abitavo, un ponte, un vecchio parco, un parcheggio appena costruito, fino ad arrivare a casa dalla parte opposta. Era un ottimo percorso, si vedeva un panorama bellissimo sul fiume Neva e a quell'ora s'incontravano persone ancora in lotta con i sogni appena fatti che si avviavano verso i loro affari quotidiani: scuola, università, lavoro. Mentre correvo, guardando i loro corpi dondolanti dentro i vecchi tram, tra me e me pronunciavo la promessa che anch'io, presto, avrei fatto parte di quella beata comunità di gente impegnata in un lavoro onesto.

Arrivato a casa salivo le scale saltando a rana, come mi avevano insegnato nel campo di addestramento dell'esercito (serve a rafforzare le gambe, soprattutto caviglie e polpacci), facevo cento flessioni e poi subito una doccia fredda. La mia colazione era piuttosto spartana rispetto alle abitudini gastronomiche della maggioranza dei russi, che per resistere al freddo hanno un metabolismo basato sull'accumulazione dei grassi e sono capaci di cominciare la giornata con uova fritte cosparse di maionese ed enormi panini con burro e salame: mi limitavo a una tazza di tè caldo con latte e miele e un po' di pane su cui spalmavo burro e marmellata.

Dopo la ristrutturazione, nell'appartamento si respirava un'aria diversa: coinvolgendo i suoi amici lo studente era riuscito a risparmiare un sacco di soldi e si era dimostrato un ottimo capocantiere, cosí ho deciso che per un anno non avrebbe pagato l'affitto. L'ho fatto felice, perché in questo modo poteva mettere da parte qualcosa per comprare certi apparecchi tecnologici da cui era dipendente.

L'appartamento, dicevo, sembrava diverso: era piú luminoso e questa luce sparsa in ogni angolo dava l'impressione che le stanze fossero molto spaziose. Avevamo ricavato altre due stanzette coprendo i due piccoli balconi con delle vetrate termoisolanti. In una avevo sistemato una vecchia cyclette per pedalare quando mi andava, nell'altra avevo messo una scrivania e un portatile collegato a internet, e la usavo come ufficio. C'era sempre la camera piena di memorie della defunta madre – che secondo le istruzioni del padrone di casa dovevo tenere chiusa a chiave –, poi la mia camera da letto e infine la stanza di Arkadij.

Sarà che avevo bisogno di un minimo di compagnia, ma cominciavo a percepire quel ragazzo come una specie di parente. Mi piaceva il modo in cui gestiva lo spazio condiviso: non era mai fuori posto, sempre gentile e tranquillo, studiava e qualche volta di sera andava a un concerto rock, tutto rivestito di pelle nera e pieno di strani affarini metallici cromati attaccati qua e là come il cattivo di qualche film americano anni Ottanta, quello che ha sempre la faccia non rasata da qualche settimana, una giacca di pelle e gli occhiali scuri.

Arkadij non era scemo ma non era neanche molto sveglio, diciamo che occupava con un certo senso di dignità e consapevolezza il suo gradino sulla scala evolutiva dell'umanità. Leggeva parecchio, per lo piú romanzi con le copertine piene di elfi, fate, draghi e cavalieri, libri dai titoli impronunciabili, vie di mezzo tra nomi di farmaci e formule di magia nera. Aveva un computer portatile giallo che usava solo per giocare.

Come già avevo capito durante la mia precedente visita, gli piacevano i videogiochi di strategia militare e politica, ma adesso era particolarmente fissato con un'avventura virtuale che si chiamava *L'eroe della spada e della magia*: i protagonisti erano creature mitologiche, bisognava costruire un mondo magico e proteggerlo dai nemici, e contemporaneamente tentare di occupare le altre città incantate. Ogni fase del gioco poteva durare parecchi giorni, e spesso il mio coinquilino passava le notti in bianco a radunare gli eserciti, complottare contro i nemici, costruire nuove città, perlustrare le terre e combattere.

Perciò non era strano che avessimo conversazioni di questo tipo:

«Allora, gli elfi?»

«Lascia perdere, quei luridi bastardi mi hanno quasi distrutto un esercito ieri notte...»

«Accidenti... E il Mago Nero?»

«Il Chiromante, si chiama il Chiromante Nero, comunque ho passato tre giorni a reclutare nuove creature perché quello stronzo ha attaccato il castello con il suo esercito di morti. Te l'ho detto, lui lancia quell'incantesimo che ti paralizza tutte le creature e nel frattempo riesce a fare piú mosse di te... Per di piú ho finito i soldi della tesoriera e quei vigliacchi di centauri e nani guerrieri non vogliono piú far parte del mio esercito, adesso devo assolutamente trovare una miniera d'oro o schiavizzare qualche villaggio di contadini, quelli hanno sempre qualche spicciolo nascosto...»

Bastava dargli il via e poteva andare avanti con questi discorsi tutta la mattina. Non avevo mai giocato, ma a forza di ascoltare le sue lamentele avevo imparato le regole, sapevo quasi tutto sulle cittadelle, sulle magie e le strategie di battaglia.

In effetti il tutto aveva un'aria interessante, ma io avevo altri pensieri e poi non volevo sprecare il mio tempo: era impressionante vedere come Arkadij si facesse prendere in modo totale. Qualche volta sembrava distaccato dalla realtà, iniziava a misurare le giornate con il calendario del suo mondo fantastico, gli occhi diventavano rossi e cerchiati di grigio e verde, sembrava Frankenstein in versione ridotta. Anche i suoi riflessi rallentavano, per aprire una bottiglia di birra gli serviva il doppio del tempo e doveva farlo in più riprese perché le mani lo ascoltavano con difficoltà. In quelle occasioni mi permettevo di procedere al sequestro del suo computer: lo tenevo nella mia stanza, chiuso dentro l'armadio di ferro in cui custodivo le armi, e glielo restituivo solo quando cominciava a ragionare.

Non aveva una fidanzata, ma credo che se la spassasse con diverse amiche quando io non c'ero, lo capivo dai tocchi femminili in cucina: la perfezione con cui erano lavati e ordinati i piatti, gli avanzi delle cene preparate con gusto. Comunque non parlavamo mai di donne, tutti e due avevamo assorbito nella nostra educazione quella particolare riservatezza dei vecchi: sanno senza dubbio che i rapporti carnali esistono, ma trattano l'argomento come qualcosa di molto privato. Come diceva mio nonno: «Certe cose si fanno ma non si dicono».

Col tempo, osservando Arkadij, ho capito che ricordava una variante umana dello struzzo: era alto, un po' più di me, più magro di me ma con le ossa larghe e un collo lungo e dritto, così che la testa sembrava infilzata su un palo infinito e inflessibile. Aveva i polsi pieni di strani braccialetti e lacci intrecciati che man mano aumentavano arrivando fino al gomito e formavano una specie di mezza manica, finché da un giorno all'altro non se li strappava via per poi ricominciare ad accumularne: nel suo giro i giovani si scambiavano quei braccialetti come simbolo di amicizia, in ricordo di un bel momento passato insieme. Ma aveva anche un'altra strana abitudine: portava un anello sull'indice della mano destra – una rondella d'argento che sembrava la riproduzione di qualche relitto archeologico proveniente dalla cultura dei normanni – e appena entrava in casa se lo toglieva, lasciandolo appeso al gancio portachiavi all'ingresso.

La sua faccia sempre amichevole era piena di brufoli perché mangiava solo schifezze accompagnate da birra e mischiava tutto, senza fare differenza tra dolce e salato. La birra in realtà la compravo io per entrambi, ma di fatto non ne bevevo neanche un goccio e la lasciavo tutta a lui.

«La birra è l'unica droga che il mio corpo mi consente di assumere, – diceva ringraziandomi e scolandosi l'ennesima bottiglia. – Sono proprio uno sfigato, sono allergico al fumo e ho il terrore degli aghi, e in più da piccolo ho ingoiato un barattolo intero di pastiglie contro il mal di testa: ho preso un'intossicazione così forte che mi basta passare vicino a una farmacia per avere la nausea».

Tutto questo per me era molto, molto positivo, e compensava ampiamente il fatto che non volesse mai mangiare verdure né bere il latte o il tè con il miele.

C'era un'ultima caratteristica che apprezzavo particolarmente: la capacità di soddisfare i suoi bisogni fisiologici senza occupare il bagno per un'eternità. Ho grande esperienza di coabitazione, e una delle cose che m'irrita di più è la tendenza di certe persone a passare sul cesso molte ore della loro vita, accompagnando i loro atti naturali con alcuni piaceri di contorno: letture, giochi elettronici, parole crociate, fumetti, giornali, eccetera. Nella mia numerosa famiglia c'era solo un bagno alla turca in cortile, e puzzava

cosí tanto che si poteva restare chiusi dentro giusto per il
tempo consentito da una pratica avanzata delle tecniche
di apnea (il mio record personale, dopo anni di quotidiani allenamenti forzati in quello spazio puzzolente, è di tre
minuti: poi arrivano i capogiri, si vedono strane luci e si
tappano le orecchie). Io, essendo il piú giovane, dovevo rispettare le necessità dei vecchi: nella gerarchia famigliare
i miei istinti erano sempre all'ultimo posto, perciò mi ero
abituato a dedicare ai bisogni del corpo un tempo minimo, e rispettavo chi si comportava con la stessa sobrietà.
Insomma, Arkadij era il coinquilino ideale.

Nel frattempo, avevo deciso di pormi una serie di obiettivi per cambiare radicalmente la mia immagine. Avrei ripreso lo studio dell'inglese cominciato a scuola da ragazzo,
ogni settimana avrei letto un libro (uno qualsiasi andava
bene) e sarei andato al cinema, e mi sarei tenuto informa-
to guardando la televisione e leggendo un quotidiano a
mia scelta. Per l'inglese avevo già comprato un dizionario
e una ventina di film in lingua originale sottotitolati in
russo, con i libri però andavo molto lento: ho cominciato
leggendo alcuni scrittori russi pubblicizzati dai librai, ma
i loro mi sembravano pessimi tentativi di diventare intellettuali occidentalizzati, cantastorie della nuova Russia,
cosí li avevo abbandonati ed ero passato ai classici del primo Novecento.

Con il cinema è andata anche peggio: ci sono stato una
volta e poi mai piú, perché era pieno di perfetti maledu-
cati che mi costringevano ad ascoltare le loro chiacchiere
al cellulare e il rumore delle loro mandibole che impasta-
vano popcorn e gelatine.

Nonostante volessi cambiare la mia vita, il mio rapporto
con il mondo era ancora difficile, non riuscivo a rilassar-
mi e c'erano troppe cose che non sapevo accettare, ma ero
convinto che fosse un problema temporaneo e che sarebbe svanito, disattivato da stimoli e speranze. Immaginavo

un processo di riorganizzazione interno basato su nuovi
schemi, sognavo di comprendere i valori che muovevano
la maggior parte dei miei connazionali, d'impegnarmi nella
realizzazione dei loro stessi ideali e di sostituire i miei ritmi con quelli dettati dalle loro attività.

Volevo mescolarmi alla società, sciogliere nel suo acido
consumistico la mia personalità vecchia e ormai inutile.

Per cominciare la mia ascesa ho deciso che mi sarei
vestito bene, elegante, o almeno come un giovane russo
qualsiasi. Ho comprato un completo grigio autunnale con
qualche camicia azzurra e due cravatte di un colore impre-
cisato, diciamo tendente allo scuro, che sembravano bisce
mutanti. Le scarpe erano inglesi, nere e appuntite ma soprattutto scomode e brutte, anche se il commesso le aveva
definite «all'ultimo grido».

Camminando cercavo di soffrire in silenzio e mi convincevo che il mio nuovo look era molto importante nella
mia fase d'inserimento.

Avevo portato l'abito dal vecchio sarto ebreo che stava
al primo piano nel mio stesso palazzo perché lo accorcias-
se un po', e lui mi aveva detto che per fare fortuna avevo
bisogno di due cose: un abito come quello e la circoncisione. Sorvolando sulla battuta, avevo pensato a nonna Ada,
di origini ebraiche, che quando avevo tredici anni tentò di
circoncidermi senza spiegarmi niente, raccontandomi solo
che quel giorno «tutti gli ebrei della nostra città mi avrebbero fatto tanti regali». Stavo quasi per accettare, attirato
dall'idea di ricevere chissà quali doni dai miei nuovi fratelli ebrei, e solo grazie all'intervento di mia madre – che
scoprí la cospirazione della nonna e mi spiegò per filo e
per segno cosa fosse la circoncisione – sono rimasto feli-
cemente tra i cristiani.

All'epoca di San Pietroburgo ero ancora convinto che
Dio fosse sempre dalla mia parte, anche nelle situazioni

peggiori: uscendo dall'appartamento vestito come un giovane moderno cercavo di convincermi che questa non era nient'altro che una spinta ricevuta dall'alto, un'ispirazione universale o il consiglio di una persona importante, come se fosse stato mio nonno ad agghindarmi in quel modo. Facevo un enorme sacrificio, e nonostante questo (o proprio per questo) camminavo a testa alta.

Dopo colazione, quindi, m'impacchettavo e uscivo a cercare lavoro. Chiunque si sia trovato in questa situazione sa cosa vuol dire tentare di convincere uno sconosciuto che sei in gamba, onesto e capace, e che certamente meriti il posto di lavoro per cui ti stai proponendo. A quanto pare per riuscirci bisogna avere un dono, una qualità che non tutti possiedono.

Ho fatto colloqui su colloqui, provando a diventare: aiuto-cuoco in una mensa pubblica, aiuto-meccanico, aiuto-venditore di materassi e distributore di vernici, aiuto-carrozziere, guardiano notturno di una scuola materna, guardiano di un parcheggio sotterraneo, operaio in una fabbrica di materie plastiche, magazziniere in una fabbrica di cioccolato e addetto al lavaggio in un garage per auto di lusso.

Dopo settimane di tentativi l'unica offerta che avevo portato a casa era quella di un'estetista amica di amici che voleva insegnarmi la tecnica per la ricostruzione delle unghie con il gel; pare che le donne siano contente quando c'è un uomo a fare questo lavoro: in un salone di bellezza di Mosca – mi ha raccontato l'estetista – le signore strapagavano un ragazzo giovane per farsi incollare delle banali unghie finte. Mi sono immaginato concentrato a incollare unghie di plastica e mi è passata immediatamente la voglia di respirare.

A quanto pareva il mio libretto di congedo truccato non era truccato abbastanza. Quegli otto mesi nel conflitto ceceno che qualche burocrate si era degnato di segnare e firmare bastavano a rendermi la vita difficile.

Certo, essere un veterano dava qualche piccolo vantaggio: se un poliziotto per qualche motivo mi controllava i documenti, me li restituiva con rispetto chiamandomi «signor sergente maggiore» e facendo il saluto militare, poi mi ringraziava per l'impegno a favore della Patria. In qualche ufficio pubblico potevo passare davanti senza fare la fila, come una donna incinta, ma erano le carezze di un padrone che tiene il cane con la catena corta e solo ogni tanto si avvicina, e il cane si sbalordisce, indeciso se strusciarsi o mordergli il collo: quando si trattava di approfondire, di farmi entrare negli spazi piú privati e dividere con me il proprio posto di lavoro, la gente inventava mille scuse e mi evitava con vergogna.

Cercavo di convincermi che dovevo continuare a provare, ma la goccia che ha fatto traboccare il vaso della mia pazienza è stato l'episodio del negozio di dischi.

Ero appena uscito dal secondo colloquio per il posto di magazziniere nella fabbrica di cioccolato, dove una segretaria con le lentiggini, due lunghe trecce e chiari problemi di sovrappeso – caratteristiche che la facevano sembrare un personaggio dei programmi per bambini – mi aveva comunicato che non era stato possibile accettare la mia candidatura. Non avevo sufficiente esperienza, e in piú non sembravo adatto a lavorare in un collettivo composto prevalentemente da donne. Se c'è una cosa che non sopporto, è quando il femminismo diventa razzismo, motivo per cui ho reagito da perfetto profano ignorante: senza troppe chiacchiere e augurandole un imminente arresto cardiaco, sono uscito abbattuto e pessimista.

Mentre attraversavo la strada verso la fermata del tram, ho notato un negozietto di musica ricavato in una nicchia tra due palazzi, con una vetrinetta sottile leggermente ondulata, vecchio stile, nella quale erano esposti alcuni cd. Preso da un'improvvisa curiosità (o forse solo dalla voglia di concentrarmi su qualcos'altro), ho deciso di entrare. Il mondo oltre la porta mi è subito sembrato famigliare. C'era un bancone che doveva essere almeno degli anni Trenta e molti altri oggetti riadattati che svelavano la vita precedente di quel posto: un tempo era stata la bottega di un sarto, e il nome del negozio lo confermava: si chiamava «L'atelier della musica».

Dietro il bancone c'era un giovane con la faccia simpatica, vestito elegante ma con leggere note di trascuratezza voluta: la camicia troppo aperta, i bordi del colletto consumati, e sul petto (che una volta doveva essere stato atletico) s'intravedevano delle collanine con un che di mistico, tipo quelle stronzate esoteriche che la gente mette senza avere idea del significato, per il puro gusto di apparire personaggi complessi, pieni di enigmi, ricchi di strati... Il ragazzo portava un gilet e un grosso orologio da tasca appeso a una catenina d'oro, pantaloni neri classici accuratamente stirati e una cintura di cuoio nero con la fibbia argentata, brutta imitazione di un sigillo della tradizione magica. Quel giovane era tutto stile: capelli tinti di nero-notte corti dietro e lunghi davanti che scendevano tenebrosi su metà faccia, la barba fatta di fresco, gli occhi furbi e insieme buoni, amichevoli. Dei tipi come lui, nel posto dove sono nato, tra ragazzi si diceva: «Meglio nascere brutto e storto che fan dei Depeche Mode». Lui non era né brutto né storto e si capiva che aveva un modo di vivere tutto suo. Vedendo il mio sorriso si è alzato e appoggiandosi al bancone ha fatto l'aria misteriosa, si è concentrato come un mago che legge i pensieri e puntandomi con l'indice ha detto:

– Jazz?

Ho deciso di stare al gioco, quindi ho fatto un'espressione di sorpresa.

– Non solo, – ho detto, – ma in effetti mi piacciono molto le composizioni di Miles Davis, Charlie Parker, e poi vediamo... Woody Herman, Stan Kenton...

Il ragazzo ha cambiato faccia e mi ha guardato socchiudendo gli occhi, come se cercasse qualcosa in me che prima non era riuscito a vedere. Il suo atteggiamento era chiaramente scherzoso, e proprio quel piglio leggero con cui mi affrontava mi dava una strana sicurezza: lui non poteva e non voleva giudicarmi. Le sue dita hanno battuto un arpeggio sul bancone.

– Perbacco! Io non volo cosí alto...

Con un soffio ha mandato via della polvere immaginaria dalla spalla del suo gilet, muovendosi con quella buffa eleganza sfumata che lo rendeva ancora piú simpatico.

– A dire il vero neanche io ne capisco tanto, però per un periodo mi sono interessato al jazz e ho ascoltato parecchie cose...

Mentre pronunciavo queste parole passavo lo sguardo sulle pareti del negozio, finché non mi sono imbattuto in un foglio appiccicato in mezzo agli scaffali porta cd, proprio dietro il bancone: CERCASI COMMESSO. Finalmente era il mio turno, l'onda su cui sarei riuscito a saltare! I dispiaceri e le umiliazioni di quella settimana mi sembravano niente davanti al regalo che mi faceva adesso il destino... Ho visto tutto come se fosse cosa fatta e riuscita: quell'intreccio di coincidenze, il modo strano in cui ero finito nel negozio, l'intesa immediata con quel tipo che cercava un commesso... Era un disegno quasi divino! Dentro di me le trombe suonavano e gli angeli cantavano arie di gloria all'Eterno.

– Stai cercando un commesso? – ho chiesto provando a moderare la voce e a renderla calma e metodica.

– Stai cercando lavoro, amico? – Il giovane sorrideva, ottimo segno.

– Sí, in effetti ero qui in zona proprio per un colloquio ma non è andata tanto bene, mi hanno detto che non posso lavorare in un collettivo quasi tutto femminile, – ho concluso con un tono sconfitto.

Capivo dal modo in cui mi guardava che disapprovava il verdetto. – Stronzate! Sei giovane, simpatico, hai il tuo stile... Mi piaci! Qui sarai perfetto, la maggior parte dei clienti arriva dalla fabbrica di cioccolato di fronte, e sono tutte ragazze in cerca di buona musica e di un po' di presenza maschile...

Non credevo alle mie orecchie: mi stava dicendo apertamente che quel posto da commesso che già mi piaceva da matti era mio. Percepivo attorno a me un'arietta tiepida e profumata e un piacevole caldo nello stomaco... Il mio nuovo amico e futuro datore di lavoro mi è venuto incontro e mi ha abbracciato con fare molto complice.

– Come ti chiami?

– Nicolai.

– Benissimo Nicolai, adesso ti spiego il segreto di questo posto, – ha dato un rapido sguardo intorno e ha abbassato appena un po' il tono di voce. – Io vendo soprattutto copie pirata, ma è tutta buona musica a basso prezzo ed è questo che interessa alla gente, chi se ne frega della copertina originale e di tutte le altre cazzate... Il punto è che non importa cosa vendiamo, ma come lo facciamo, non credi?

Io ho annuito, lui è ripartito come una molla.

– Per questo ho tanti clienti, perché le persone qui non vengono solo per la musica: quando entrano sperano di trovare uno con cui si può conversare, di cui ci si può fidare, che ti può dare un buon consiglio... Questo posto attira la gente perché qui dentro regna l'odore dell'amore! E tu dovrai imparare a emanare quell'odore, proprio come Gesú, Buddha, Gandhi, John Lennon e tutte le altre divinità che sono scese in Terra!

Si è allontanato di un passo eseguendo contemporaneamente una piroetta e mi ha allungato la sua mano da stringere.

– Piacere amico mio, anzi, a questo punto fratello, socio, come si dice in questi casi? Comunque, io sono Alik, ma mi chiamano tutti Merlino perché il buco di negozio che avevo prima si chiamava «La grotta di Merlino».

Nell'insieme mi sembrava tutto molto teatrale, ma non mi turbava affatto: al contrario, la sua pazzia sembrava infettiva, per un momento mi è anche venuta voglia di scim-

miottare i suoi gesti, come se comportarmi con quella leggerezza potesse liberarmi dai pesi che portavo sulle spalle.

Alik mi ha dato uno schiaffetto sul braccio:

– Se hai con te i documenti possiamo andare nel mio
ufficio, cosí preparo subito le carte e domani puoi cominciare...

Domani. Non mi sembrava vero, ero troppo contento.
Ho fatto sí con la testa e l'ho seguito su una scala a chiocciola fino al piccolo soppalco nascosto dietro una parete
in PVC sopra il bancone. C'era un tavolino, una poltrona
comoda su cui sono stato subito invitato a sedermi, e anche un mini-frigo dal quale il mio nuovo «socio» ha tirato
fuori due bottiglie di birra. Sorseggiando ha cominciato a
sbirciare le sue carte.

– Facciamo cosí, per qualche mese ti registro part-time,
poi a tempo pieno, per rientrare con le tasse...

Non capivo niente e a tutto rispondevo facendo su e
giú con la testa.

– Se mi dai i documenti faccio una fotocopia, cosí con
calma sistemo il contratto e domani lo trovi già pronto da
firmare.

Guardavo Alik: era l'eroe contemporaneo che con un
sorriso era riuscito a sconfiggere tutto il marciume del sistema. Grazie a lui avevo riacquistato la fede nell'umanità. Ho aperto la tasca interna della giacca e ho tirato fuori
il pacchetto di nylon con tutti i documenti che facevano
di me una persona legalmente valida.

Stavo seduto davanti a quel venditore di musica dall'aria
pazzerella, sorseggiavo la mia birra e mi sentivo come se
avessi vinto una guerra-lampo.

Improvvisamente il mio nuovo amico ha fermato la sua
attività burocratica e tutta la comicità e l'allegria sono spa-
rite in un attimo. Alik, che fino a un istante prima era un
personaggio psichedelico uscito da una storia di Bulgakov,
si è trasformato miseramente in un semplice ragazzo. Davanti a lui stava il mio libretto di congedo, aperto. Nel

tempo di un battito di cuore, ha sollevato gli occhi e mi ha sparato una frase di cui gli sono grato ancora oggi, perché quella frase detta in quel modo e in quella situazione mi ha permesso di vedere con chiarezza il mio ruolo nel mondo. O meglio: di capire come lo vedevano gli altri.

– Scusami amico, accidenti, non posso proprio prenderti a lavorare con un passato del genere: sono un padre di famiglia, ho due figlie piccole...

Le sue parole mi hanno frustato le ossa e ribaltato l'anima sotto la pelle. I vestiti nuovi mi bruciavano addosso, come se fossero impregnati di un acido potentissimo. Era il momento della verità cruda e semplice, il ritorno alla mia reale dimensione. Quel tizio non capiva un accidente di me, del mio passato e della vita in generale, era capace solo di trasformare le segnalazioni di qualche burocrate in un avviso di pericolo per le sue figlie. Ma certo! Che diritto avevo io di comportarmi alla leggera, di fare lo scemo e immaginarmi occupato in un lavoro normale?! Io sapevo di morte ed ero una minaccia per la gente, minacciavo l'assoluto delle loro coscienze, la sacralità delle loro vite. Io conoscevo da vicino l'oggetto delle loro piú grandi paure. Credevo di aver abbandonato la guerra, e invece la guerra ero io.

Senza dire niente ho posato la bottiglia di birra sul tavolino, ho preso i miei documenti dalle mani di Alik e con un cenno di saluto me ne sono andato. Avevo un compito adesso: sopravvivere in quell'ambiente ostile, e sapevo esattamente cosa dovevo fare.

A casa ho composto il numero di telefono leggendolo sul biglietto da visita: dopo due lunghi squilli una voce ha risposto. Nonostante la leggera distorsione provocata dall'apparecchio, nella mia mente si è materializzata la faccia topastra del tenente colonnello Šapkin.

– Pronto?

– Buon giorno tenente colonnello, sono Nicolai, ci siamo incontrati qualche mese fa per quella questione che riguardava il mio congedo... Si ricorda?

– Ma certo, Nicolai! Ci davamo del tu, mi sembra...

– Sí, mi sembra di sí.

– Dimmi, come stai?

– Ecco, mi avevi detto di chiamarti quando mi fossero passati quei disturbi...

– Quindi questa telefonata vuol dire che stai meglio? È tutto a posto?

– Sí, sono andato in Siberia a trovare mio nonno, cambiare aria mi ha fatto bene...

– Ottimo, figliolo, ottimo. Nessun problema con i farmaci? Droghe? Alcol?

– No, ho seguito il tuo consiglio e non ho mai preso niente –. Ho risposto omettendo qualche dettaglio.

– Bravissimo, tanto dipende tutto dalla tua forza di volontà e dalla tua capacità di sopportazione. E il resto come va? Hai difficoltà economiche? Sei riuscito a trovare un lavoro?

– Ecco, ti chiamo appunto per questo, ho provato per qualche settimana ma non ho trovato niente. Sembra che nessuno voglia un veterano tra i piedi...

– Capisco. Senti, che ne diresti di tornare nell'ambiente?

– ...

– Nicolai?

– Non voglio arruolarmi di nuovo nell'esercito, tenente colonnello Šapkin.

– Non preoccuparti figliolo, non sto parlando dell'esercito... Dimmi, dove sei adesso?

– A San Pietroburgo. Mi sono stabilito qui.

– Perfetto. Allora ti metto in contatto con un amico, si chiama Viktor Sergeevič Poruchin, potrai incontrarlo e ti darà una mano. Lasciami solo qualche minuto per avvertirlo, va bene?

– Grazie Vasilij...

– Niente grazie, siamo *specnaz*, non abbandoniamo mai uno di noi...

L'ufficio del signor Viktor Sergeevič Poruchin non era difficile da trovare: stava in una via periferica e in mezzo alle case vecchie e grigie degli operai metallurgici spiccava un palazzo dall'aria amministrativa e i segni di una fresca ristrutturazione.

Nel parcheggio c'erano una trentina di macchine e nemmeno una di produzione russa, per lo piú fuoristrada di grossa cilindrata. C'era anche una Mercedes blindata, chinandomi un po' ho visto che sul fondo aveva una piastra corazzata a «V», un sistema geniale che sposta l'onda d'urto di un'esplosione ai lati, oltre i bordi dell'auto. Il proprietario di quella macchina doveva essere seriamente preoccupato per la propria sicurezza.

Mi sono presentato alle guardie armate in uniforme che hanno verificato il mio appuntamento e mi hanno fatto passare.

La porta e le finestre erano in vetro antiproiettile, e altre guardie armate mi hanno accompagnato fino all'ufficio di Poruchin.

Ad aspettarmi ho trovato un uomo sulla cinquantina, basso e largo di spalle; da come teneva la testa un po' chinata e dallo sguardo dritto e fisso ho pensato che doveva avere un passato da judoka. Era seduto a un'enorme scrivania piena di apparecchi di tutti i tipi, dal semplice ricetrasmettitore a corto raggio fino al telefono satellitare, e un computer con lo schermo grande come una tv.

Alle sue spalle una fotografia lo ritraeva in uniforme da paracadutista, con i gradi di tenente maggiore e il berretto blu: era giovane e sorridente. La foto era accompagnata da una sorta di didascalia poetica: «Perché le nostre donne possano tenere in mano i fiori, nelle nostre mani dobbiamo tenere le armi». E poi la data: 1972. Una serie di foto piú piccole mostravano gruppi di militari in tenuta da combattimento: lí Poruchin era meno giovane e piú sor-

ridente, e aveva i gradi di capitano. «Afghanistan 1979,
– recitava la didascalia, – operazione Storm-333. Chi non
c'è stato non potrà mai capire, chi c'è stato non potrà mai
dimenticare». Sulla parete c'era anche una bandiera rossa
appesa con cura, con su scritto: «Primo battaglione d'assalto, 52ª brigata Dzeržinskij "Feliks di ferro", reparti
speciali KGB, – e sotto: – Finché ci siamo noi, il Partito
Comunista è vivo».

Su quella parete si poteva leggere perfettamente la carriera di Poruchin: davanti a me c'era un ufficiale operativo con molti anni di esperienza e idee politiche piuttosto
chiare.

Ho notato che in una cartelletta aperta piena di fogli
stampati (probabilmente spediti via fax) c'era la mia foto.
Forse io ero riuscito a capire qualcosa della sua vita, ma
probabilmente lui conosceva la mia con precisione.

Intanto si era alzato per venirmi incontro, rispettando
l'etica militare ho aspettato che mi porgesse la mano da
stringere: l'ha fatto in modo molto dinamico, come l'atle-
ta avversario prima di uno scontro.

– Nicolai, posso darti del tu?

– Certo signore.

– Chiamami Viktor, visto che non siamo piú nell'esercito possiamo goderci queste piccole libertà…

La sua voce dava sicurezza e predisponeva a sciogliersi:
come e piú del tenente colonnello Šapkin aveva strategie
da agile ed esperto psicologo. Mi ha invitato a sedermi e
poi mi ha offerto da bere, io ho rifiutato sottolineando con
enfasi che «non bevo mai alcol!», ma lui ha lasciato cadere
la mia affermazione nel vuoto, come se fosse ovvio. Dopo un'ulteriore breve consultazione dei documenti sotto
il suo naso ha aperto il discorso:

– Questa struttura è l'agenzia privata di sicurezza che
fa parte del gruppo azionario del signor Lavrov. L'hai mai
sentito nominare?

– No, mai.

– Il signor Lavrov è un ex generale del KGB, e dopo la caduta della nostra Patria è diventato un importante uomo d'affari, con una grande influenza politica nel Paese. Come è ovvio, data la sua posizione e il suo passato, ci sono molte persone potenti e importanti che non gradiscono le informazioni di cui il signor Lavrov dispone. Per questo il signor Lavrov investe molto nella propria sicurezza e cerca sempre nuovi specialisti.

Mi sono schiarito la voce, prima di parlare:

– Non vedo come posso essergli utile, a dire il vero. Non ho mai lavorato nella sicurezza, ero un militare operativo nel reparto dei sabotatori. Un cecchino.

– Abbiamo già molti specialisti nell'ambito della sicurezza, ex agenti del KGB qualificati come guardie del corpo, ricercatori, analisti, operatori di monitoraggio... Questo tipo di agenti è indispensabile nella lotta contro gli elementi eversivi che provengono dal mondo civile, come i criminali tradizionali o i servizi di intelligence e monitoraggio dei nostri maggiori concorrenti in affari. Ma ultimamente abbiamo avuto a che fare con alcuni personaggi legati alla guerra e al terrorismo. Come potrai intuire, gli atti di forza contro i concorrenti eseguiti da gruppi di commando armati e addestrati alla perfezione, appena tornati dalla guerra e assunti in una compagnia privata, hanno molte più probabilità di successo rispetto alle azioni compiute dalle guardie del corpo, semplici agenti lontani anni luce dalle realtà operative. Negli ultimi tre anni, solo nella zona di San Pietroburgo e Mosca, sono stati organizzati più di diecimila attentati contro uomini d'affari, e da qualche tempo vengono usate tattiche di guerriglia: cecchini professionisti, tecnologia militare, materiali ed esplosivi che arrivano direttamente dalla Cecenia. Anche la dinamica degli scontri a fuoco si avvicina sempre di più alle rappresaglie militari, con tanto di bombe a mano e lanciarazzi. Le tensioni sparse nel Caucaso purtroppo producono i loro effetti anche qui. Il gruppo azionario del signor Lavrov si trova spesso in mezzo a queste situazioni, e a dirti la verità siamo visti molto male da tutte e due le parti: gli islamici ci odiano perché non gli diamo la possibilità di mettere in mezzo i loro sporchi soldi, mentre gli sciacalli del Cremlino, come ti dicevo, temono il materiale compromettente che continuiamo a raccogliere usando vecchi canali del KGB, e non ci perdonano il rifiuto verso il sistema corrotto che stanno cercando d'instaurare. Siamo in mezzo a due fuochi e i nostri agenti cominciano a essere troppo vecchi per questo lavoro, soprattutto per queste dinamiche moderne: hanno passato gli anni Novanta a combattere con le comunità criminali senza capire che non erano loro il vero problema, e ormai hanno perso il fiuto operativo. Insomma Nicolai, quello che ci serve sono agenti giovani e freschi che sono stati in contatto con i terroristi, che sanno riconoscere la loro presenza e, soprattutto, sanno pensare e comportarsi come loro.

Il discorso non faceva una piega. Cominciavo a chiedermi se il tenente colonnello Sapkin avesse avuto in mente questo piano già al nostro primo incontro.

La chiacchierata con Viktor è andata avanti per un'ora buona, mi ha spiegato che il suo cliente (e amico, mi è sembrato di capire), il signor Lavrov, era vittima di attentati organizzati con una costanza da catena di montaggio, ma per fortuna eseguiti con poca professionalità seguendo un'impronta tradizionale. Ultimamente però aveva subito due attentati seri, con un profilo militare: nel primo erano morte diciotto persone e lo stesso Lavrov era rimasto ferito, nel secondo un cecchino gli aveva sparato mentre passeggiava nel parco privato di una sua residenza fuori città. Per fortuna indossava il giubbotto antiproiettile e il cecchino aveva usato un'arma poco potente, una piccola Makarov calibro 9.

La sicurezza del signor Lavrov lavorava bene, ma era chiaro che aveva bisogno di una squadra antiterroristica in grado di prevenire gli attentati, scoprirli in fase organizzativa e liquidare i terroristi.

Lavrov aveva incaricato Viktor di formare e coordinare questa struttura speciale: in pratica stavo affrontando un ennesimo colloquio di lavoro, solo che questa volta il mio curriculum problematico era un lasciapassare sicuro. Viktor mi ha proposto uno stipendio molto alto e una serie di benefici burocratici che avrebbero sollevato la mia posizione nella società garantendomi un'adeguata protezione legale. Ho accettato senza fare ulteriori domande.

«Agente nella scorta privata dell'agenzia di sicurezza del gruppo Lavrov»: cosí diceva il contratto ufficiale. Alla fine di quella stessa giornata, dopo alcuni test e altre formalità che servivano al rilascio del porto d'armi per uso operativo, me ne sono andato dall'ufficio guidando la mia nuova Toyota Land Cruiser, che l'agenzia mi aveva fornito per facilitare gli spostamenti.

Mi avevano anche dato un telefono satellitare, un cercapersone e un semplice cellulare da tenere accesi giorno e notte, e una valigetta con le ruote da portare sempre nel bagagliaio. A guardarla sembrava un trolley da viaggio qualsiasi, ma era rigida e molto pesante: il rivestimento in alluminio nascondeva sottili lastre di piombo che non facevano passare le onde radio e quelle magnetiche. Ma la caratteristica piú importante era un'altra: se ti rendevi conto di avere addosso una cimice o un ricevitore GPS, invece di distruggerlo attirando l'attenzione bastava metterlo nella borsa per neutralizzarlo nei momenti in cui volevi risultare «pulito».

Non finiva qui, perché la borsa era appunto una borsa, e conteneva un arsenale da spionaggio: appena sono arrivato a casa ho salutato di sfuggita Arkadij – ipnotizzato dal suo esercito di elfi – e mi sono chiuso a chiave nella mia stanza per studiare l'attrezzatura.

Ho disfatto la valigia sistemando ogni cosa sul letto. C'erano strumenti cosí famigliari che avrei potuto scrivere io il manuale, altri non li conoscevo ma guardandoli rice-

vevo suggerimenti dalla mia immaginazione, altri ancora
non riuscivo davvero a capire cosa fossero.

Alcuni erano accompagnati da fogli fotocopiati con le
istruzioni per l'uso.

C'era un rilevatore di cimici con cui ogni sera dovevo
perlustrare il mio appartamento, la Toyota e qualsiasi altro posto nel quale mi capitava di parlare di lavoro; una
grande quantità di localizzatori GPS con un'autonomia di
quarantotto ore, da incollare sulle macchine o sui vestiti
dei soggetti da controllare; una serie di cimici diverse, che
andavano dai microfoni preistorici usati anche nell'esercito (in Cecenia li cucivamo dentro i vestiti dei terroristi catturati, poi fingevamo di liberarli per seguire i loro
spostamenti e ascoltare i discorsi) fino ad aggeggi sottili
come fili elettrici che non avevo mai visto e non sapevo
proprio come usare. C'era un marchingegno da collegare
a una fonte di energia costante – ad esempio la batteria
della macchina – per mandare in tilt tutti gli apparecchi
elettronici nel raggio di qualche decina di metri, una pila
grande come un dito che con il suo flash ti accecava per
alcuni minuti anche a venti metri di distanza, una discreta
raccolta di attrezzi per cercare e smontare mine e bombe,
una serie di chiavi universali in titanio che trasformavano
qualsiasi edificio in casa tua.

Avevo una decina di siringhe sigillate piene di vari tipi
di veleno con tanto di custodia ed etichetta, quattro ele-
gantissime biro caricate pure quelle con il veleno, un pacchetto di primo soccorso truccato in cui tutto, dal cerotto
al termometro, era avvelenato, e due saponette da trecento
grammi in puro esplosivo al plastico, con i detonatori ca-
muffati da matite che avevano ancora il marchio dell'Urss.

Chiudeva quell'incredibile corredo una pistola artigianale. Somigliava a una Walther PPK ma era piú stretta,
con l'impugnatura piú lunga che ospitava un caricatore da
quattordici colpi di calibro 22 LR, un'ottima canna lunga
e il silenziatore che si montava come una baionetta, senza

avvitare: bastava spingerlo e girarlo leggermente finché si sentiva un leggero *click*. Era un'arma da chirurgo, estremamente silenziosa, per uccidere anche negli spazi affollati.

Ma la sorpresa piú particolare erano le bombolette spray caricate di «fanta», che è uno dei nomi scherzosi con cui nei servizi segreti russi e nei reparti operativi dell'esercito si chiama il fentanyl – un narcotico potentissimo, capace di uccidere. Lo chiamano anche «il soffio di Dio»: quando l'ho trovato nella valigia ogni dubbio sulla serietà della faccenda si è sciolto.

Non si trattava di giocare ai piccoli James Bond, presto mi sarei scontrato di nuovo con i miei nemici di guerra, solo che questa volta i valori della Patria non c'entravano niente, c'entrava solo la sicurezza di un uomo che disturbava la gente sbagliata.

Il suono del cercapersone mi ha fatto sobbalzare, era arrivato un messaggio: il giorno dopo, finalmente, quest'uomo lo avrei visto in faccia.

La residenza privata di Lavrov in cui si sarebbe tenuta la prima riunione del gruppo operativo era appena fuori città. Ho raggiunto il posto indicato dal messaggio e ho lasciato la macchina esattamente dove mi avevano ordinato: era un parcheggio privato custodito, vicino a un grande mercato aperto, e c'era un posto riservato a me contrassegnato dal numero di targa. Appena sono sceso un vecchietto con la barba da Robinson Crusoe, pieno di energie e sorridente come il sole di primavera, si è buttato con aggressività e azzardo sulla mia vettura, armato di un secchio d'acqua e di una spugna, coprendola di schiuma. Ho tirato fuori cinquanta rubli dal portafoglio, ma lui mi ha fermato con stupore:

– Signore, non mi deve niente, tutto è già compreso nel prezzo che hanno pagato i suoi amici!

Ho messo la banconota nella tasca della sua giacca concentrando nel mio gesto tutta l'umiltà che sono riuscito a trovare. – Lascia perdere nonno, sono tanto signore quanto la vacca è ballerina… Mi chiamo Nicolai. E grazie di tutto.

Ho salutato il vecchio e ho attraversato la strada: alla fermata dell'autobus mi aspettava la Mercedes blindata che avevo visto davanti all'ufficio di Viktor e tre persone, i miei futuri colleghi.

Al volante c'era un ragazzo massiccio, con le mani da contadino, sembrava simpatico e aveva la faccia molto giovane, ancora piú giovane della mia, forse perché non gli cresceva la barba e aveva la pelle molto liscia. Vicino a lui stava seduto un ragazzo magro con gli occhi chiari, aveva un orologio d'oro al polso e una leggera cicatrice sopra l'occhio sinistro, come un taglio ricevuto da sotto che spaccava in due il sopracciglio.

Vicino a me, sul sedile posteriore, c'era un ragazzo che non aveva piú di venticinque-ventisei anni. Fumava una sigaretta e ho notato che sulla mano destra gli mancavano due falangi: di sicuro un artificiere che si era bruciato le dita con l'esplosivo. Si chiamava Tolik, variante corta di Anatolij, e mi è sembrato subito quello piú amichevole e disposto a parlare.

– Ciao fratello, benvenuto nella squadra! – Tolik mi ha afferrato la mano con le sue dita senza falange. Aveva una stretta da morsetto.

– Ciao a tutti, sono Nicolai, ma lo sapete già, immagino…

Senza farmi aspettare un secondo, in modo professionale e abbastanza serio, i due ragazzi seduti davanti mi hanno teso il braccio.

– Andrej –. L'autista mi ha sorriso con un'aria buona.

– Vladimir, – ha detto l'altro.

Abbiamo scambiato qualche parola di circostanza: come mi sembrava la macchina nuova, se avevo avuto problemi a trovare il posto.

Il ragazzo con la faccia segnata dalla cicatrice era freddo, ma la sua voce trasmetteva tranquillità e dava l'impressione di una persona matura ed equilibrata. Ho notato che aveva un leggero difetto di pronuncia e ho ipotizzato che fosse stato coinvolto nell'esplosione di una mina antiuomo: di solito quando qualcuno salta in aria su una mina e muore strappato dall'onda esplosiva, vicino a lui c'è sempre qualcun altro che si becca un frammento, e siccome la rosa di schegge colpisce da sotto in su, può capitare che i pezzi metallici entrino dalla mandibola e feriscano la lingua. Vladimir secondo me era uno di quelli, forse avevamo un passato simile.

Andrej ha acceso il motore e siamo partiti verso la campagna.

Ho aspettato qualche momento, poi cercando di essere naturale ho chiesto:

– Tutti dalla Cecenia?

Dopo un attimo di silenzio, Vladimir ha risposto:

– Paracadutista, 76ª divisione, reparto di ricognizione.

– Osservatore d'artiglieria, reparto di esplorazione, – ha continuato Andrej concentrato sulla strada.

– Fanteria, reparto artificieri, – ha detto quasi sussurrando il mio vicino Tolik.

– Sabotatore e cecchino, – ho detto io, – reparto operativo GRU.

Tutti hanno annuito, come per dire che lo sapevano ma anche che approvavano: eravamo davvero fratelli.

La macchina andava avanti piano sulla strada piena di buche e crepe che serpeggiava in mezzo ai boschi. Era la zona dei laghi, famosa per la natura e le ville prestigiose dei politici e degli intellettuali già ai tempi dell'Unione Sovietica. I miei compagni di viaggio non facevano nemmeno un cenno al lavoro che ci attendeva, per tutto il tragitto abbiamo parlato di calcio, delle partite di Zenit e Spartak, roba di cui non sapevo niente non essendo mai stato un tifoso. Presto ho capito che neanche ai miei nuovi amici fregava niente, parlavamo semplicemente per raccontare qualcosa, per tenere un discorso in piedi. Era solo l'inizio, ma già avevamo tutti il timore inconscio delle cimici, come se l'aura dell'agenzia in cui stavamo per entrare avesse creato quello spirito di sospetto tipico della grande guerra, quando in ogni angolo del Paese i manifesti dicevano: «Il tuo peggior nemico è la tua stessa lingua».

Quando ormai il delirio calcistico aveva raggiunto un livello insopportabile abbiamo cominciato a costeggiare una fila di alberi che formavano un muro. Erano piantati in modo tale che a guardarli dalla strada non si vedeva nemmeno un millimetro di spazio, ma concentrando gli occhi ho notato una rete alta quasi cinque metri che li avvolgeva tutti. Un ponte ci ha portato su un'isola a qualche centinaio di metri dalla costa del lago, dov'è comparso un immenso muro di cemento, con un cancello di ferro verde. S'intravedeva il tetto di una casa che doveva essere alta qualche piano in piú delle solite case di lusso dei burocrati governativi.

Tutto ricordava una struttura militare: la recinzione dipinta di bianco fresco per conservare qualunque segno dei tentativi di scavalcarla (e che faceva risaltare ogni sagoma che si muoveva lí intorno), i due portoni massicci che si aprivano in sequenza come all'ingresso delle banche, la trincea rivestita di cemento e illuminata per ispezionare il fondo dei veicoli...

Ho controllato il cellulare e il cercapersone: erano entrambi disattivati, sull'isola ci doveva essere una cupola protettiva.

La casa era di cemento grezzo ma con le finestre specchiate, attorno c'erano torrette e macchine piene di guardie pronte a intervenire.

Una linea di mattoni rossi inseriti nell'asfalto segnalava il posto in cui dovevamo fermarci. Un agente ci ha chiesto di scendere e ha portato l'auto verso una destinazione ignota in mezzo agli alberi.

Stavamo immobili davanti a tre guardiani ancora piú

immobili che fingevano di non vederci. Poi dall'apparecchio che uno di loro portava in vita – una specie di walkie
talkie, forse perché le sue onde erano le uniche a sopravvivere alla cupola – è uscito un suono gracchiante, e finalmente si sono animati.

Pensavamo di dover entrare in casa, invece ci hanno
fatto salire su un'altra macchina e abbiamo attraversato di
nuovo il bosco per qualche chilometro, finché non abbiamo
raggiunto uno spiazzo con una grande apertura quadrata
nel terreno, coperta da una rete di mascheramento antia-
ereo montata su un telaio d'acciaio. La rete era piena di
finti elementi vegetali in stoffa colorata che si muovevano al vento come foglie vere: era facile scambiarla per un
grande albero, anche da distanze ridotte.

La macchina si è avvicinata a un apparecchio su cui una
guardia ha strisciato una tessera magnetica, e un pesante
pannello di ferro si è spostato rivelando un corridoio che
si infilava sottoterra come una scala a chiocciola. In fondo
quell'apertura funzionava piú o meno come l'ingresso di
un qualsiasi garage sotterraneo, ma a me è sembrato subito il varco magico di una roccia incantata piena di tesori,
come quella di Alí Babà.

Tre piani piú sotto siamo scesi dall'auto davanti a una
porta aperta da cui usciva un'incredibile luce bianca: era
un sistema che avevo già visto, intorno alla porta si mon-
tano lampade cosí forti che impediscono a chi sta fuori di
vedere cosa accade dentro la stanza. E da quella luce, come
un angelo dalle praterie celesti, è apparso Viktor. Con lui
c'era un uomo alto, molto atletico, con la postura dritta da
militare e un'espressione televisiva che lo faceva sembrare
piú giovane di quello che doveva essere: era una faccia costruita, furba, tipica di chi passa molto tempo a nascondere
la propria natura. Solo gli occhi chiari, grandi, sembravano autentici. Un altro agente della sicurezza, ho pensato.

Ci ha accolto con un sorriso e ci ha invitato a seguirlo
nella stanza.

Lí, seduto a un gigantesco tavolo di legno, a capotavola, stava un uomo di una sessantina d'anni, asciutto, con
la faccia tosta e degli occhiali con la montatura spessa che
ricordavano i dirigenti politici degli anni Sessanta. Aveva
addosso l'uniforme sovietica da generale; vicino a lui, in
piedi, c'era un uomo piú giovane, con l'uniforme sovietica da tenente colonnello.

Oltre a noi quattro, nella stanza c'erano già gli altri
membri della squadra: a quanto pare ero l'ultimo assunto,
il dodicesimo agente.

Solo Andrej, Vladimir e Tolik erano miei coetanei, gli
altri erano per lo piú trentenni con le facce dure, gente appena tornata dalla guerra. Ho osservato le loro mani, alcuni avevano ancora la pelle indurita: è la polvere da sparo bruciata che attraversa i guanti e trasforma le dita in
bacchette di legno. Poi li ho guardati in faccia: occhi fissi,
respiri calmi, spalle dritte e rilassate, espressioni da foglio
bianco, il vuoto totale. Tutti militari dei reparti operativi, gente abituata a morire e rinascere decine di volte al
giorno, immune dall'adrenalina.

Fermandone uno in mezzo a una sparatoria e misuran-
dogli la pressione e l'attività cardiaca, il risultato sarebbe
paragonabile a quello di un operaio in fabbrica. Le persone come loro vedono le pallottole in volo e riconoscono il
calibro dal rumore dello sparo, percepiscono con la pelle
l'onda di ogni esplosione e capiscono da dove arriva, riescono a comunicare le informazioni con calma e precisione mentre corrono, sparano e fanno mille cose essenziali
per la sopravvivenza. A loro non tremano le ginocchia e le
mani, non gli vedrai mai sulla faccia il sudore freddo della paura, non perché sono esseri geneticamente superiori, ma perché il loro corpo si è adattato, ha trasformato la
guerra in normalità.

Il generale ha estratto dei fogli da una cartella, poi ha
alzato lo sguardo su di noi e con un gesto della mano ci
ha invitato a sederci attorno al tavolo.

– Posso andare, compagno generale? – ha chiesto il tenente colonnello.

– Vada, compagno –. Sentivo la sua voce per la prima volta: era bassa, impostata.

Ha guardato a turno le nostre facce per qualche istante, ha atteso che il tenente colonnello uscisse dalla stanza, poi ha unito le mani sul tavolo come se stesse per pregare.

– Signori, – ha cominciato, – tutti voi siete reduci della guerra in Cecenia, e ognuno di voi ha una diversa specializzazione: per questo siete stati scelti con l'aiuto dei nostri contatti nell'esercito e arruolati nella struttura che lavora per il gruppo azionario diretto dal sottoscritto, generale Lavrov. Vi ho invitato qui perché vediate con i vostri occhi che questo posto esiste e per raccontarvi in breve cosa rappresenta, perché presto, entrando nell'ambiente operativo, sentirete molto parlare di me, e saranno per lo piú leggende.

Le sue parole gravi davano alla situazione un peso epico. Mi sentivo un eroe dell'antica Grecia, un grande poeta stava cantando del mio incontro con un dio dell'Olimpo avvolto nel potere.

– Vi spiego subito una cosa importante: io sono un generale del KGB, e anche se il KGB non esiste piú continuo a comportarmi come tale. Quando l'Unione Sovietica è crollata ho sfruttato i miei contatti per entrare negli affari economici, per poter controllare una parte del nostro Paese fatto a pezzi e cercare di salvarlo. Ho avuto un grande successo, e questo mi ha permesso d'inserire nel mio nuovo lavoro molti dei miei ex colleghi del KGB, – con un cenno ha indicato Viktor, che rimaneva impassibile. – Insieme abbiamo creato questo posto, e abbiamo trasferito qui i documenti delle sezioni che non rientravano nell'archivio generale. Siamo tutti comunisti convinti, e anche se non speriamo nella riconquista dell'Urss rimaniamo nella nostra dimensione abitudinaria: qui dentro l'Unione Sovietica esiste ancora. Questo posto è un polo parallelo ai servizi segreti della Federazione Russa e alle compagnie private di intelligence industriale dei nostri oligarchi. Qui lavoriamo per sopravvivere e portare avanti le nostre idee, per continuare a prosperare negli affari e influenzare la politica. La nostra forza è nelle informazioni comprometten-ti che possediamo e continuiamo a raccogliere. Come già sapete, quello che ci manca è un serio servizio d'azione, un'unità coperta, non ufficiale, non integrata nei nostri servizi di sicurezza, capace di agire in modo indipendente contro le forze terroristiche impegnate contro di noi dai nostri nemici.

Ho guardato Vladimir con la coda dell'occhio, sembra-va perfettamente calmo e concentrato come tutti gli altri. Chissà se anch'io, visto da fuori, avevo quell'aspetto da macchina da guerra.

– Voi non siete un progetto concreto, – continuava Lavrov. – Siete un esperimento. Non sappiamo come de-ve funzionare un'unità del genere, perché un'unità del genere non esiste. Abbiamo ipotizzato una struttura e vi abbiamo assunto, adesso sta a voi dimostrarci se è quella giusta. Vi saranno affidati subito dei compiti e in base ai risultati modificheremo la forma dell'organizzazione: per questo non ci saranno periodi di studio o di addestramen-to. Tante cose le sapete già fare abbastanza bene, il resto lo imparerete lavorando.

Cominciavo a trovare qualcosa di grottesco nel lessico del generale: sembrava un impasto di letture dell'ideolo-gia comunista, compendi di spionaggio, manuali militari e classici censurati dal regime. Era una persona senz'altro colta, determinata, e aveva l'aria da leader indiscusso, ma nello stesso tempo con quella sua uniforme sovietica mi faceva l'effetto di un feticista, come quei poveri disgra-ziati che si vestono da Batman o da personaggi di *Guerre stellari* per riunirsi con i propri simili e far finta di vivere dentro una storia inventata da qualcun altro. Diciamo che ero piuttosto perplesso.

Nella stanza c'era un silenzio totale, il generale Lavrov si era alzato e adesso stava girando attorno al tavolo con le mani unite dietro la schiena e il tono sempre piú grave:
– Avete già ricevuto tutti le prime istruzioni e parte dell'attrezzatura operativa, alcuni di voi hanno già lavorato a dei progetti per nostro conto, altri non hanno ancora avuto modo di conoscere l'ambiente in cui ci muoviamo, ma queste differenze hanno poca rilevanza sui compiti che dovrete svolgere nel prossimo futuro... L'importante è la vostra esperienza, e il fatto che adesso siete qui, tutti insieme. Da oggi in poi sarete il mio «ufficio straordinario». Viktor sarà il vostro coordinatore che vi dividerà in tre squadre, una si occuperà della logistica, una del monitoraggio, la terza degli interventi diretti. All'interno di ogni squadra non nomineremo un capo, per me siete tutti uguali: se vi serve un leader sceglietelo voi, l'organizzazione non m'interessa, io voglio i risultati.

D'istinto ho cercato di nuovo lo sguardo di Vladimir e questa volta anche lui mi ha guardato. Nonostante la freddezza, quel ragazzo mi era sembrato diverso dagli altri. La sua calma era contagiosa. Speravo che lui, Tolik e Andrej fossero i miei compagni di squadra, e visto che erano venuti a prendermi ero abbastanza ottimista.

– I compiti che vi assegneremo sono definitivi e non si discutono, – continuava il generale, – ma sulle modalità delle operazioni sarete autonomi, non dovrete consultare nessuno, nemmeno io voglio sapere i particolari. State entrando in un mondo in cui parlare troppo è pericoloso e stare zitti può far nascere sospetti, perciò dovete imparare a non attirare l'attenzione, a mimetizzarvi con le persone normali... Anche se quello che fate è straordinario.

Di nuovo mi venivano in mente i supereroi. Quel bunker era la bat-caverna e noi eravamo i nuovi Bruce Wayne.

– Vi ricordo che entrando in questa struttura accettate il patto di fedeltà al nostro comune obiettivo. Siete stati in guerra, per cui è inutile che vi spieghi cosa succede ai traditori... – e qui il generale ha fatto una pausa molto drammatica che potevamo riempire a piacere con le nostre peggiori memorie. È tornato al suo posto a capotavola ma è rimasto in piedi.

– Ora vi lascio nelle mani di Viktor, – ha concluso, – e vi auguro buona fortuna. Sono certo che il vostro lavoro porterà grandi risultati.

Dopo queste parole ha preso il suo cappello da un attaccapanni e ci ha rivolto il saluto militare: ci siamo alzati tutti in piedi.

– Auguriamo la salute al compagno generale! – abbiamo detto in coro. La mia voce era uscita squillante come non succedeva da tempo.

Rimasti soli, siamo usciti dall'incantesimo. Ci guardavamo sorpresi, incapaci di credere che fosse tutto vero. Non pensavo che sarei mai finito in una storia del genere, anzi, nell'esercito avevo imparato a diffidare dei servizi segreti: mi davano l'impressione di seguire regole tutte loro, incomprensibili. Una parola mi veniva in mente: *imprevedibilità*. Avevo poco piú di vent'anni ed ero già un museo di cause perse, e questa era l'ennesima dimostrazione che non mi era concesso fare piani. Pensavo a cosa avrebbe detto mio nonno Boris, lui che odiava i comunisti, se avesse saputo che mi ero messo a lavorare per loro. In quel momento, per la prima volta, ho pensato che Dio doveva proprio avercela con me. Ho alzato lo sguardo in alto, come a cercare la sua faccia sorridente che spuntava dalle nuvole, ma c'era solo un soffitto di cemento armato dipinto di un bianco che bruciava gli occhi.

Viktor ha distribuito delle buste di cartone con i nostri nomi scritti a mano, poi si è seduto al posto del generale e si è versato un bicchiere d'acqua che ha bevuto lentamente e con gusto, quasi fosse un buon vino.

– Come ha già detto il generale Lavrov, questo «ufficio straordinario» è un esperimento, ma per nostra fortuna non dobbiamo riscrivere da zero la storia dell'attività operativa. Anche se al generale non piace tanto sentirlo, in realtà non ci siamo inventati niente di nuovo: si tratta semplicemente di coordinare un'attività antiterroristica clandestina, cosa che già fanno molte agenzie governative in tutto il mondo... Solo che loro lo fanno fuori dai propri Paesi, noi invece dobbiamo stare all'interno dei confini nazionali. Il che, ovviamente, ci mette in conflitto diretto con le forze dell'ordine e le strutture di sicurezza della Federazione Russa. In parole povere, ragazzi, dovete avere chiaro che da questo momento agirete nella piú totale illegalità. Ovviamente non vi chiedo di abbracciare le mie teorie o di seguirmi per un ideale politico, ma il governo non si prende cura di noi e delle persone che lavorano per noi, e dunque ci sentiamo in dovere di farlo al suo posto. Il che significa, ci tengo a ripeterlo, agire fuori dalla legge...

Viktor si è fermato a studiare le nostre reazioni. Una decina di secondi in un silenzio da congelamento gli sono bastati come risposta, e dagli sguardi comprensivi che gli rivolgevano sembrava che i miei nuovi colleghi avessero parecchio da ridire sul governo della Federazione Russa. Con l'espressione soddisfatta, Viktor ha continuato:

– Come ho già detto a ognuno di voi nei colloqui di arruolamento, vi chiedo professionalità ed esperienza, in cambio vi offro soldi e la garanzia di un trattamento particolarmente privilegiato. Siamo costretti a vivere in una società ridotta a mercato, e ci comporteremo di conseguenza. Ognuno di voi riceverà uno stipendio mensile sulla carta di credito che troverà nella busta con il suo nome, vi abbiamo già aperto un conto in una banca di proprietà del generale Lavrov, e se ne avrete bisogno potrete accedere a un fido sostanzioso. In piú, al termine di ogni operazione di una certa importanza riceverete un compenso straordinario su un conto estero. Come potrete immaginare dobbiamo tutelarci un minimo, quindi per quanto riguarda questo conto

potrete avervi accesso solo dopo un anno di servizio nella
nostra agenzia... Ci sono domande?

Nessuno apriva bocca.

– Nelle buste troverete anche l'elenco dei contatti di
tutti i membri della squadra, e i relativi nomi in codice. Vi
consiglio di dimenticare i vostri nomi, è da questi accorgimenti che dipende la sicurezza di tutti noi...

Abbiamo cominciato a sbirciare nelle buste, questa storia dei nomi in codice metteva abbastanza curiosità. Ho
tirato fuori un paio di carte prima di trovare il documento
giusto: «Nicolai L., sezione di intervento diretto, nome in
codice "Gufo"». Non mi ha stupito molto che fossi stato
assegnato alla squadra d'intervento diretto, dopotutto ero
un cecchino. Il nome invece mi ha fatto sorridere tra me
e me, anche se piú che comico lo trovavo preoccupante.
Tutta questa situazione aveva un'aria da gioco innocente:
sembravamo dodicenni che rubano una sciocchezza e se
ne vanno belli carichi di adrenalina come se avessero fatto
il colpo del secolo. Comunque «Gufo» era sempre meglio
di «Civetta», suonava piú autorevole.

Guardavo le facce degli altri mentre spiavano i loro fogli e leggevo la sorpresa, il disappunto o l'approvazione.
Viktor ha aspettato un po' per lasciarci il tempo di addo-
mesticare i nostri nuovi nomi, poi ha ripreso:

– Ora farò una specie d'appello, vi prego di alzarvi
quando dirò il vostro nome, cosí sarà piú facile per tutti
capire subito come saremo organizzati e chi sono i vostri
compagni di squadra. Dopo, se volete, potrete fare commenti, domande, proposte. Il nome in codice del nostro
ufficio straordinario è «Casa». La prima sezione è quella
logistica: nome in codice «Mamma». Si occupa della logistica, del coordinamento e del rifornimento delle operazioni. Dunque, iniziamo: Aquila, pilota e meccanico militare:
guiderà tutti i mezzi da terra e gli elicotteri.

Si era alzato un uomo piú grande di me di una decina
d'anni, mascelle quadrate coperte da muscoli dritti e lar-

ghi che lo facevano somigliare a un androide tipo Terminator. Sulla guancia sinistra aveva una cicatrice perfettamente rotonda che rafforzava l'impressione che non fosse umano. In realtà ne avevo già vista una uguale su un altro pilota, il suo elicottero era stato abbattuto e al momento dell'impatto una parte del casco si era piegata verso l'interno, ferendogli la guancia con il microfono spaccato e provocandogli quel taglio geometrico. Aquila ci ha toccati uno a uno con lo sguardo chinando leggermente la testa per presentarsi, e da quel momento tutti gli altri, dopo essere stati chiamati, hanno ripetuto lo stesso gesto. Da questo punto di vista i militari non sono molto diversi dalle scimmie, procedono per imitazione.

– Cervo, autista... Rondine, armaiolo e specialista di esplosivi... Vipera, autista. Passiamo alla sezione di monitoraggio: nome in codice «Zia». Si occupa della raccolta d'informazioni operative: intercettazioni e registrazioni audio e video, e naturalmente pedinamenti. I membri: Toro, esperto d'informazione militare... Leopardo, esperto d'informazione militare... Airone, esperto d'informazione militare... Lince, esperto d'informazione militare...

Tutti e quattro avevano circa trentacinque anni e credo si conoscessero da un po' di tempo, tra loro si notava la complicità dei vecchi compagni di squadra: molto probabile che Lavrov li avesse acquistati in gruppo. Un «esperto d'informazione militare» è quel tipo di agente capace di conoscere in poco tempo ogni microscopico particolare della tua vita. È gente che non sa cosa sia la violenza fisica, niente sangue, lividi e ossa rotte: di solito entrano in casa quando non ci sei e ti avvelenano il latte o il succo d'arancia, poi quando l'hai bevuto e sei in preda alle convulsioni ti telefonano e ti propongono un antidoto da assumere in fretta se non vuoi morire, e naturalmente ti chiedono in cambio quelle due o tre informazioni di cui hanno bisogno. La loro presenza nella struttura non mi trasmetteva nessun senso di sicurezza, anzi, mi faceva sentire inquieto.

Era arrivato il momento della nostra sezione:

– Sezione intervento diretto, nome in codice «Nonna». Si occupa di tutti gli interventi di forza, della progettazione delle operazioni e del coordinamento delle altre sezioni. Orso, osservatore d'artiglieria, ricognitore, esploratore militare... – Andrej si è alzato, poi è toccato a Vladimir. – Volpe, ricognitore, esploratore militare, paracadutista... Gufo, cecchino, sabotatore, paracadutista...

Mi sono alzato, anch'io ho ripetuto il gesto che avevano fatto tutti prima di me. Mancava solo Tolik.

– Lupo, artificiere e guastatore. E con questo è tutto.

Eravamo proprio bambini il primo giorno di scuola, che osservano con timidezza e curiosità i nuovi compagni di classe, cercando subito di collegare i nomi alle facce, facendo ipotesi su chi sarà il piú simpatico e chi il bastardo che ti farà ammattire. La parte piú strana del discorso di Viktor, però, stava per arrivare.

– Ora vi spiegherò brevemente come saranno organizzate le vostre sedi operative. Ogni sezione dell'ufficio straordinario ha la sua base segreta, i distaccamenti si trovano in luoghi diversi della città, ma sono collegati da una rete telefonica indipendente. La base della sezione «Mamma» è all'interno dei magazzini commerciali del gruppo Lavrov, nel settore della distribuzione di acqua e bevande. Una ventina d'impiegati effettuano ogni giorno le consegne ai supermercati; i camion arrivano vuoti e ripartono pieni, un paio di segretarie gestiscono il tutto... Per quanto ne sanno loro, voi siete gli addetti al controllo qualità: nessuno sa cosa fate esattamente, ma tutti vi rispettano e vi temono perché pensano che siate lí per giudicare il loro lavoro. Avrete uno spazio riservato, ma in mezzo a un bel casino che distoglierà l'attenzione dalle attività importanti... A vostra disposizione ci saranno quattro furgoni, quattro moto, una barca e due moto d'acqua, e avrete accesso a due depositi sotterranei in cui troverete attrezzature e materiali utili per le esigenze operative, e ovviamente armi, munizioni ed esplosivi. Veniamo a voi, «Zia»... Non poteva esserci un posto migliore del call center che lavora per il gruppo. Vi abbiamo assegnato un intero piano sotterraneo, e vi presenteremo come il nuovo ufficio di ricerca tecnica per le telecomunicazioni. Nessuno all'interno del call center avrà legami con voi, nessuno avrà mai una ragione per disturbarvi: abbiamo previsto dei report settimanali che distribuiremo ai piani superiori come se fossero il frutto del vostro lavoro, in realtà sono statistiche che girano a vuoto, ma daranno l'impressione che stiate analizzando i dati forniti dagli operatori.

Ai quattro «ricercatori» brillavano gli occhi, probabilmente tra noi erano quelli piú abituati alla dissimulazione e si capiva che non vedevano l'ora d'immergersi nel loro universo di microfoni e cavi.

– «Nonna», – andava avanti Viktor, – vi abbiamo sistemato nella cantina di un supermercato di proprietà del gruppo. La vostra base ha due accessi, uno dal garage e l'altro direttamente dal supermercato, tre stanze in cui troverete i letti e tutto il necessario per passare lí dentro anche parecchi giorni di fila, e quattro armadi blindati che custodiscono l'attrezzatura. Per le persone che lavorano al supermercato e per l'amministrazione siete un gruppo di esperti di gestione che sta lí per controllare gli utili. Per darvi credibilità e creare nell'amministrazione la giusta dose di timore, sei mesi fa abbiamo introdotto l'obbligo della vostra approvazione su tutte le bolle di trasporto. Vi vedono ovviamente come parte di un sistema piú grande di loro, solo che non hanno idea di quanto... Oltre alle macchine che vi abbiamo già consegnato, per le quali troverete i rispettivi posti auto nel garage del supermercato, ci saranno anche quattro moto... Bene, – ha aggiunto dopo una pausa. – Avete domande?

Di nuovo siamo rimasti zitti.

– Potete andare, – ha concluso Viktor, – all'uscita ognuno di voi riceverà un computer portatile destinato esclusivamente alla progettazione delle operazioni e alla stesura dei rapporti. Non permettono di esportare i dati e non si collegano a internet, ma a una rete privata che fa capo a quest'ufficio, la chiave d'accesso personale è nella busta. Questa rete è il canale di comunicazione piú sicuro che avrete a disposizione: potete solo scrivere, mai cancellare, il sistema registrerà il vostro messaggio per qualche istante, il tempo che ci serve per prelevarlo, poi non ne resterà traccia. Allo stesso modo riceverete le istruzioni sulle operazioni, dovrete leggere e ricordare. Niente carte, mappe, schemi: esattamente come in guerra. Vedrete che vi abituerete in fretta.

Ero un po' confuso e credo che anche gli altri non avessero capito bene, ma di domande neppure l'ombra. Ognuno si teneva i propri dubbi con la paura di essere l'unico ad averli, preoccupandosi di non apparire come quello che crea problemi: tutto molto tipico dei militari. Credo che ci avessero scelto anche per questo, perché si sa che i soldati, diversamente dai veri agenti dei servizi segreti, sono abituati a non discutere, a obbedire ed eseguire le missioni senza fiatare: per i militari gli ordini sono l'asse su cui ruota l'esistenza intera. Per chiarirsi le idee c'era tempo, e tutti, comunque, ci fidavamo.

In macchina, mentre tornavamo in città, non riuscivamo a non parlare di quello che era capitato. La nostra conversazione somigliava a quella degli spettatori all'uscita del circo: come fa l'elefante a stare in equilibrio sulla palla? Com'è possibile che il mago tagli una donna a metà? Come fa un orso a guidare una bicicletta? Tutte domande legittime e piene di diffidenza, peccato che la viva espressione dei dubbi non cambi i fatti, e cioè che quelle strane cose che gli spettatori stanno commentando le hanno appena viste accadere. A confermare che era tutto vero, avevamo tra le mani il nostro biglietto del circo: le buste piene di carte di credito e istruzioni varie, la macchina che ci stava trasportando e quelle che avevamo lasciato nel parcheggio, le chiavi elettroniche per l'accesso ai nostri nuovi «uffici».

Dal sedile posteriore guardavo il bosco che si alzava lungo la strada oltre il finestrino, gli alberi maestosi che si muovevano nel vento, gli uccelli che volavano in cielo formando buffe figure... Il mondo appariva cosí semplice, normale, ordinario, che la riunione a cui avevo appena partecipato assumeva di minuto in minuto un'aria sempre piú improbabile e ridicola.

– Non vi sembrava una seduta spiritica? – ha detto Vladimir, anzi Volpe, con il tono divertito. – Viktor dev'essere una specie di medium carismatico, approfittando dell'atmosfera tutta tenebre e mistero ci ha fatto parlare con i fantasmi del comunismo...

Abbiamo riso, ma quella di Volpe era molto piú che una battuta: adesso, con la luce e la distanza, avvertivo tutti i miei impulsi naturali, la fame e la stanchezza, e mi sentivo vittima di una grottesca messa in scena. Quello che non tornava, però, era l'utilità di una simile burla. Per fortuna non ero l'unico ad avere la testa invasa dall'incertezza: tutti erano sconvolti dal contrasto tra la struttura cosí tecnologicamente avanzata e la figura muffita del generale, un tizio strano, ambiguo.

– Accidenti, – diceva Lupo tutto infervorato, – ma avete visto le loro facce? Non era solo la divisa, quelli hanno proprio i lineamenti da KGB! Con tutto il rispetto, eh!

A quel punto Orso ha rallentato all'improvviso e ha fatto una serie di evoluzioni nell'aria con la mano per ricordarci che probabilmente qualcuno ci stava ascoltando.

– Non ha senso nascondere queste perplessità, – ha risposto Volpe seguendo la strada con lo sguardo fisso e rilassato, – dobbiamo già mentire e omettere tutto il tempo, se ci mettiamo in testa di fingere anche con i nostri capi alla fine impazziremo... O decidiamo di vivere con la bocca cucita, oppure scegliamo di essere trasparenti, diciamo quello che pensiamo e cerchiamo di non avere paura. Il lavoro mi piace, ed è evidente che in quella struttura hanno investito troppi soldi perché non sia una faccenda seria, anche se quella del KGB sapeva anche a me di mascherata...

– Non mi piacciono i comunisti, – ho detto io, – sono stati degli incapaci e si sono fatti prendere in giro da una banda d'imbroglioni americani, ma penso che alcuni di loro hanno capito i propri sbagli... Comunisti o no, ci troviamo tutti insieme davanti a un nemico comune, dobbiamo combattere questo potere corrotto e devastante che ci sta disintegrando... Insomma, mi sembra che questo lavoro sia una buona occasione per fare qualcosa di utile, e non solo per Lavrov, qualcosa di utile per la società voglio dire... – Mi ascoltavo parlare e io stesso mi rendevo conto che stavo cercando in tutti i modi un lato nobile a cui aggrapparmi.

– Mah, secondo me questo Lavrov è uno svitato, forse tra le macerie del muro gli è apparso lo spirito di Stalin o qualcosa del genere, e ora sta giocando al tiranno. Comunque tanto sano non mi sembra... – Orso, rassicurato da Volpe, aveva dimenticato tutte le sue precauzioni e adesso parlava senza peli sulla lingua, cancellando il mio tentativo di tenere a fuoco gli aspetti positivi.

– Io invece penso che sia un uomo molto furbo, – è intervenuto Volpe. Parlava sempre con serenità e calma, un trionfo di logica. – Il posto in cui siamo appena stati è una vecchia stazione di controllo radiofonico che una volta serviva al KGB per disturbare il segnale che arrivava dall'Occidente, lo so perché sono di San Pietroburgo e quando ero piccolo andavamo lí a giocare alla guerra... Negli ultimi anni dell'Urss era in completo abbandono, ci andavano i tossici, a volte qualcuno organizzava un concerto, si trovavano pure tracce di riti satanici... Lavrov ha comprato la struttura dopo il crollo del comunismo, l'ha restaurata e modernizzata e adesso la usa per mettere in difficoltà i suoi nemici, convincendoli che lí dentro c'è chissà quale immenso archivio segreto che si è portato via dal KGB. In realtà non credo che troverebbero un granché, forse solo

informazioni di bassa rilevanza o addirittura un archivio
falso...
– Non capisco, – ha detto Lupo, – che senso avrebbe?
– Pensateci un momento. Lui mette su tutto il barac-
cone per attirare l'attenzione su questo posto e creare un
po' di scandalo, finché il governo non gli sequestra l'archivio truccato. Cosí Lavrov continua a possedere l'archivio
vero, e lui e i suoi uomini rimarranno gli unici a conoscere certe verità, cosí che sia i privati che lo stesso governo
dovranno prima o poi chiedere il loro aiuto... Vi rendete
conto di quanto potere puoi spremere da una situazione
del genere? Il governo fa la sua crociata contro il potere
privato, e Lavrov vuole preservare il suo. È per questo
che ci ha assunto.

Orso ascoltava a bocca aperta, la descrizione complot-
tistica di Volpe dava tutta un'altra luce a quello che lui
aveva interpretato come il frutto della mania di un comunista nostalgico. Non si è trattenuto e ha alzato la mano
dal volante per chiedere il permesso di parlare:
– Scusa, però ho due domande. Uno: dove tiene l'archivio vero? Due: se il suo piano di sostituzione dell'informazione autentica con quella truccata deve sembrare
credibile agli occhi del governo e dell'opinione pubblica,
perché fa quel teatrino con le uniformi comuniste, la base
sotterranea e tutti quei trucchetti da film di spionaggio?
Perché non affitta un cazzo di palazzo in città, lo riempie
con i documenti falsi e appicca un incendio? I vigili del
fuoco intervengono, trovano un archivio segreto, lo denunciano ai giornalisti ed è tutto fatto...

La questione posta da Orso mi è sembrata interessante, anch'io avevo gli stessi pensieri. Ma quando ho visto
il sorriso di Volpe nello specchietto retrovisore ho capito
che aspettava proprio quella domanda per proseguire con
la sua teoria.
– Avete mai sentito parlare del «fattore d'improbabi-
lità»?

– No, mai, – abbiamo risposto in coro.

– È una tecnica operativa perfezionata ai tempi della guerra fredda, rientra nelle strategie di manipolazione psicologica delle masse, cioè tutti quei trucchi che agiscono sulle nostre capacità naturali di comprendere la realtà. Ad esempio, la nostra capacità di distinguere il falso dal vero si basa su una serie di concetti, usiamo la logica alimentandola con gli argomenti che sottoponiamo al nostro giudizio. Ma se questi concetti vengono manipolati cambia tutto il nostro sistema decisionale e a quel punto non siamo piú in grado di fare distinzioni, percepiamo la realtà come la vedono i daltonici: confusa e monocolore. Nel nostro caso un elemento reale, l'esistenza dell'archivio, s'intreccia con elementi cosí improbabili da creare dubbi sull'intera faccenda. Quando si tratta di un complotto cosí grande la riservatezza non serve, non può essere segreto ciò che è pensato come fattore pubblico. Quindi, per evitare che qualcuno abbia le capacità di valutare e scoprire il complotto, s'inseriscono elementi che lo rendono poco credibile...

– Non sono sicuro di aver capito, – ha detto Lupo con coraggio.

– Prendiamo Satana, – ha continuato Volpe, – l'angelo caduto che si è ribellato a Dio. Per sopravvivere in mezzo agli esseri umani cos'ha fatto? Per prima cosa ha creato un'immensa varietà di dubbi sulla propria esistenza, facendo in modo che lo rappresentassero come un uomo con la coda, la testa di caprone e gli zoccoli al posto dei piedi. Cosí oggi credono tutti che il Diavolo non esista, che sia frutto dell'immaginazione umana condizionata dalla mitologia. Nessuno piú pensa che il Diavolo è reale ed è dentro ognuno di noi, uno spirito primordiale maligno che corrompe le anime portandole alla distruzione... Non so se siete credenti però prendetelo come un esempio: il nostro generale Lavrov, figura reale e seria, si circonda di rappresentazioni inverosimili... Chi crederà mai all'esistenza di un bunker sotterraneo vicino a San Pietroburgo gestito da veterani del KGB, comunisti nostalgici, che continuano a portare l'uniforme sovietica, si chiamano «compagni» e raccolgono informazioni compromettenti su buona parte dei cittadini di questo Paese, dichiarando di voler influenzare il mondo degli affari e della politica? Chiunque sano di mente non si berrà mai questa buffonata: ridicoli nomi in codice, basi operative all'interno di spazi pubblici...

– Questo vuol dire anche un'altra cosa, – ha detto piano Orso. Aveva la faccia un po' tesa. – Non succederà, lo so, ma se dovesse andare storto qualcosa sarà molto difficile, per noi, convincere il mondo che stiamo operando per un'organizzazione di comunisti che complottano contro il potere attuale e contro il terrorismo... Passeremo per delinquenti comuni e al massimo le nostre dichiarazioni finiranno in uno di quei siti internet stravaganti che raccontano di rapimenti alieni e di Hitler protetto dalla CIA in America Latina...

– È per questo che non ci metteremo nei guai, – ha concluso Volpe. Di nuovo, la sua voce ci dava sicurezza. All'improvviso mi è tornato in mente il mio viaggio allucinogeno di tanti anni prima, la visione della volpe e quello che mi aveva detto lo sciamano jakuta. Chissà se il Grande Bugiardo era venuto a proteggermi fino a San Pietroburgo... Forse era stato nonno Nikolaj a mandarmelo... Erano pensieri assurdi, eppure mi sentivo confortato.

Il resto del viaggio è trascorso in silenzio fino al parcheggio. Ci siamo dati appuntamento alla nostra nuova base operativa, saremmo arrivati lí a orari diversi ed entro sera avremmo ricevuto i primi ordini.

Ho ripreso la mia macchina e ho lasciato al custode tutti i soldi che avevo nel portafoglio. Il vecchio ha provato a baciarmi la mano ma l'ho ritirata d'istinto e lui ha sorriso guardandomi negli occhi: ho visto il suo sguardo trasformarsi all'improvviso da quello di un servitore sottomesso per dovere a quello affettuoso di un nonno.

– Grazie Nicolai, – ha detto.

Ascoltare il mio nome mi ha commosso: con quella specie di angoscia per la solitudine che mi aspettava, stabilire
un legame con il mondo normale, anche un legame microscopico, mi ricordava di essere un uomo, e non un personaggio di un assurdo gioco di ruolo.

Mentre salutavo il vecchio ho pensato ad Arkadij, che
avrei visto tra poco. L'avrei trovato davanti al computer
con la bocca semiaperta e la bottiglia di birra a mezz'aria,
perso in mezzo al suo regno di elfi... Di colpo le sue avventure virtuali non mi sembravano piú tanto incredibili.

Solo piú tardi, mentre sistemavo nella borsa un po' di
vestiti e l'occorrente per passare fuori qualche giorno, ho
capito davvero il senso di quello che stava succedendo. Mi
muovevo nella stanza con una specie di frenesia, cercavo
di concentrarmi ma il mio sguardo andava di continuo alla
busta con il mio nome che avevo poggiato sul letto. Non
avevo dimenticato le perplessità di poche ore prima, eppure sentivo che scivolavano piano sullo sfondo, e al loro
posto cresceva un'incredibile curiosità. Era energia quella
che mi scorreva nelle vene, di piú: era entusiasmo. Volpe
aveva ragione, avevamo a che fare con gente furba, furbis-
sima: avevano capito che nessuno poteva inserirsi meglio
in quell'operazione folle che dei veterani freschi freschi.
Potevamo farci venire tutti i dubbi del mondo, ma loro
ci avevano offerto esattamente quello di cui avevamo bisogno: altro che rifiuti, altro che sentirsi evitati dalla società intera... eravamo dei privilegiati, scelti per le nostre
specialità, eravamo di nuovo vivi! E soprattutto, ora, alla
guerra che avevamo dentro potevamo trovare un senso.

La guerra dentro

L'elica ha squarciato il ventre al delfino,
nessuno s'attende d'esser preso alla schiena.
I cannoni sono a corto di munizioni,
bisogna sbrigarsi a virare.

La vela! Hanno strappato la vela!
Mi pento! Mi pento, sí, mi pento!

(Dalla canzone *La vela o Canto dell'inquietudine*
di Vladimir Vysockij, poeta e cantautore russo)

A volte le cose fatte all'improvviso e con buona volontà riescono meglio di quelle fatte con la preparazione e l'esperienza: basta pensare che l'Arca è stata costruita da un dilettante e il Titanic da una squadra di professionisti.

(Frase trovata su internet)

Nelle tempeste, nei temporali,
nella gelida vita,
nelle perdite gravi
e quando sei triste,
apparire sorridente e semplice –
è l'arte piú sublime del mondo.

(Da *L'uomo nero* di Sergej A. Esenin)

Nella nostra base ci sentivamo a casa. Lo spazio era molto bello e accogliente: una via di mezzo tra un bunker militare e un rifugio antiatomico. C'era una camerata con i letti a castello, i mobili per i vestiti e le casseforti; un bagno con la doccia e un armadietto dei medicinali (inclusi gli attrezzi chirurgici con cui, volendo, si poteva improvvisare un intervento). Non c'erano finestre: l'aria circolava attraverso un sistema di aerazione forzata con tubi che scendevano dal soffitto e sbocchi sul pavimento e alle pareti. Nella sala riunioni c'era anche un minuscolo angolo cottura, un tavolo, quattro computer, una fotocopiatrice, un televisore e una straordinaria videocamera di ultima generazione dotata di cavalletto.

– Che cosa vi avevo detto, questa non è la vita vera, è uno di quei reality del cazzo... – ha detto Lupo inquadrandoci nel piccolo monitor.

Abbiamo acceso i portatili e ci siamo collegati alla rete privata della «Casa». Per venti minuti non è successo niente, poi improvvisamente è comparsa la prima schermata d'istruzioni. Faceva riferimento a una lista di nomi contenuta nelle nostre buste: venti uomini, venti bersagli di altrettanti finti attentati che avremmo dovuto organizzare nelle successive due settimane, documentando tutto con la videocamera.

– Finti attentati? Allora questi giocano davvero, porca puttana... Devo rischiare di farmi arrestare per una stupida recita?

La perplessità di Orso era anche la mia.

– Ragazzi, dovranno pur metterci alla prova in qualche modo, no? E anche noi abbiamo bisogno di esercizio… – Volpe stava armeggiando con una delle casseforti. Quando l'ha aperta mi è mancato il fiato: quelle che vedevo potevano essere tutto meno che armi-giocattolo. – Prendiamoli come atti intimidatori… – ha concluso. – Diventeremo l'incubo di quei poveri sfigati!

Abbiamo preparato la cena sui fornelli da campeggio e mangiato «alla militare»: veloce e senza pronunciare una parola. Dopo aver sgomberato il tavolo abbiamo iniziato a progettare le nostre attività eversive: da quel momento il nostro gruppo ha preso a funzionare come un orologio svizzero.

Per prima cosa abbiamo diviso gli obiettivi degli attentati secondo il loro livello di protezione: avremmo cominciato dai bersagli meno protetti, e quindi piú semplici, per salire via via di difficoltà.

Tra gli uomini da colpire, quindici rientravano in quello che abbiamo chiamato «livello 0»: erano uomini d'affari, giornalisti, alcuni agenti della procura che giravano tranquilli senza scorta; avremmo potuto accoltellarli per strada mentre andavano dall'ufficio al parcheggio, o mentre salivano sul tram nell'ora di punta. Comunque, visto che dovevamo filmare tutto, abbiamo scelto tecniche scenografiche: esplosivi finti piazzati sotto le macchine che producevano il botto leggero di un petardo, ma che bastava a spaventare.

Solo con un giornalista famoso per le sue idee particolarmente filogovernative abbiamo usato una modalità diversa, anche per dimostrare ai capi la nostra versatilità: l'ho seguito sulla metropolitana e lí, nel bel mezzo del vagone affollato, l'ho colpito tre volte sulla schiena con il coltello a serramanico chiuso, mentre Volpe riprendeva tutto con la videocamera. Il tizio non se n'è neanche accorto.

In meno di due settimane li avevamo fatti fuori tutti, almeno simbolicamente.

Ora toccava ai quattro bersagli classificati come «livello di protezione 1», cioè quelli forniti di un servizio di sicurezza standard, le classiche guardie del corpo. Quando si parla di guardie del corpo, specialmente se sono russe, bisogna tenere presente un dettaglio importante: non sono in grado di prevenire gli attentati. Potete addestrarle quanto vi pare e piazzarne attorno a voi un'infinità, ma se siete il bersaglio di un assassino professionista e devoto al suo mestiere, state tranquilli che sarà lui ad avere la meglio. Diciamo che la loro funzione è piuttosto psicologica: creano nel cliente un'impressione di sicurezza, lo illudono di essere intoccabile, e in questo modo lo aiutano a vivere sereno fino al momento in cui un killer lo ucciderà.

Certo, può capitare che una guardia del corpo sacrifichi la propria vita per il cliente, ma sono casi rari e comunque con certi tipi di attentato anche lo spirito di sacrificio non serve a niente: se una macchina salta in aria puoi metterci tutta la buona volontà, ma fare lo scudo umano è abbastanza inutile; lo stesso vale per le mitragliatrici di grosso calibro, tipo la MG 42, con cui da duecento-trecento metri puoi far fuori dieci uomini in meno di dieci secondi, spappolando i loro giubbottini antiproiettile come fossero arance marce.

Ma c'è anche un altro fattore di cui tenere conto: per decenni le agenzie di sicurezza private, in Russia, hanno avuto a che fare con una strettissima tipologia di pericoli. I killer erano veterani dell'Afghanistan, poveri e spesso alcolizzati, oppure esponenti del vecchio mondo criminale con armi da antiquariato... Poi a metà degli anni Ottanta, con la crescita dell'industria illegale si sono moltiplicati i «nuovi criminali», gente senza esperienza che ammazzava goffamente, lasciando sulla scena del crimine una sfilza di prove che li spediva dritti in galera.

Quello è stato un periodo di omicidi particolarmente grotteschi, mi ricordo la storia di un killer che per strada, in pieno giorno, aveva sfondato il cranio di una donna con il calcio della pistola. Quando l'hanno preso e gli hanno chiesto perché aveva scelto un modo cosí brutale, ha risposto che l'arma non funzionava: l'idiota non sapeva che quella pistola doveva essere caricata tirando indietro il carrello, per attivare il meccanismo di scatto e far entrare il colpo in canna.

I giornalisti adoravano queste storie: macchine che saltavano in aria con sopra intere famiglie, armi da guerra automatiche usate in discoteca... ogni volta che doveva morire una persona ne morivano almeno cinque o sei.

Questo fino a metà degli anni Novanta, quando la polizia ha cominciato a eliminare i criminali per prenderne il posto. All'inizio per la polizia e le agenzie di sicurezza private non c'era molto lavoro da fare, se capitavano omicidi e attentati erano quasi sempre loro ad averli organizzati, ma con l'arrivo della minaccia terroristica, le lotte interne ai servizi segreti, la fine degli equilibri tra economia e politica, è tornato il caos. E per i killer è arrivato un periodo frenetico e ricco di lavoro. A quel punto c'erano già molti giovani veterani della Cecenia che accettavano l'incarico per denaro, e c'erano anche parecchi terroristi islamici disposti a mettere da parte per un po' la Grande Causa.

Gli obiettivi di «livello 1», uomini del potere regionale e nazionale, si erano resi conto del cambiamento, e avevano cercato di mettere insieme un servizio di sicurezza che fosse all'altezza delle nuove esigenze di protezione.

Abitavano fuori città, le loro ville erano vere e proprie fortezze difese da guardie armate. I loro agenti di scorta erano ex poliziotti e non avevano nessuna esperienza, inventavano le tecniche copiando le guardie del corpo occidentali, sembravano tutti Kevin Costner in *Bodyguard*: vestiti eleganti, con le scarpe lucide e gli occhiali da sole, e ridicoli apparecchi radiofonici degli anni Settanta infilati in un orecchio: il cavo a spirale che pendeva sul collo si vedeva lontano un chilometro. Tenevano la pistola nella fondina, perennemente disarmata. Tra noi li chiamavamo «uno e un quarto», l'espressione che nei corsi di addestramento per cecchini indica i bersagli piú alti e quindi piú facili da colpire.

Abbiamo seguito per qualche giorno i nostri obiettivi circondati dai loro «uno e un quarto», e abbiamo deciso di colpirli in macchina, piazzando a bordo strada un congegno radiocomandato carico di esplosivo – una quantità simbolica, che bastasse a farli cagare sotto e che facesse un bell'effetto in video.

Non ho mai avuto grande dimestichezza con gli esplosivi: non mi piace il loro aspetto incontrollabile, mi sembra sempre che possa finire male. All'interno di «Nonna» l'unico che si divertiva davvero con quella roba era Lupo: nonostante le falangi fantasma si dedicava al suo lavoro con puro amore... Aveva un taccuino pieno di scarabocchi, su cui segnava le formule e le combinazioni dei diversi materiali, disegnava gli aggeggi che aveva visto usare dai terroristi o che si era inventato lui, preparava gli schemi per disporre gli esplosivi, stilava classifiche in base ai risultati dei suoi esperimenti. La Bibbia del bombarolo, insomma.

Quando gli ho chiesto di dare un'occhiata me l'ha prestato volentieri, si vedeva che ne andava fiero ed era lieto che m'interessassi alle sue ricerche.

– Ogni esplosione è un azzardo, – mi ha detto con un misto di esaltazione e saggezza, – non si riesce mai a riprodurre precisamente lo stesso effetto, c'è sempre un po' di caos, come in natura.

Lupo sembrava abbastanza fuori di testa, d'altronde credo che si potesse dire lo stesso di me quando parlavo dei fucili di precisione:

«Piú studi la tecnica e impari a perfezionare i calcoli, piú ti accorgi di quanti fattori sfuggono al controllo... –

raccontavo ai miei colleghi muovendomi nella stanza come un predicatore. – Ogni sparo è un braccio di ferro con lo spazio, il tempo, gli agenti atmosferici, la legge di gravità e i limiti umani... Ogni volta che il proiettile lascia la canna del fucile e prende il volo si porta dietro un pezzetto della mia esistenza... Ed è insieme triste e bellissimo...»

Quando Lupo ha finito la sua lista abbiamo ordinato alla «Mamma» tutto il necessario per produrre le bombe: è riuscito a fabbricarne tre in una sola notte, io gli facevo compagnia e osservavo la cura e la tenerezza con cui trattava i materiali: i detonatori, i radioricevitori, i telecomandi numerati e avvolti in nastri di diverso colore, e soprattutto la piccola saponetta di esplosivo che lui, dopo averla accarezzata, aveva diviso in tre parti, «appena sufficienti per un botto da carnevale».

Il giorno dopo siamo partiti per il primo colpo. Il nostro bersaglio era un procuratore corrotto, usciva di casa con due Mercedes blindate e una scorta composta da ben sei «uno e un quarto». Ogni mattina arrivava a prenderlo uno dei suoi portaborse, lo svegliava e gli faceva compagnia durante il momento sportivo prima di colazione (una corsetta intorno al lago artificiale all'interno della proprietà), e dopo aver mangiato partivano su macchine separate. Orso, dotato di binocolo e trasmettitore, aveva raggiunto in moto un ottimo punto di osservazione e ci avrebbe comunicato ogni fase del rituale mattutino: arrivo del portaborse: uno; corsa attorno al lago: due; colazione: tre; partenza: quattro.

Io e Lupo stavamo nascosti dietro il pendio a bordo strada, a una cinquantina di metri dall'esplosivo: dovevamo far passare le macchine, far brillare l'ordigno e ritirarci nel bosco. Da lí avremmo corso una decina di minuti per raggiungere Volpe che ci aspettava con l'automobile parcheggiata appena dietro gli alberi. Altre due auto le avevamo lasciate in un villaggio vicino, dove ci saremmo divisi per tornare in città seguendo percorsi diversi. Era un ottimo piano, non ci sarebbe stato nessun problema.

Lupo, dispiaciuto perché l'esplosivo era poco, aveva deciso all'ultimo momento di usare un apparecchio che aveva battezzato «accumulatore», un tubo idraulico di venti centimetri di diametro e lungo circa trenta, schiacciato a un'estremità. Avevamo sepolto quell'attrezzo prima dell'alba, mettendoci sopra una bella pietra per evitare l'effetto-razzo: adesso, aspettando la detonazione, Lupo si passava la lingua sulle labbra.

Verso le sette sono iniziate le comunicazioni numeriche di Orso. Al «quattro» ho acceso la videocamera e ci siamo spostati verso gli alberi, per avere una visuale laterale dell'esplosione. Le macchine sono apparse all'orizzonte: veloci, troppo veloci per le pessime strade russe. Ho appoggiato l'occhio sul visore della videocamera.

Mentre nell'aria partiva un boato che aveva poco a che fare con il carnevale, ho visto una delle macchine venire inghiottita da una palla di luce chiara, e un istante dopo era sparita dalla strada. L'altra macchina si era fermata poco oltre il punto dell'esplosione, appena fuori dall'inquadratura. Ho visto due uomini che rientravano in campo con le pistole in mano correndo verso il bordo strada opposto. Ho zoomato in quella direzione aggiustando un po' la messa a fuoco per esaminare ogni dettaglio: una ruota, la marmitta in verticale come un portabandiera, un pezzo di paraurti posteriore che, potevo solo ipotizzare, doveva essere ancora attaccato alla macchina. Ho spento la videocamera e ho guardato Lupo. Lui ha fatto un gesto di sorpresa allargando le braccia come per benedirmi, mostrando i moncherini: sembrava uno strano Gesú mutilato.

– Cazzo, l'abbiamo buttato fuori strada.

Cercavo di fare l'espressione severa ma a dire il vero mi sentivo allegro, come se avessi assistito a uno spettacolo buffo. Siamo entrati piano nel bosco per non dare nell'occhio con movimenti troppo bruschi, poi al mio segnale abbiamo cominciato a correre.

Volpe ci aspettava già al volante, è partito con cautela.

– Ho sentito il botto, sembrava una fottuta Hiroshima. Che cazzo avete combinato voi due?

Lupo sembrava un po' smarrito.

– Beh, ecco, con il Semtex può capitare, t'inganna con i segni d'invecchiamento. Un plastico conservato male di solito perde in potenza, e quello era conservato proprio male, sul serio, quasi si sbriciolava... Però, come abbiamo potuto constatare, non ha perso proprio niente... Magari è meglio se prima di preparare un ordigno faccio dei test...

Volpe gli ha sorriso dallo specchietto:

– Magari sí, a meno che non vogliamo fare secco qualcuno prima del tempo...

Appena tornato alla base Lupo ha dimezzato il carico delle altre due bombe. Io facevo finta di essere concentrato sul filmino che stavo scaricando dalla videocamera, e intanto lo spiavo: soffriva, diceva addio alle briciole di plastico sparse attorno agli ordigni mentre i suoi occhi erano pieni di tristezza e delusione.

– Sai, amico, – ho detto quando non sono piú riuscito a trattenermi, – ho pensato che parlerò con il resto del gruppo: facciamo una colletta e per il tuo compleanno ti regaliamo una testata nucleare, un avanzo dell'epoca sovietica. Ho sentito che le vendono in un vecchio deposito militare nel mio paese... Che dici, ti piacerebbe?

Lui ha sorriso, ma subito dopo la sua faccia ha preso un'aria da sognatore, romantica. Mi fissava con lo sguardo perso, come se stesse facendo un calcolo approssimativo del numero di fili con cui era tessuta la mia maglietta, poi con la voce di uno che ha appena raggiunto l'orgasmo ha detto:

– In effetti, non è molto difficile fabbricarne una...

– Lupo, sto scherzando, idiota! Ma cosa vuoi, mandare a puttane il mondo intero? Dài, fammi il piacere, sistema 'sto cazzo di ordigno altrimenti domani ne spediamo un altro fuori strada... E a quel punto tanto vale farli fuori sul serio...

Lui si è alzato e ha cominciato a strillare con un tono comico scoppiettante:

– Ecco! Ecco! Lo penso anch'io, meglio farli fuori! Altrimenti a cosa serve tutta questa fatica, a fare dei filmini di merda? Andiamo, ma chi siamo?! I fottuti fratelli Lumière? La Universal Pictures? Cazzo, era meglio in Cecenia, quelli sí che erano tempi: farli fuori tutti e poi a casa, cena e dritti a nanna!

Sulla porta, il casco da moto ancora in mano, Orso ci ascoltava. Ci siamo guardati tutti e tre con la massima serietà, finché, nello stesso istante, siamo esplosi in una lunga risata. Forse davvero non c'eravamo tanto con la testa...

Sul giornale locale, la mattina dopo, si parlava del fallito attentato al procuratore. Stando alla stampa, si trattava senza dubbio della mafia caucasica, che si vendicava delle sue coraggiose indagini sui traffici di benzina. Anni dopo ho scoperto che davvero quel procuratore portava avanti indagini rischiose, solo che lo faceva perché era azionista di una delle maggiori compagnie petrolifere del Paese. Qualcuno l'ha fatto fuori in un lussuoso albergo di Mosca mentre se la spassava con una prostituta minorenne, morta anche lei.

Nei giorni successivi abbiamo eseguito gli altri tre finti attentati, tutto è andato liscio, le macchine sbandavano ma restavano sulla strada sfrecciando a grande velocità, lasciandosi dietro un'onda telepatica che diceva: *paura*.

Io ho registrato i miei video mettendoci l'anima, immaginavo come dovessero sentirsi gli uomini dentro le macchine, il battito dei loro cuori, la bellezza del primo respiro quando si realizza di essere scampati al pericolo mortale, e avevo l'impressione di riuscire a far passare tutto questo

attraverso le immagini, come in un grande film d'autore.
Peccato che i miei capolavori fossero destinati a un circo-
lo molto ristretto di spettatori appassionati.

Avevamo pochi giorni prima della scadenza e ci restava un solo attentato, l'unico bersaglio che apparteneva al
«livello di protezione 2». A circondarlo non c'erano i vistosi poliziotti in giacca e cravatta delle agenzie private:
era scortato da un reparto di sicurezza governativa, gente
con le Adidas bianche, i jeans e le giacche sportive con lo
stemma del Tennis Club del Cremlino. Erano tra i pochi
professionisti di altissimo livello di cui disponeva il nostro
Paese, che infatti li usava un po' per tutto: operazioni di
spionaggio, omicidi... Il servizio di scorta, per loro, era
una specie di vacanza.
Conoscevamo le loro tecniche: si tenevano sempre a distanza dal cliente, non si facevano notare, non comunica-
vano via radio (erano cosí cazzuti da far sospettare poteri
telepatici). A vederli insieme facevano la stessa impressione dei puffi: avevano sempre l'aria leggera e divertita, mai
un segno di tensione, guardavano il mondo con gli occhi
curiosi e buoni, capaci di scioglierti come formaggio nel
forno. Ma erano veri pretoriani: portavano le mitragliette
sotto la giacca e un intero magazzino militare appeso alla
cintura dei jeans, e riassumevano in un solo corpo le anime
piú disparate: erano spie, chirurghi, assassini, filosofi, soldati, attori, cuochi e tanto altro. C'erano al massimo una
ventina di uomini in tutto il Paese che avevano la fortuna
di essere scortati da tipi come loro, il nostro obiettivo era
uno di questi. Un animale raro, che dunque, come l'unicor-
no o il drago, poteva essere cacciato solo con l'intervento
del miracolo o della magia.

Dopo tre giorni di tentativi di osservazione falliti ho
cominciato a innervosirmi. Il tipo abitava fuori San Pietroburgo, la casa aveva un grande parco ed era difesa come la

tesoriera nazionale, circondata da un muraglione altissimo, con vari sistemi d'allarme e – per quello che potevo intuire osservando da lontano il movimento di luci – un servizio di pattugliamento notturno organizzato alla perfezione.

Passavamo le giornate a studiare piani fallimentari in partenza, di notte stavamo al freddo, sotto la pioggia, appesi agli alberi come quattro teneri koala. Il quinto giorno era chiaro a tutti che non esisteva un modo per avvicinarsi a quell'uomo. Restava un'unica soluzione, che io conoscevo bene: un colpo sparato da lontano.

Di solito quando un cecchino operativo parla di distanze non le definisce in termini quantitativi, ma di difficoltà. Non è il numero di metri che influisce sulla qualità del tiro: dipende dalla pendenza, dall'altezza della postazione, dal vento e dalle correnti. Questo non era un caso «difficile»: era «disperato». Avevo girato attorno alla villa come un cane abbandonato e non avevo trovato un solo posto in cui ci fosse una visuale discreta. Insomma, non avevo nemmeno una distanza da calcolare, figuriamoci se potevo classificarla.

Intanto gli altri ragazzi cercavano di capire se esistevano situazioni in cui il nostro bersaglio era piú esposto, ma non c'era niente da fare: il suo ufficio, in centro città, era protetto da vetri scuri e godeva di un accesso diretto dal parcheggio sotterraneo; il nostro uomo non usciva mai alla luce del sole, viaggiava sempre in una colonna di tre macchine blindate e non c'era verso di capire quale fosse la sua. In cinque giorni di osservazione tra casa e ufficio, pedinamenti in macchina e in moto, nessuno di noi aveva visto il bersaglio neppure una volta.

Quando ho scoperto che i miei compagni lo avevano soprannominato «Dracula», ho capito che la situazione era proprio grave: stavamo entrando in quella fase tristissima delle operazioni militari in cui i soldati, scoraggiati dalla supremazia del nemico (o dalla sua fortuna, che spesso – in guerra e in pace – decide molte cose), lo trasformano piano piano in una specie di figura mitologica, in una leggenda vivente. Non potevo lasciare che nella mia nuova squadra si creasse un simile sentimento di sconfitta, perciò mi sono avvicinato al tavolo su cui stavano facendo colazione e ho deciso d'improvvisare:

– L'ho visto!

In un attimo erano tutti zitti, con gli occhi increduli e pieni di speranza.

– Sí, – ho proseguito, – ho visto il nostro obiettivo. Oggi preparo l'arma, domani vado a provarla fuori città, dopodomani agisco.

I ragazzi hanno ripreso a respirare e mi hanno travolto di domande:

– L'hai visto?

– Da dove?

– Com'è?

– È orrendo come nella foto?

– Ce la fai a beccarlo?

Ho risposto con serietà e calma, cercando di travestire le mie bugie di autorità:

– L'ho visto bene e abbastanza a lungo, se avessi avuto un remo[1] avrei potuto sfondargli il cranio... È un pezzo di merda con la faccia da bastardo, uno abituato a prendere in giro la gente, ma con Dracula ha solo una cosa in comune: l'età. Penso che morirà d'infarto solo a sentire il rumore dello sparo... L'ho visto da un albero, abbastanza vicino a casa sua, però non posso sparare da lí, è troppo vicino, le sue guardie del corpo non devono capire da dove arriva il colpo. Ma vedrete che troverò un posto buono, e sfonderò una sedia impagliata o un bel vaso a un passo da lui... Chiamate la «Mamma», mi serve una microcamera da piazzare sul fucile, e mi serve subito.

---

[1] Il «remo», in gergo militare, è il fucile di precisione.

In bagno mi sono guardato allo specchio. Per un istante mi sembrava di non vedere niente, nessun riflesso, mi sentivo il cranio pieno di ghiaccio e una specie di elettricità che mi rizzava i peli sulle braccia e mi si conficcava nella punta delle dita. Dallo specchio mi guardava una persona che aveva la mia faccia ma non ero io.

Ci siamo osservati a lungo studiando ogni dettaglio, ogni particella di cui eravamo composti, finché ho capito cosa ci rendeva diversi: la persona nello specchio aveva dei principî. In quel momento dal suo naso ha cominciato a scendere un fiume di sangue, un fiotto enorme che però è durato solo un attimo. Ho guardato nel lavandino tinto di rosso e mi sono sentito leggero, ubriaco. Era la seconda volta nel giro di pochi mesi che perdevo sangue dal naso, e succedeva sempre quando ero teso.

Mi sono lavato la faccia e mi sono accorto che il tizio nello specchio non c'era piú, al suo posto ho trovato il mio riflesso abituale.

«Dopo tutti gli arabi che ho fatto secchi non sarà un politico decrepito a fregarmi, – mi sono detto. – Datemi due giorni e vi faccio vedere quanto vale il vostro fottuto livello massimo di protezione... Vi credete intoccabili? E io vi dimostro che gli intoccabili non esistono...»

Mi sono fatto la doccia, ho tirato fuori da una delle casseforti gli unici due fucili di precisione a ripetizione ordinaria e mi sono messo a ispezionarli. Erano ben rodati, le rigature all'interno della canna non erano taglienti, il che significava che avevano già sparato entrambi qualche centinaio di colpi.

Il primo era un Sako TRG-42 che incamerava cartucce .300 Winchester Magnum, perfetto per le distanze medio-lunghe, diciamo entro il chilometro. È un ottimo fucile di precisione di fabbricazione finlandese, amato dai tiratori per il suo design tecnologico, o meglio «tattico», co-

me si dice nell'ambiente militare di tutte le armi spigolose
con l'aria futuristica. Proprio per questo, secondo me, gli
manca una cosa: l'anima. Sembrerò pazzo, ma sono convinto che un'arma, ogni singolo pezzo, debba avere il proprio carattere, le proprie particolarità... Solo cosí, con il
tempo, quello che ha l'aspetto di uno strumento freddo e
rigido diventa l'amico che può salvarti la vita, o, addirittura, un prolungamento del tuo braccio. Io, ad esempio,
non mi separerei mai dal Remington 700 police: a parte
le ottime qualità tecniche, quello che da sempre m'incan-
ta è la sua linea timida, umile, che ha il dono d'ingannare
l'eternità e preservarsi integra in ogni epoca. Il Remington
700 police è pura essenza d'amore racchiusa in uno strumento di morte...

L'altro fucile era un'arma molto potente, creata sul sistema Mauser e prodotta in Jugoslavia, si chiamava Zastava
M93 ma tutti lo chiamavano «la freccia nera»: mi era capitato di usarlo in Cecenia e ricordavo bene il suo incredibile
potenziale, sotto i suoi colpi i muri delle case di Groznyj si
sgretolavano come se nelle stanze fosse esplosa una bomba a mano... Di buono c'era che mi avrebbe permesso di
sparare con facilità anche da un chilometro e mezzo di distanza, ma era un'arma grande e pesante, scomodissima
da trasportare... Sceglierla per questo compito era come
decidere di affondare una nave con una bomba atomica.

L'unica soluzione era mettere da parte le questioni sentimentali, preparare il TRG-42 e trovare una posizione comoda, possibilmente nel raggio di un chilometro dalla casa di Dracula: non potevamo rischiare che il nostro primo
incarico, su cui avevamo tanto scherzato, si concludesse
con un esemplare fallimento.

Ho ispezionato bene il TRG, l'ho smontato, ho verificato
che il meccanismo eseguisse tutti i cicli di ripetizione ordinaria, ho oliato e ripulito ogni singolo pezzo, ho rimontato
il fucile e ho spalmato un leggero strato di grasso sintetico

sulla base in silicone dell'otturatore per attutire il rumore del meccanismo in movimento (piccoli trucchi da cecchino che spesso non servono a niente, solo a confortare il proprio istinto di sopravvivenza). Il TRG montava un ottimo cannocchiale, il leggendario Schmidt & Bender 3 - 12 x 50 PM, uno tra i piú affidabili e precisi in assoluto. Ho controllato con il *boresighter*[2] che fosse ben allineato: chi aveva preparato quel fucile doveva essere un buon tiratore, perché era tarato su una distanza di circa cinquecento metri, ma comunque, con tutto il rispetto, preferivo sparare una trentina di colpi.

La mattina dopo, con il TRG e una scatola da cinquanta cartucce nello zaino, mi sono messo in macchina verso la campagna. Come Lupo, anch'io avevo la mia Bibbia del cecchino, una specie di libro che avevo fatto da solo legando insieme vari bloc-notes forniti dall'esercito, diviso in due sezioni: una «teorica» su cui avevo segnato tecniche e formule, trucchi che avevo imparato da solo o dai miei compagni, o copiandoli dai taccuini dei nemici catturati; l'altra era la sezione «pratica», quella in cui facevo schizzi e prendevo appunti su tutti i fattori che potevano influenzare il singolo tiro e ne riportavo gli effetti.

Ho raggiunto un posto a un centinaio di chilometri da San Pietroburgo, un triste spaccato del degrado della Russia democratica: una serie di villaggi abbandonati, pieni di ex fattorie collettive di cui restano solo le fondamenta perché la gente si è portata via tutto, persino i tetti e i muri. In quella zona si può cacciare senza che nessuno rompa le scatole, mi sembrava il luogo ideale per riflettere e stare un po' da solo, concentrato sui miei compiti, e soprattutto per sparare tranquillo.

Ho parcheggiato la macchina vicino a delle case diroccate e sono entrato nel bosco. Mi sono sistemato sotto un

---

[2] Strumento laser che permette di avere un'indicazione di massima sulla taratura degli organi di mira.

grande pino, mi sono sdraiato sopra una coperta e un'altra
me la sono buttata sulle spalle: faceva già molto freddo e
da un giorno all'altro avrebbe nevicato.

Attraverso il cannocchiale, ho cominciato a ispezionare
la zona. C'erano cinque case abbandonate nel posto in cui
avevo lasciato la macchina, e altre due poche centinaia di
metri piú in là. Una aveva il tetto sfondato e uno squarcio
sul muro da cui si vedevano alcuni mobili marci e un vecchio attrezzo arrugginito che serviva per lavare le mani:
era una specie di secchio bucato sul fondo, con una lunga
leva che tappava il buco e proseguiva all'esterno. Toccando leggermente la leva il buco si apriva liberando l'acqua
contenuta nel secchio, appena si lasciava la leva l'acqua si
fermava. La dimensione di quell'affare doveva essere piú
o meno quella di una testa umana.

A quel punto potevo cominciare i miei calcoli: distanza, forza del vento, pendenza, umidità... Chi pensa che i
cecchini siano bestie assetate di sangue si sbaglia di grosso.
Prima di premere il grilletto sei obbligato a pensare cento
volte a quello che stai per fare... Per calcolare la distanza
ho usato l'unica finestra intera dell'edificio. Le finestre
delle vecchie case di campagna erano sempre piuttosto basse, circa un metro e dieci centimetri di lunghezza e un'ot-
tantina di larghezza. Nel reticolo del mio cannocchiale la
finestra occupava giusto una sezione, il che, secondo le
tavole di stima che ricordavo a memoria, significava che
si trovava a circa millecento metri da me.

Ho apportato le correzioni necessarie sul cannocchiale e
ho centrato il lavabo nel reticolo. Ho caricato la cartuccia,
ho fatto due lunghi respiri e a metà del terzo ho trattenuto il fiato... Un attimo dopo ho visto il lavamano saltare
dal muro. Mi sono sentito pieno di affetto e gratitudine:
l'arma era tarata alla perfezione, non dovevo far niente,
solo constatare che avevo tra le mani uno strumento me-
ravigliosamente accordato.

Ho scelto una finestra sulla parete frontale e ho comin-

ciato a sparare lungo il telaio: a ogni colpo saltavano in aria
pezzi di muro e di legno marcio. Quella casa si teneva su
per miracolo, poteva bastare una spinta decisa con la mano aperta per farla crollare. Ho riempito di nuovo il caricatore e ho spostato il fucile sull'altra casa, sbirciavo oltre
le finestre vuote e nere ma non vedevo niente d'interessante. Ho cambiato direzione, ispezionando attraverso il
cannocchiale le case vicino alla mia macchina: alcune finestre erano chiuse con assi di legno incrociate, altre erano
semplicemente buchi senza vetri. Finché all'improvviso
non ho registrato un movimento. Una sagoma umana si
muoveva all'interno della casa. Era una vecchia, da quella
distanza non riuscivo a vederne con precisione la faccia o
i vestiti, ma ero sicuro che fosse una vecchia. Se ne stava
in piedi davanti alla finestra e guardava dritto nella mia
direzione. Mi è sembrato che qualcuno mi buttasse addosso una secchiata di acqua e ghiaccio.

Sono rimasto immobile, come se lei da laggiú potesse
indovinare la mia presenza, poi l'ho vista sparire nel buio
alle sue spalle. Spostando lo sguardo sul tetto mi sono accorto che non c'era niente, nemmeno un filo di fumo, e ho
pensato di avere avuto le allucinazioni: un essere umano,
una donna anziana, non poteva starsene in quel posto abbandonato senza neppure riscaldare la casa. Ho scaricato
il fucile e ho deciso di andare a controllare. Ho sistemato
la roba in macchina e mi sono diretto verso l'unica casa
che non aveva le finestre sbarrate, ma piú mi avvicinavo
piú mi convincevo che quella visione fosse frutto della mia
fantasia provata dalla tensione. Era una classica isba, e nel
cortile non c'erano segni che potessero indicare una qualsiasi attività umana.

Ho bussato: niente. Allora con una spallata ho aperto
la porta e mi sono ritrovato su un corridoio stretto, con il
pavimento ricoperto da una specie di tappeto di lana fatto in casa. Dall'altra parte del corridoio intravedevo l'angolo di una vecchia stufa da cucina, spenta. Camminavo

piano, a ogni passo sentivo il pavimento che scricchiolava
sotto i miei piedi... Lí dentro si congelava, ogni respiro si
trasformava in una nuvola bianca sospesa nell'aria. Sono
arrivato alla cucina: sulla panca di legno c'era un grosso
fagotto di vestiti e coperte, da cui spuntava piccolissima la
faccia rugosa di una donna. Sembrava una lumaca nel gu-
scio. Era una tipica vecchietta contadina, piccola e scura
di pelle, ma nella fessura tra le palpebre strette brillavano
due occhi vivissimi e curiosi. Ero incantato: quegli occhi
erano immuni dagli effetti del tempo, le sue pupille erano
accese di vita come quelle di un bambino. Siamo rimasti
a fissarci sorpresi, ma sapevo che dovevo essere io a fare
qualcosa, visto che mi ero appena introdotto di soppiatto
in casa sua. Ho cercato di mettere su il tono piú gentile
che conoscessi:
   – Buon giorno signora, ero a caccia qui in zona e l'ho
vista affacciarsi alla finestra, cosí ho pensato di passare a
trovarla... Come sta, ha bisogno di qualcosa? – Mi sono
reso conto che le parlavo come si fa con gli stranieri o con
i sordi, scandendo bene le parole a voce alta. Lei è rimasta zitta per un po', come se avesse bisogno di tempo per
elaborare le mie domande, poi mi ha sorpreso con una voce stabile e chiara:
   – A caccia? Non c'è piú niente da cacciare da queste
parti, figliolo.
   Aveva un tono lucido e presente: a quanto pare i suoi occhi erano molto piú sinceri di tutto il resto del suo aspetto.
   – Ha ragione, – ho detto un po' a disagio, – infatti non
ho preso un bel niente... Ma lasciamo perdere, mi dica come sta lei. Posso esserle utile in qualche modo?
   Mi ha guardato dritto negli occhi, con umiltà ma senza imbarazzo.
   – Non riesco piú ad accendere il fuoco... Non ho abbastanza forza per spaccare la legna, è da un mese che man-
gio conserve e patate crude, ma mi sento sempre peggio,
sono tutta gelata –. Non c'era niente di lamentoso nelle

sue parole. – Se mi aiuti con la stufa forse riesco a scaldare la casa...

Piú mi accorgevo della dignità con cui pronunciava ogni frase, piú mi vergognavo: sembrava che qualcuno mi stesse togliendo di dosso i vestiti, uno per uno, davanti a una marea di gente. Ho percorso con lo sguardo la sua cucina: alcuni mobili grezzi costruiti da qualche falegname di campagna molti anni prima, sui muri vecchie foto ingiallite e coperte di polvere – facce che non esistevano piú.

Quell'ambiente mi suscitava una forte emozione.

– Non si preoccupi, lo faccio subito, – ho detto asciutto, cercando di contenere il turbamento.

Ho preso dallo zaino quelle poche cose che mi portavo sempre dietro, lo stretto necessario per la sopravvivenza: dadi da brodo, medicine, alcol secco per accendere il fuoco.

A forza di calci e pugni ho distrutto la staccionata della casa accanto, mi sembrava il modo piú semplice per recuperare subito un po' di legna, e a dire il vero è stato molto utile per sfogare l'emozione e tranquillizzarmi un po'.

Appena si è sollevata la prima fiammella nella stufa, la vecchia è venuta accanto a me: guardava il fuoco come un'opera divina. Mentre aspettavamo che fosse pronto il pentolino con il brodo che avevo messo a scaldare sulla stufa le ho chiesto se avesse un'accetta.

– Certo, – ha detto, – c'è un capanno dietro la casa, ci trovi attrezzi di ogni tipo...

Quando sono uscito ho capito che doveva essere passato un bel po' di tempo da quando la vecchia aveva messo piede lí fuori: il capanno era un disastro. Le lamine di ferro vecchio che una volta servivano da tetto erano crollate insieme a parte dei muri. Spuntavano qua e là pezzi di attrezzi agricoli e vecchie biciclette, ceste di vimini coperte di muffa, e finalmente ho individuato un'accetta arrugginita.

Smontando le assi dal capanno crollato, in pochi minuti ho messo insieme un bel mucchio di legna che sarebbe bastato a mantenere la stufa accesa per parecchi giorni.

Il fuoco bruciava piano perché la legna era umida, ma già si sentiva che l'aria attorno alla stufa era piú calda. Ho ispezionato i cortili delle case abbandonate finché non ho trovato una legnaia ancora in piedi, con un tetto e persino una porta chiusa con la catena di ferro e un lucchetto che sembrava arrivare direttamente dai tempi dello zar Nicola II.

Con una serie di botte decise ho spaccato la porta che ha ceduto insieme a catena e lucchetto. Dentro la legnaia c'erano vari attrezzi agricoli, una sega a doppia impugnatura appesa al muro, una sella e parecchi ferri da cavallo, un vecchio tavolo da falegname con sopra qualche attrezzo preistorico arrugginito, e – per mia fortuna – un mucchio di ceppi rotondi accatastati contro il muro. Riconoscevo legni diversi: betulla, pioppo, larice, abete. I ceppi erano ben secchi e della misura giusta, ma bisognava spaccarli: l'ho fatto lí dentro, disponendoli via via in un carrello a due ruote con l'aria malandata ma funzionante.

Mentre sistemavo la legna attorno alla stufa e sotto la panca che correva lungo il muro, la vecchia mi guardava con serietà. Le ho dato da bere il brodo bollito, portandolo prima fuori a raffreddare un po' perché lo shock termico non fosse eccessivo. Beveva a piccoli sorsi, concentrata.

Le ho lasciato la scatola di dadi da brodo, i fiammiferi, l'alcol secco per accendere la stufa nel caso in cui si fosse spenta, e le ho promesso che sarei tornato presto con un po' di provviste. A quel punto si è alzata e ha fatto qualche passo verso di me, con uno sguardo cerimoniale che emanava una strana energia: cosí, uno di fronte all'altra, sembravamo i leader di due stati pronti a stringere un patto che cambierà le sorti dei loro popoli. Eravamo lontani dalla Siberia, ma di nuovo non ho potuto fare a meno di pensare alle leggende sul Grande Bugiardo...

La donna mi ha toccato la mano, la sua pelle sembrava pane secco, temevo che potesse sbriciolarsi da un momento all'altro.

– Che Dio ti protegga, – ha detto con la voce piena di grazia.

Sono andato via senza neppure presentarmi o chiedere il suo nome, con la sensazione che se fossi rimasto un minuto di piú si sarebbe trasformata in un fantasma.

Sono tornato a San Pietroburgo e mi sono sentito stanco e solo, guardavo il formicaio impazzito di luci e avvertivo il bisogno di concedermi una tregua. Sono passato da casa, il mio coinquilino se ne stava seduto in cucina a leggere un libro sui suoi mondi fantastici. Abbiamo scambiato due parole, poi sono rimasto per un po' a guardarlo mentre leggeva, in silenzio. Stremato, mi sono buttato sul letto lasciandomi lentamente sommergere da pensieri ed emozioni in uno stato di semi-ipnosi.

Non so quanto tempo era passato, quando ho sentito bussare alla porta della mia stanza.

– Quasi dimenticavo, – ha detto Arkadij facendo capolino con la testa. – Qualche giorno fa è arrivata questa per te –. E mi ha allungato una busta stropicciata.

Me la sono rigirata tra le mani prima di aprirla: una grafia da primo della classe aveva scritto con cura il mio nome e l'indirizzo. Dentro, piegata in quattro, c'era una lettera del mio amico geologo: allora alla fine gli orsi non l'avevano divorato! Mi raccontava di quanto fosse stato bello e avventuroso il suo viaggio in Siberia, e concludeva ringraziandomi per i consigli sulla Taiga. Mi faceva piacere sapere di essere stato utile a qualcuno.

Quella semplice lettera – cosí affettuosa e sincera – mi aveva dato un'inaspettata dose di energia. Con un balzo mi sono rimesso in piedi, ero pronto per tornare al lavoro.

Arkadij era ancora in cucina che leggeva, e quando gli ho detto che me ne andavo di nuovo non ha fatto domande, mi ha accompagnato alla porta senza mai staccare gli occhi dal libro.

Alla base i ragazzi mi aspettavano con l'aria un po' pre-
occupata. La «Mamma» aveva già fatto arrivare la microcamera che avevo chiesto: sembrava un semplice puntato-
re laser, si agganciava al tubo del telaio dell'ottica con un
anello da trenta millimetri, poi si collegava a un monitor
grande come un navigatore satellitare da macchina. Per
incoraggiare i ragazzi mi sono sforzato di sorridere.

– Domani monterò quell'aggeggio e partirò per la missione, – ho detto, – da solo: niente telefonino, niente cercapersone, voglio fare tutto per conto mio. Nel caso in cui
succedesse qualcosa sarà piú semplice filarsela…

Erano turbati, persino delusi.

– Lo so che fino a oggi abbiamo fatto tutto insieme, ma
per quest'ultimo passo dovete fidarvi di me e stare qui ad
aspettare, va bene?

Hanno fatto sí con la testa, d'altronde non avevano
scelta: io ero l'unico (almeno secondo loro) ad aver visto
il nostro obiettivo, e sapevano che il fucile di precisione
era il solo mezzo utile per avvicinarsi a lui.

– Abbiamo fatto di tutto e non siamo riusciti nemmeno
a vederlo in faccia, – ha detto Volpe. – Questa è la nostra
unica possibilità: se non riesci a beccarlo, mi sa che ce ne
andiamo tutti a casa…

Non era semplice rassicurarli sulla riuscita di un'operazione su cui ero il primo a non essere tranquillo… Ma
c'erano tre cose a mio favore: avevo un ottimo fucile di
precisione, sapevo usarlo piuttosto bene e avevo una gran
voglia di portare a casa il risultato. Sarebbe stato perfetto
se non ci fosse stato quel piccolo particolare: non avevo una
postazione da cui sparare. Questo, però, lo sapevo solo io.

– Gli farò cagare sangue dalla paura, – ho detto puntando sull'azzardo, – fidatevi.

Mezz'ora dopo sono caduto in un sonno vuoto, come
dopo la morte.

Era ancora buio quando ho parcheggiato la macchina davanti a una specie di locale per camionisti, in un paesino a qualche chilometro dalla villa di Dracula: l'alba è arrivata mentre camminavo nel bosco, gli spazi vuoti tra gli alberi sembravano in fiamme. Ho deciso che avrei compiuto un percorso a spirale, girando attorno alla villa e stringendo via via il raggio, finché non avessi trovato un punto da cui sparare. Camminavo e mi arrampicavo sugli alberi, poi scendevo e camminavo ancora: anche dai rami piú alti ero riuscito a vedere al massimo un pezzetto di cortile, le macchine blindate nel parcheggio (il che, per lo meno, voleva dire che Dracula era a casa) e un angolo di balcone al secondo piano, il resto era coperto dal tetto e dall'immenso muro di recinzione.

Ormai erano passate diverse ore e lo spettacolo di luce che aveva inaugurato la giornata era stato sostituito dalla solita nebbia invernale, una specie di latte impalpabile che rende indistinguibile il mattino dalla sera. Continuavo a camminare, avvicinandomi sempre di piú alla villa, finché ho notato una quercia maestosa sulla cima di una collina, in mezzo a dei giovani pini. Mi sono arrampicato con il cuore che batteva all'impazzata: già a metà dell'albero riuscivo a vedere quasi tutto il cortile, la porta d'ingresso della casa, un pergolato di legno in stile cinese e un laghetto decorativo rivestito di pietre. Sul muro davanti al parcheggio c'era un'enorme riproduzione della *Presa di Berlino* di Alexander von Kotzebue, una specie di biglietto da visita di tutti quei nuovi politici insignificanti e voltagabbana che si aggrappano alla storia passata e coltivano i loro feticismi sulle ceneri del grande impero. Proprio a sinistra del muro trasformato in manifesto si vedeva la porta d'ingresso all'americana, grossa e decorata con intarsi di legno scuro, come quelle delle zone residenziali della Pennsylvania che si vedono nei film hollywoodiani degli

anni Ottanta, e che nell'immaginario sovietico rappresentavano l'incarnazione fisica della felicità e della vita sere-
na. Subito sopra la porta c'erano due balconi larghi e lunghi uniti da un ponticello alla veneziana, che secondo me
serviva solo a far passare i cani e i gatti. Quella struttura
inutile, insieme con i due balconi, era coperta di tremende immagini marine, teste e code di sirene che spuntavano
qua e là, barocchismi eseguiti in modo grossolano e senza ombra di buon gusto. La casa di Dracula diceva molto
sul suo padrone: la facciata, da sola, bastava a provocarmi
la voglia di farlo secco. Comunque ho cercato di lasciare
fuori il mio disgusto personale, come dovrebbe fare ogni
tiratore: inquadrate nel mirino ottico di un fucile di precisione le persone sono tutte uguali, materia pura, come
davanti alla morte.

Con una corda ho tirato su lo zaino. Ho collegato la
microcamera al mirino ottico, regolando il fuoco sull'area
che copriva il cortile, ho posizionato il fucile e mi sono
sdraiato per lungo su un grosso ramo. Era comodo, come
stare a pancia in giú nel letto. Ho caricato la cartuccia e
ho cominciato ad aspettare. Saper aspettare è il piú grande talento di un cecchino: perché l'attesa non è vuota, non
puoi rilassarti, devi sempre stare pronto ad agire. Devi rimanere concentrato come se ogni istante fosse quello de-
cisivo. E quando in quello stato si passano le ore, l'umano
si esaurisce fino in fondo.

Non posso dire che aspettare sia tra i miei sport pre-
feriti, ma lo so fare finché mi serve: è cosí che fregavo gli
arabi. Molti dei cecchini che ho fatto fuori all'inizio del
mio periodo in Cecenia erano tecnicamente piú bravi di
me, ma il motivo dei loro insuccessi stava nelle loro radici.
Io avevo imparato a cacciare in Siberia, dove si ammaz-
za per vivere, per gli arabi invece la caccia è un'azione dimostrativa, serve ad affermare il dominio dell'uomo sulle
creature che considera inferiori. Aspettare e ammazzare:
è cosí che in guerra sono riuscito a portare a casa la pelle.

Ho osservato a vuoto il cortile per qualche ora: era tar-
do pomeriggio quando Dracula è comparso sul balcone tenendo in braccio un cucciolo di shar pei. Senza perdere un
secondo ho preso la mira su una testa di sirena proprio davanti al mio uomo, ho fatto i respiri di rito e ho sparato.
Il .300 Winchester Magnum è un calibro favoloso, la pallottola di 7,82 millimetri viaggia a una velocità che è due
volte e mezzo quella del suono, l'impatto è cosí violento che
la vittima, anche quando non è colpita in una zona vitale,
subisce uno shock che la inchioda a terra priva di capacità motorie. La testa di sirena era letteralmente esplosa in
un'enorme nuvola di polvere bianca, che per un momento ha dato a tutto il quadro un'atmosfera molto natalizia.
Il cane, lanciato per aria dal padrone, si era volatilizzato
dentro casa, mentre Dracula strisciava sul pavimento. Sul
balcone era già comparsa una delle guardie del corpo con
una mitraglietta leggera, forse una Bison: ho sparato un
altro colpo, facendo saltare una lampada a forma di lam-
pione stradale del primo Novecento, e la guardia se n'è
tornata in casa. Ho sparato altri tre colpi attorno al corpo di Dracula, che aveva smesso di strisciare e ora stava
semplicemente sdraiato con le mani sulla testa. Ho ripreso
ancora per una decina di secondi, solo allora ho staccato
l'occhio dal cannocchiale.

Quando sono arrivato a San Pietroburgo ho lasciato
l'auto nel parcheggio custodito dal vecchio che avevo conosciuto il giorno in cui si era formato il nostro gruppo.
Lui era felice di vedermi, mi sono messo in tasca la scheda di memoria della microcamera e sono andato in centro con i mezzi pubblici. Per strada mi è venuta una fame
atroce e mi sono fermato in un posto che doveva essere
la risposta russa a McDonald's, un fastfood delirante in
stile matrioska. Il panino sembrava cartone bagnato con-

dito con ketchup e senape. Mangiavo senza gusto e senza espressione, sorseggiavo una cola e osservavo la gente, i sorrisi e il divertimento, le strategie di relazione. Avevo bisogno di ridimensionarmi: sparare a quell'uomo, anche se non l'avevo colpito, mi aveva procurato una tagliente nostalgia di guerra.

Quando sono entrato nella base i miei compagni stavano cenando in un silenzio da chiesa. Sentivo su di me gli occhi di tutto il pianeta. Con un gesto molto scenografico, senza dire niente, ho tirato fuori dalla tasca la scheda di memoria della videocamera: è bastato a scatenare gli applausi. I ragazzi saltavano di gioia, ci abbracciavamo, lanciavamo esclamazioni e imprecazioni (alcune, decisamente volgari, testimoniavano il nostro evidente degrado evolutivo). Avevamo ancora fresche impronte militari, e senza esserne del tutto consapevoli cercavamo disperatamente d'instaurare nel gruppo i rapporti tipici dell'esercito. Quella piccola vittoria ci aveva subito trasformato in famiglia. Abbiamo allestito il tavolo con una bottiglia di vodka e cinque bicchieri, quattro per noi e uno – come da tradizione – per i morti in guerra, e un piatto con pane e salame. Volpe ha inserito la scheda nella videocamera collegata alla televisione, e ci siamo goduti il nostro film. Si vedeva malissimo e durava in tutto due minuti e venti secondi, ma si distinguevano le figure umane e soprattutto si sentiva il rumore degli spari. L'abbiamo fatto girare a ripetizione per quasi due ore.

Il giorno dopo abbiamo consegnato il video a Viktor, era esaltato e ci ha comunicato che ci eravamo già meritati il primo versamento sui misteriosi conti esteri. Mentre tornavamo alla base ho raccontato ai miei compagni della vecchia che avevo incontrato nel bosco e delle condizioni in cui viveva.

– Accidenti fratello, e a te che te ne frega? – ha detto Lupo.

– Già, – ha commentato Orso, e tutti abbiamo riso.

– Andiamoci insieme, invece, – è intervenuto Volpe.
La proposta ha scatenato una strana eccitazione e tutti ci
siamo dati da fare: Volpe è andato in farmacia, Orso e Lupo al mercato, io ho fatto un giro per negozi in cerca di attrezzi utili per la casa. All'ora di pranzo, con tre macchine
piene di roba, siamo partiti.

Già a qualche centinaio di metri dalla casa si vedeva che
la donna aveva ripreso vita: un filo di fumo si alzava dal tetto, il cortile era stato spazzato, le finestre protette con delle
tende. Quando ci ha aperto la porta non era piú la vecchia
disperata che avevo visto due giorni prima: il suo viso era
riposato, aveva un grembiule e stava trafficando in cucina. Mi ha persino abbracciato. Sbalordita, ci ha osservato
mentre scaricavamo la roba dalle macchine e riempivamo
la dispensa. C'era di tutto: farina, patate, zucchero, cipolle
e aglio, sale, olio di girasole, un bottiglione da cinque litri
di ottimo miele, un sacco enorme di *bubliki*[3], due sacchi di
mele che profumavano come appena raccolte, cartocci di
latte a lunga conservazione, tè, e tutte quelle altre cose con
cui le vecchie signore sono capaci di cucinare piatti delizio-
si. Abbiamo sistemato nella cucina un contenitore di plastica da duecento litri e l'abbiamo riempito d'acqua fresca,
in modo che non dovesse andare ogni giorno fino al pozzo.

Mentre sistemavo il resto degli attrezzi e li mostravo
alla signora, Orso e Lupo si sono dedicati alla preparazione della legna, riempiendo una stanza intera di ceppi pronti a finire nel fuoco. Dalla busta con i detersivi la donna
aveva agguantato una saponetta alla lavanda e adesso se
ne andava in giro per casa annusandola in continuazione,
tenendola sui palmi delle mani come se fosse un oggetto
d'immenso valore. Volpe le ha spiegato a cosa servivano
le varie medicine, e si è anche preoccupato d'incollare dei
foglietti esplicativi sulle scatole, nel caso in cui la donna

---

[3] Piccole ciambelle, di pasta dura e secca, che si mangiano inzuppate nel tè o nel latte.

non riuscisse a tenere tutto a mente, poi le ha misurato la
pressione e le ha auscultato il cuore, le ha guardato la gola, le ha misurato la febbre:
    – Vivrà piú di tutti noi, – le ha detto alla fine sorriden-
do, – è forte come la corazzata Potëmkin!
    Abbiamo sigillato alcuni spifferi attorno a porte e fi-
nestre, poi le ho mostrato un samovar tecnologico che
manteneva l'acqua caldissima a lungo. Ci sono volute ore
per sistemare tutto, avevamo portato cosí tanta roba che
poteva bastare a mettere in piedi una casa da zero. Dato
che c'era anche una botte da un quintale piena di aringhe
sotto sale, la signora ha deciso di prepararne un po' con le
patate e invitarci tutti per cena. Ci siamo radunati attorno alla tavola, con la padrona di casa ancora stupefatta.
Anch'io ero meravigliato, pensavo all'incredibile intreccio
di destini che è la vita: ero finito in quel bosco per preparare un attentato, e adesso ero lí con i miei compagni, a
festeggiare insieme a una vecchia contadina.
    Mangiando le aringhe salate tagliate a fette e le patate
bollite appena tolte dalla stufa, la donna ha preso coraggio e ci ha raccontato la sua storia: si chiamava Ekaterina,
aveva lavorato tutta la vita in una delle fattorie collettive della zona. Suo marito era morto negli anni Ottanta, e
dopo il crollo dell'Urss era stata costretta a vendere tutti
i suoi animali perché non sapeva come sfamarli e perché
doveva pagare le bollette della luce e del gas – alla fine
però il governo le aveva staccato sia l'una che l'altro, perché non conveniva gestire una rete che portava energia in
un paesino di poche anime. La fattoria collettiva era stata
venduta a dei privati che avevano portato via tutto, bestie
e attrezzi, lasciando solo i muri. I piú giovani, quelli che
avevano ancora le forze di ricominciare una nuova vita, si
erano spostati nelle città, e poco a poco le case senza ma-
nutenzione erano crollate… Alla fine era rimasta sola, per
qualche tempo c'era stata una donna che veniva a trovarla
ogni tanto, una ex vicina che aveva trovato lavoro come

bidella, ma anche lei non si era piú fatta vedere quando il tetto di casa sua era crollato sotto il peso della neve. Comunque il dolore piú grande, ci aveva detto Ekaterina, era la scomparsa della sua gatta, probabilmente morta di vecchiaia.

– Lei mi capiva meglio di qualsiasi essere umano, – ha concluso.

Il racconto ci ha commosso. Volpe, sempre cosí freddo e controllato, si è alzato e ha annunciato che aveva «bisogno di prendere un po' d'aria».

Un'ora dopo, mentre tornavamo a San Pietroburgo, Volpe mi ha raccontato che quando lui era in Cecenia era morta sua nonna, l'unica parente che gli era rimasta. Poi, come se fosse la prosecuzione naturale dello stesso discorso, ha aggiunto che voleva tornare presto da Ekaterina.

«La volpe e la vecchia bisognosa... – ho pensato sorridendo. – Due incarnazioni del Grande Bugiardo che si ritrovano nella campagna appena fuori San Pietroburgo...»

Le cose sul lavoro continuavano a filare lisce. Non per vantarmi, ma la nostra era davvero una buona squadra e portavamo a casa un risultato meglio dell'altro. Si trattava sempre di dimostrazioni, avvertimenti che servivano ad affermare la supremazia di Lavrov nel campo dell'informazione e in quello operativo: nel nostro piccolo eravamo molto determinati e non permettevamo a nessuno di metterci i piedi in testa...

Dopo circa due mesi dall'arruolamento ci è stato affidato un caso particolare: dovevamo seguire un gruppo di giovani criminali russi che stavano per arrivare a San Pietroburgo da una città industriale vicina ai monti Urali, dove si erano fatti un po' di esperienza tra le fila di una grande organizzazione che gestiva il racket in una zona di fabbriche. Quando erano riusciti ad appropriarsi del business di una grande fabbrica metallurgica, quei tizi avevano deciso di tentare la fortuna in modo autonomo: erano usciti dall'organizzazione e avevano pensato di spostarsi in città con l'intenzione di mettere sotto qualche banchiere troppo molle. Il caso ha voluto che scegliessero uno dei banchieri del gruppo Lavrov: era un giovane ebreo, molto colto e – cosa rara in quell'ambiente – molto simpatico. Prima di lasciare gli Urali avevano preparato un arsenale da presa del Cremlino e avevano comprato una serie d'informazioni sul conto del loro obiettivo da un funzionario dei servizi governativi locali che era in contatto con i suoi colleghi nella nostra città. Uno di quei colleghi gli aveva venduto l'informazione, e subito dopo aveva comunicato a Lavrov che qualcuno sui monti Urali si era interessato al gruppo: un doppio gioco che gli aveva fruttato un bel compenso...

Viktor ci ha mandato immediatamente a monitorare il funzionario tradito dal collega di San Pietroburgo, e molto presto abbiamo scoperto i legami con il gruppetto che si preparava a sequestrare il nostro uomo. Erano dodici, in gran parte criminali di nuovo stampo, avevano tutti lo stesso taglio di capelli e l'espressione da bulli, sopra il fisico palestrato a dismisura portavano tute sgargianti contraffatte e catene massicce.

Insomma, erano quelli che nel gergo degli esperti fuorilegge sono chiamati con disprezzo «vitelli»: tanti muscoli e poco cervello.

Bastava guardarli per capire che sognavano borselli in coccodrillo, e intanto si accontentavano della versione fasulla, con il fermaglio d'oro finto: li portavano stretti sotto l'ascella, mentre con una mano tenevano l'immancabile Marlboro e con l'altra sgusciavano semi di girasole tostati (un classico dei vitelli, li mangiano anche quando dormono, volendo pedinarli basta seguire la scia di briciole unte che si lasciano dietro). Dai borselli spuntavano in abbondanza i cellulari Motorola, e ciascuno di loro portava agganciato all'indice un portachiavi con lo stemma della Mercedes o della BMW, le uniche macchine degne di un vitello (vere carrozze da papponi, o come si dice dalle mie parti «protesi allunga-cazzi»).

Appena abbiamo cominciato a tenerli d'occhio, ci siamo resi conto con grande piacere che parlavano al telefono con completa sincerità e chiarezza, come se non sapessero dell'esistenza di apparecchiature destinate all'intercettazione delle telefonate altrui. La «Zia» ci forniva i rapporti sulle intercettazioni due volte al giorno, e dopo una settimana di monitoraggio avevamo sotto controllo l'intero gruppo, dal capo fino all'ultimo corriere, eravamo riusciti a ricostruire tutto il loro piano e lo conoscevamo meglio di loro. Sapevamo che si sarebbero mossi in auto, perché trasportavano armi e due di loro, essendo ricercati, non potevano viaggiare in treno o in aereo.

Devo dire che la lettura dei rapporti era un momento esilarante: per darsi un tocco davvero «criminale» i vitelli riempivano le telefonate con il tipico gergo da galera, talmente banale che i ragazzini lo usavano a scuola come vocabolario segreto per comunicare di nascosto dall'insegnante (tecnica inutile, ormai, visto che molti insegnanti, per evitare di essere presi in giro, avevano a loro volta imparato a esprimersi come autentici galeotti), e per non farsi mancare niente un attimo dopo telefonavano alla fidanzata e raccontavano il piano per filo e per segno, dimenticando qualsiasi codice.

In teoria la nostra operazione non era difficile, erano una banda di contadini e boscaioli armati come se andassero a fare una crociata in Palestina, non sapevano un accidente della realtà operativa e si erano semplicemente illusi di riuscire a tirar su un bel po' di soldi facili, perché nella loro città di periferia nessuno era stato in grado di tenerli al loro posto, cioè la stalla. Il fatto, però, è che comunicare con gli idioti è sempre un'impresa, capiscono solo la violenza e la forza bruta. Personalmente preferisco i ceceni, che se li becchi a preparare un attentato scappano senza lasciare tracce: non sono codardi, sanno semplicemente valutare le situazioni impreviste e – come i giocatori di scacchi quando capiscono che la partita è impossibile – accettano la parità ritirandosi con reciproco rispetto... Con i vitelli era inutile sperare nel buon senso, quelli con la testa ci potevano al massimo spaccare la legna.

Dalle intercettazioni veniva fuori che quasi tutti avevano già deciso come spendere i soldi del riscatto: il loro capo aveva un bel debito con un pezzo grosso della vecchia banda e gli aveva già indicato la data di pagamento; uno aveva programmato una fuga cinematografica alle Maldive con la fidanzata, una cassiera del supermercato che nel frattempo lo manteneva; un altro – ricercato dalla polizia perché coinvolto negli omicidi di alcuni sindacalisti – stava organizzando insieme a un politico locale una complicatissima faccenda che prevedeva, tra le altre cose, la corruzione di un giudice, motivo per cui aveva urgenza di un po' di liquidità. Tutti, insomma, dipendevano da quei soldi immaginari, per cui era molto difficile che un'azione «gentile», puramente dimostrativa, li convincesse a cambiare rotta: la violenza era inevitabile, restava solo da capire come ridurre al minimo il rischio di restare coinvolti in una vera e propria guerra criminale.

Dovevamo cambiare completamente il nostro modus operandi, progettare un'operazione unica nel suo genere che escludesse la nostra agenzia dalla lista dei sospettati. Eravamo costretti a giocare d'azzardo anche noi: in pratica, abbassarci al loro livello.

Passare all'azione nella loro zona era abbastanza pericoloso, rischiavamo che attivassero l'intera linea di amici; d'altra parte non aveva molto senso aspettare che arrivassero a San Pietroburgo, perché a quel punto diventava facile risalire a noi. La cosa migliore, quindi, era bloccarli nel mezzo del loro percorso: la Russia, si sa, è bella grande, e mentre viaggi ti possono succedere un sacco di cose brutte, soprattutto perché ogni posto è pieno di deficienti come te, e una qualsiasi incomprensione tra deficienti può trasformarsi in strage... Il piano era proprio questo: spacciarsi per criminali comuni, esponenti di qualche organizzazione locale. Avremmo fermato le loro macchine e le avremmo portate via, lasciandoli a piedi, arrabbiati e senza dignità. A quel punto loro avrebbero reagito con la forza, e se tutto andava liscio si sarebbero fatti fuori tra bande, come succede spesso in questi casi. Il nostro banchiere sarebbe stato sano e salvo, e noi ne saremmo usciti puliti.

Dopo un'indagine approssimativa sulla situazione di un paio di città che avrebbero attraversato nel viaggio verso San Pietroburgo ne abbiamo scelta una: ovviamente anche lí la nuova forza criminale era fatta di politici corrotti, poliziotti e criminali giovani, tra cui spiccava un tale soprannominato Kondraš (che era semplicemente un modo molto rozzo di storpiare il nome russo Kondratij). Il tizio lavorava sotto la protezione della polizia e gestiva gran parte del mercato automobilistico: era proprietario di tutti i parcheggi privati e delle rimesse della città, e insieme al genero del sindaco e al figlio del comandante della polizia cittadina aveva il monopolio dei distributori di benzina. C'era poi una serie di piccoli gruppi che si occupavano di crimini minori e meno proficui, e che si trovavano eternamente in conflitto con Kondraš. Per noi era l'ambiente ideale: corruzione e conflitti interni, il genere di caos in cui si tende a far passare sotto silenzio ogni incidente per non attirare l'attenzione sulle proprie faccende.

Sapevamo che i vitelli, per non dare troppo nell'occhio con una carovana di automobili piene di facce da galera e farcite di armi nascoste, sarebbero partiti lasciando tra una macchina e l'altra circa tre ore di distanza. Anche se idioti, avevano almeno pensato di tenersi sincronizzati nello spostamento: quando superava una certa tappa, la prima macchina doveva comunicarlo alla seguente, che passava il messaggio alla terza macchina, che a sua volta lo ripassava alla prima, confermando tutto. Era un sistema ad anello che in effetti consentiva di capire se c'erano problemi, e soprattutto permetteva a noi di sapere, con circa sei ore di anticipo, cosa avrebbe fatto la terza macchina. Ed era proprio quella che ci interessava di piú: lí viaggiava il leader, un uomo sfregiato da mille cicatrici. Forse durante l'adolescenza si era imbattuto in un aspirante Picasso del coltello che aveva usato la sua faccia per sperimentare, ma era piú probabile che non fosse molto agile nelle risse. Umiliando il capo, c'erano molte possibilità che reagisse contro i criminali locali per ripristinare l'autorità agli occhi dei propri uomini.

Grazie a un collaboratore del gruppo Lavrov, avevamo momentaneamente abbandonato i nostri fuoristrada (dove avevamo lasciato anche cellulari e cercapersone smontati) in cambio di due terribili Audi 80, vecchissime ma ancora molto veloci, stabili sulla strada e abbastanza robuste in caso d'incidente. Avevamo anche le targhe finte, che dovevamo montare prima di arrivare nel luogo dell'operazione. Alla fine di tutto avremmo riportato le macchine al proprietario, che subito dopo le avrebbe vendute in Uzbekistan.

Dopo cinquecento chilometri di viaggio (un'immensità, considerando lo stato delle strade russe) i vitelli progettavano di fermarsi a dormire in un albergo vicino all'autostrada. Abbiamo deciso che li avremmo bloccati sulla via secondaria che dall'autostrada portava all'albergo.

Io e Lupo aspettavamo nella nostra auto nascosta in mezzo ai cespugli, mentre Volpe e Orso seguivano l'obiettivo a distanza. Ci avrebbero comunicato quando la macchina che trasportava il capo stava per arrivare, e noi ci saremmo portati in mezzo alla strada per eseguire l'assalto: Lupo, al volante, doveva restare con il motore acceso e una Beretta 92 carica tra le gambe, io dovevo saltare giú e bloccare la macchina dei vitelli dal lato dell'autista. Ci eravamo sistemati a una cinquantina di metri dal gomito di una curva, in modo che i nostri obiettivi non potessero vederci da lontano ma avessero lo spazio per frenare se andavano molto forte. Volpe e Orso erano pronti a bloccarli da dietro, e Volpe si sarebbe portato in posizione opposta alla mia. Dovevamo farli scendere, disarmarli, allontanarli e legarli con delle fascette di plastica – le stesse con cui in guerra immobilizzavamo i prigionieri –, dopo di che mi sarei messo alla guida della loro macchina, e ce ne saremmo andati lasciandoli lí. L'unico pericolo serio era che decidessero di sfondare la nostra Audi: se ci avessero preso in pieno con la loro Mercedes 600 ci ammazzavamo tutti.

Io e Volpe eravamo armati con delle mitragliette tedesche leggere, non troppo potenti: considerando che dovevamo agire uno di fronte all'altro era meglio prevedere anche gli effetti collaterali, e nel caso in cui uno di noi fosse stato costretto a sparare bisognava fare in modo di non ammazzarci. In piú, dato che eravamo molto vicini all'albergo, avevamo bisogno di armi silenziate, e le nostre MP5 con le cartucce subsoniche e i silenziatori smontabili erano perfette: i colpi hanno un buon impatto sul corpo e si fermano dentro l'obiettivo colpito, quindi in caso di fuoco incrociato non sono pericolose. Peccato che si tratti di un'arma molto cara, professionale, ed è difficile che a usarla siano dei criminali comuni, quindi abbiamo montato anche i raccogli-bossoli e preparato delle pallottole truccate, infilando delle viti a brugola dentro dei piombini da tiro sportivo: nel momento dell'impatto il piombo si deforma e finisce in pezzi mentre la vite continua il suo viaggio nei tessuti: alla fine dal cadavere si estrae una semplice vite a brugola, un autentico mistero.

Aspettavamo il segnale con le facce coperte dai passamontagna e i guanti sulle mani (certo, i miei tatuaggi avrebbero dato credibilità alla nostra recita da criminali,

ma rischiavo che diventassero un indizio, e lo stesso valeva per i moncherini di Lupo). Emozioni e sensazioni in
quei momenti non contano niente, l'unica cosa importante è la capacità fisica di reagire: dal segnale al movimento, dal movimento all'azione. Le armi cariche, incapaci di
parlare, ripassavamo l'operazione come un disco incantato
nella testa. Il segnale che aspettavamo era un *click* sulla ri-
cetrasmittente, un suono che si ottiene entrando in onda
per un istante e subito staccando: un solo *click* voleva dire
«attenzione», due «azione», tre «operazione annullata».

Un *click*... Abbiamo trattenuto il fiato... «Dal segnale al movimento, dal movimento all'azione», mi ripetevo
in testa... Silenzio... Due *click*! Lupo ha messo in moto e
ha premuto l'acceleratore, portando la macchina di taglio
sulla strada. Ho aperto lo sportello, pronto a saltare, entrambi guardavamo la curva concentrati.

La macchina è comparsa, a occhio faceva i cento all'ora
ma subito ha cominciato a frenare. Hanno fatto un po' di
zig zag, forse con l'intenzione di abbandonare la strada e
aggirarci, ma appena fuori dal ciglio cominciavano gli alberi, non ci passava neppure una bicicletta. Un po' piú indietro anche Orso aveva iniziato a frenare, senza staccarsi
troppo dal culo dei vitelli. La Mercedes ha inchiodato a
una decina di metri da noi, sono saltato giú correndo col
mitra puntato verso l'autista e ho urlato:

– Fuori! Mani in alto, fuori, veloci cazzo!

Dall'altra parte Volpe faceva lo stesso puntando il mitra
contro i passeggeri. Gli sportelli si sono aperti e ci siamo
ritrovati davanti le facce che ormai conoscevamo bene. Il
capo era rosso di rabbia, veniva verso di me senza paura,
agitando le mani:

– Ma che cazzo fate? – gridava. – Imbecilli, ma lo sapete chi sono io?

Non potevo farlo avvicinare troppo, dovevo fargli capire subito che non era lui a comandare, cosí ho sparato
tre colpi vicino ai suoi piedi, lui è saltato indietro finendo

addosso al suo autista, un giovane robusto con i lineamenti asiatici. Ho urlato con cattiveria:

– Per terra bastardi, a quattro zampe! Ho detto giú!

L'autista si è messo subito carponi, mentre il suo capo continuava a fissarmi con odio.

– Ti ho detto a quattro zampe, brutto stronzo rotto in culo, subito! – ho ripetuto, ma lui niente, mi sfidava, cercava di capire fin dove sarei arrivato. Lo guardavo dritto negli occhi e non vedevo un'ombra di paura, nessuna intenzione di arrendersi, mi fissava come se mi avesse già sconfitto. Io ero concentrato e pronto a tutto, e in un battito di ciglia ho realizzato che stava spiccando un balzo nella mia direzione. Ho visto l'intera scena come al rallentatore: le sue smorfie mentre si lanciava contro di me, il sudore che gli rigava la fronte, ma soprattutto le sue mani tese in avanti, pronte a strapparmi la mitraglietta. Mi sono spostato leggermente di fianco, ho puntato l'arma in basso cercando di mirare al polpaccio e ho sparato. È caduto a terra urlando, il proiettile gli aveva centrato una caviglia. Sentivo una tale tensione attraversarmi il corpo che i miei muscoli sembravano essere diventati improvvisamente di pietra.

Ho ordinato all'autista di spostarsi sul lato opposto, dove c'era Volpe, lui ha obbedito galoppando a quattro zampe, si muoveva come un giocattolo meccanico, scosso dall'adrenalina. Aveva la faccia sporca di sangue.

Mi sono avvicinato allo stronzo rantolante e gli ho dato un calcio sulla testa, ordinando anche a lui di trascinarsi dall'altra parte. Colpire un ferito può sembrare una crudeltà gratuita, ma serve a farlo uscire dallo stato catatonico in cui lo riduce lo spavento. Il tizio infatti si è girato sulla pancia e ha cominciato a trascinarsi con le braccia, accompagnando ogni movimento con un sibilo da serpente morente.

– Piú veloce, stronzo! – ho detto dandogli un'altra botta al fianco. – Non me ne frega un cazzo se ti fa male! Almeno la prossima volta ti ricordi che è meglio dar retta alle persone armate...

Dall'altro lato della macchina lo aspettavano gli altri componenti della banda, già sdraiati a pancia in giú con braccia e gambe allargate. Mentre tenevo tutti sotto tiro Volpe ha cominciato a legarli. Ha perquisito il primo, l'autista, gli ha trovato una Makarov e subito gli ha bloccato mani e gambe con le fascette. Quando si è avvicinato all'altro, un tipo grosso e sportivo, quello che voleva scappare con la cassiera alle Maldive, lui si è voltato all'improvviso cercando di strappargli la mitraglietta. Ho sentito un rumore basso e metallico, come una mazza che batte su un'incudine, e un attimo dopo eravamo tutti lavati di sangue. I colpi sparati da Volpe avevano preso il gigante in piena faccia. Dal mento alla fronte era un macello, un buco unico in cui si mischiavano cervello e ossa. Si distingueva la lingua, circondata dalla ghirlanda dei denti, e un occhio che pendeva attaccato a un nervo.

A quel punto sono cominciate le suppliche degli altri: ci chiedevano di non ammazzarli usando strane invocazioni religiose, mentre il loro capo stava in silenzio, con gli occhi chiusi, meditando sul dolore. Volpe ha finito di legarli, risparmiando al ferito la fascetta ai piedi: tanto, per come era ridotta la sua caviglia, non si sarebbe certo messo a correre. Poi siamo partiti lasciando i loro corpi accatastati in mezzo agli alberi. Avevamo sforato un po' con i tempi, almeno un minuto e mezzo in piú del previsto, ma non eravamo andati male…

Guidavo la Mercedes e sentivo l'agitazione della guerra, una sorta di secondo respiro che ti trascina senza freni, oltre i tuoi limiti, ma presto l'eccitazione ha cominciato a svanire e al suo posto è subentrato un vuoto, un buco nero che mi risucchiava dall'interno. Avevo un dolore lancinante al centro del petto e all'improvviso non riuscivo a controllare il mio corpo: le mani sudate dentro i guanti, gli occhi infuocati e lacrimanti, i piedi insensibili. Continuavo a guidare senza sapere come, pensando e ripensando alla faccia esplosa sotto i colpi di Volpe. Ho fatto entrare una

botta d'aria fredda dal finestrino per rimettermi in sesto
e solo in quel momento, quando il pensiero si è fatto lucido, ho capito che il sentimento che stavo provando aveva
un nome preciso: era invidia, perché quell'uomo lo avrei
tanto voluto uccidere io. Poi, rapida come la pelle d'oca
che svanisce quando è passata l'agitazione, quell'invidia
si è trasformata in una specie di vergogna. Di dispiacere
per la bestialità che usciva fuori da noi.

Quella volta abbiamo vinto la partita, i vitelli si sono ar-
resi al destino prima ancora di arrivare a San Pietroburgo.
Si sono messi a litigare perché alcuni volevano solo tornare
indietro e lasciar perdere, mentre altri intendevano a tutti i costi vendicarsi con i gruppi locali. È nata una piccola
lotta tra bande, due di loro sono stati uccisi.

Non abbiamo mai parlato del fatto che per la prima volta la nostra squadra aveva fatto un morto. Ci siamo comportati come se fosse una cosa ovvia, che tanto prima o
poi doveva capitare. Qualcosa di strano, però, è successo:
dopo quell'operazione non eravamo piú tanto uniti, e lo
spirito di fratellanza si stava trasformando in un cordiale
rapporto tra colleghi.

All'improvviso, non ci sentivamo piú tanto fuori posto:
la vita nella società pacifica che ci aveva rifiutato si rive-
lava molto simile all'esperienza bellica, c'erano solo meno
persone armate e intenzionate a uccidere, ma le dinamiche erano le stesse. Per mesi avevo tentato di varcare un
confine inesistente: Pace, Guerra, erano semplici etichet-
te, un tentativo di dare forma a un caos che non puoi capire, nomi inutili come quelli scritti sulle mappe siberiane. E anche noi, come i viaggiatori che si smarriscono in
Siberia, provando a seguire quella stupida mappa avevamo perso la strada.

La mia angoscia era sparita: adesso che sapevo che la
vita pacifica non esisteva, potevo finalmente farne parte.

La cenere delle nostre anime

Le mie vene sono funi, la mia memoria è ghiaccio,
il mio cuore è un motore, il mio sangue sembra miele.
Mi tocca vivere qui, in mezzo all'erba grigia,
nel buio imbrogliato, nelle paludi della Neva
dove le case sono facciate e le parole sono fiori sterili,
e la prospettiva è come la scia di una stella bruciata.
Io volevo essere come il sole, ma sono diventato un'ombra sul muro
e un morto inquieto si è seduto sulle mie spalle.

Da quel momento ho visto che siamo tutti incatenati,
e le anime dei soldati morti sui rami degli abeti
osservano in silenzio il nostro valzer a lume di candela,
ognuno con la cenere in mano e un cadavere sulle spalle.
Verrà il giorno del perdono universale – non fa niente, io non ci arriverò,
ho trovato il modo per andare via, andrò e ritornerò.
Ritornerò con una parola che sarà come una chiave celeste,
per liberare chi dorme nelle paludi della Neva.

> (Dalla canzone *Le paludi della Neva*
> del cantautore russo Boris Grebenščikov)

La Patria è il posto in cui ti amano.

> (Citazione attribuita a Michail Jur´evič Lermontov)

«Sí, tutto è stato non come doveva, – si disse, – ma non importa. Si può,
si può benissimo farlo ancora. Ma farlo che cosa?» si domandò, e a un
tratto zittí.

> (Da *La morte di Ivan Il´ič* di Lev Nikolaevič Tolstoj)

Da quando era iniziata la mia vita tranquilla ero diventato abbastanza chiuso, mi piaceva starmene per conto mio e frequentavo solo un gruppo ristretto di veterani maturi e neutrali: c'incontravamo per chiacchierare e bere qualcosa, spesso ci raccontavamo le vicende di guerra ma tutto aveva un'aria distante, quotidiana, era come se i nostri ricordi avessero perso ogni impronta epica.

Tolik e Andrej avevano ritmi simili ai miei e ogni tanto mi capitava d'incrociarli in giro, Vladimir invece faceva una vita piú ritirata ancora. Sapevo che andava spesso a trovare Ekaterina, quando la nominava la chiamava «mia nonna». Le aveva addirittura costruito la sauna in cortile e preparato un orto. Si erano praticamente adottati a vicenda, e quando non c'erano missioni in ballo stava lí da lei. Qualche volta, nel fine settimana, tornavamo tutti insieme a trovarla.

Il lavoro mi faceva sempre piú schifo, la gente che dovevamo difendere cominciava a trattarci come un branco di assassini al suo servizio, chiedendoci cose che spesso non stavano né in cielo né in terra. Come quando un funzionario del gruppo Lavrov, perseguitato da una banda di ceceni piuttosto esperti che avevamo già scoraggiato con un'azione dimostrativa eseguita in modo brillante, ci ha ordinato di portargli – letteralmente – la testa del loro leader. Mi ci è voluto un giorno intero per convincere quel coglione che non stavamo nel Medioevo. Ogni

tanto i nostri protetti si meritavano davvero una legnata
sulla fronte.

Dopo qualche settimana dall'attentato ai vitelli avevo
comprato una Fender Stratocaster, una chitarra che mi
piaceva da sempre ma sulla quale non ero mai riuscito a
mettere le mani, prima per mancanza (anzi per assenza) di
denaro, poi per certe complesse crisi di coscienza con cui
mi torturavo. Mi ero convinto che per rispetto delle persone che avevo ucciso non meritavo una vita completa di
emozioni: pensavo non fosse giusto godere delle piccolez-
ze, ridere, scherzare, fare una cosa per il piacere di farla...
Perciò mi ero sempre limitato ad ascoltare il blues, sognan-
do di riuscire a ripetere le note straordinarie che venivano
fuori quando B. B. King toccava la chitarra con quelle dita
grosse come i salami che faceva mia nonna.
     Avevo chiesto ad Arkadij se conosceva qualcuno che
poteva darmi lezioni, e lui mi aveva passato il numero del
suo amico che avevamo sentito suonare la sera prima che
partissi per la Siberia. Era il tipo piú simpatico e strafottente che avessi mai conosciuto, si chiamava Aleksej ma
tutti lo chiamavano Fux. Era magro magro (a parte una
tremenda pancia gonfia di birra), con mani lunghissime e
sottili da alieno; ci siamo frequentati per mesi e non l'ho
mai visto con tutti e due gli occhi aperti: mentre suonava li stringeva storcendo la faccia come se qualcuno gli
stesse passando la fiamma di un accendino in mezzo alle
chiappe, per il resto del tempo ne teneva aperto uno solo,
e con quello guardava.
     Suonava divinamente, in un modo crudo che ti faceva
sentire il ritmo anche senza basso e batteria, a ogni colpo
di plettro una nuova energia ti scoppiettava in testa.
     Cosí, una volta a settimana, andavo a casa di Fux per
imparare a suonare, e presto ho cominciato a frequentare
con lui i concerti dei gruppi locali. Uscivamo insieme ogni
volta che ero libero, l'ambiente musicale mi piaceva pro-

prio: anche se non rinunciavo a portarmi dietro pistola e coltello, in quei posti ero sereno, sapevo che a nessuno di quei ragazzi importava del mio passato o del mio lavoro: condividevamo una passione e questo bastava.

Mi sentivo sempre piú lontano dal gruppo di amici veterani: continuavo a vederli un paio di volte al mese, ma non avvertivo nessun particolare legame. Quando due tristi eventi sono arrivati a segnare la compagnia, in poco tempo l'abbiamo vista sgretolarsi del tutto.

Il primo grande colpo è stata la morte di un nostro amico ricoverato all'ospedale psichiatrico: aveva aggredito un infermiere, poi era salito sul tetto e si era buttato dal quinto piano.

Dopo neanche due settimane dalla sua morte, durante un blitz della polizia finanziaria, tre nostri compagni sono stati uccisi. Gestivano insieme un piccolo traffico d'armi, li hanno crivellati col mitra fino a ridurli a un ammasso di carne e ossa senza forma, tanto che al funerale hanno dovuto tenere le bare chiuse.

Quella sera, dopo la celebrazione, un mio amico – che come me non riusciva a stare in piedi per l'alcol – mi ha detto all'orecchio che se ero d'accordo, dopo la cena in ricordo dei morti, mi avrebbe portato in un posto per rilassarci un po'. Ho pensato che intendeva la sauna (forse perché è il modo che preferisco per lasciar perdere le tensioni e il resto del mondo), quindi ho detto sí. La cena era un delirio, persone ubriache che parlavano di vivi, di morti e di altre cose, ogni tanto qualcuno si arrabbiava e gli altri cercavano di calmarlo, e poi scambiandosi le parti pure quelli si arrabbiavano, finché non venivano calmati anche loro. Sembravamo un teatro di marionette animato da una persona molto crudele.

Volevo andarmene, nell'ultima ora non avevo piú bevuto e l'effetto dell'alcol mi stava passando. Quando ho cominciato a rendermi conto di quello che succedeva in-

torno a me, mi sono sentito come dentro un quadro di
Bosch, e appena il mio amico mi ha fatto segno di seguirlo sono scappato neanche avessi alle calcagna un esercito
di demoni.

Abbiamo attraversato in macchina la città grigia e inospitale, che sembrava vuota anche quando era piena di gente. Fissando quell'enorme nulla attraverso il finestrino mi
sono addormentato due volte, svegliandomi di colpo con
il cuore che saltava fuori perché sognavo di cadere.

Quando siamo arrivati c'è voluto poco a capire che non
si trattava di una sauna, ma di una specie di casa privata
gestita da prostitute. Mi è crollato il mondo: in quei giorni non volevo avere nessun tipo di rapporto con altri esseri umani, tanto meno sessuale. Il mio amico invece era
abbastanza infervorato e cercava di trasmettermi il suo
entusiasmo con vari ammiccamenti e frasi maliziose, tipo
occhiolini e descrizioni dettagliate delle qualità delle ragazze. Per un attimo ho pensato di andarmene, ma attraversare di nuovo tutta la città a piedi o con i mezzi pubblici in
quel momento mi sembrava un'impresa impossibile, cosí
ho fatto finta di apprezzare e sono entrato con lui.

Era una vecchia casa comunale, tenuta bene, ordinata,
sembrava un albergo a gestione famigliare. Siamo saliti al
primo piano su una scala di legno scricchiolante. Nel corridoio c'era una luce gialla molto fioca, il mio amico mi ha
indicato una porta:

– Questa ragazza ti piacerà, è una tipa strana, come
te... – Cosa intendeva non gliel'ho mai chiesto, però è cosí
che mi sono sentito davanti a quella porta: strano.

Ho bussato e ho sentito dei passi, una ragazza è venuta
ad aprire ma poi si è subito nascosta in bagno. Ho chiesto
il permesso di entrare.

– Sto finendo di sviluppare delle foto, ti raggiungo fra
un secondo... – mi ha risposto una magnifica voce che aveva una melodia naturale, quasi poetica.

L'idea di trovare una prostituta con la passione della fotografia mi ha fatto riprendere un po' d'interesse per la vita.

Mi sono messo a parlare con lei, con la ragazza assente, attraverso la porta del bagno. Le chiedevo cose di nessun conto, quelle sciocchezze leggere che si tirano fuori quando non si ha voglia di fare un discorso impegnativo. E lei mi rispondeva, avvolgendomi con le parole: quello che diceva poteva anche non avere senso, bastava che continuasse a parlare. Guardavo la porta chiusa del bagno e immaginavo che solo un essere supremo e meraviglioso, della cui presenza la Terra non era degna, poteva avere una voce cosí angelica...

Dopo mezz'ora mi era passata tutta la tristezza, la stanchezza della giornata era sparita e mi sentivo acceso come un fiammifero dalla voglia di trovarmi davanti a quella magia.

Ho realizzato che mi stavo avvicinando piano al bagno, quasi senza averlo deciso. Ho aperto la porta e ho visto una ragazza di una bellezza molto ferma e calma, assoluta. Era seduta sul bordo della vasca, illuminata da una lampada rossa che faceva ombre strane in quello spazio stretto, sembrava un dipinto... Sono rimasto a fissarla.

– Entra e chiudi bene la porta, altrimenti le foto vengono male, – mi ha detto in tono tranquillo.

Mi sono messo in un angolo senza dire niente: la guardavo ipnotizzato mentre faceva il suo lavoro come se io non ci fossi, avevo paura di respirare, quasi la mia presenza potesse rovinare tutto, le foto e il momento.

Nel buio spaccato dalla luce rossa trattava i fogli con grazia e tenerezza, li metteva dentro alcune vaschette e dopo un po' li appendeva a un filo. Ogni suo movimento, anche il piú banale, mi sembrava l'espressione della bellezza di tutto il mondo concentrata in lei. Sentivo la sua energia, mi sentivo pure pizzicare la punta delle dita quando la vedevo prendere un foglio nuovo e maneggiarlo...

Piú la guardavo, piú capivo che non avevo voglia di fare sesso, volevo solo starle vicino.

– Hai mai sentito parlare delle donne-lontra? – le ho
chiesto a un certo punto, mentre lei si era fermata in un
silenzio concentrato.

– No, – ha risposto senza distogliere l'attenzione dal
suo lavoro.

– È una storia che racconta mio nonno. In un fiume in
mezzo al bosco, dice, vivono le lontre, che certe notti si
trasformano in donne perché sono stanche di portare la
pelliccia, e se le guardi mentre se la tolgono t'innamori. In
questo caso non devi fare niente, altrimenti muoiono dalla
vergogna: puoi solo guardarle finché non si rimettono la
pelliccia. Se rubi la pelliccia a una donna-lontra lei muore, e Amba, lo spirito della Taiga, prende le sembianze di
una tigre e viene a punirti.

La ragazza ha sorriso, guardandomi finalmente negli
occhi.

– È una bella storia, – ha detto. – Ma perché ti è venuta in mente?

– Mi sono sempre chiesto quale può essere lo stato d'animo di una persona innamorata di una donna-lontra. Come
ci si sente, sapendo fin dall'inizio che il tuo amore non ha
speranze, e non perché non sei ricambiato, ma per la forza della natura, perché le cose vanno in un certo modo e
nessuno può farci nulla...

Lei ha fatto un'espressione un po' sorpresa, scuotendo
appena la testa, e si è rimessa a lavorare.

Non sono andato oltre. Non c'era bisogno di spiegarle
che avevo finalmente trovato la risposta perché adesso mi
sentivo proprio cosí: ero attratto da lei e percepivo la sua
vicinanza, ma allo stesso tempo una ragione che sfiorava
la mia mente diceva che non potevo amarla. Una ragione
che portava un enorme peso di tristezza.

Cercando di non mostrare i miei sentimenti, la ascoltavo parlare di sé. Lo faceva con umiltà e dolcezza, sen-

za lo spirito di chi racconta ogni piccola stupidaggine che
lo riguarda presentandola come un principio esistenziale.
Parlava come se fosse da sola.

Si chiamava Anna, veniva da un piccolo paese vicino ai
monti Urali. Era cresciuta tra i boschi e la sua anima conteneva ancora quella parte ingenua e pulita che ha la gente
di quel mondo. Aveva una carica naturale di energia positiva che riusciva a trasmettere persino a me...

Abbiamo parlato tutta la notte di cose diverse, io le ho
raccontato soprattutto di nonno Nikolaj e del mio viaggio in Siberia; lei mi ha raccontato della sua famiglia, del
fiume che passava vicino a casa sua, dei colombi che al-
levava insieme al padre... Mi sembrava di conoscerla da
un'eternità, ma come se non mi fossi mai ricordato di lei,
e questa sensazione continuava a crescere. Ero ossessio-
nato dalla sua voce.

All'alba si è avvicinata e mi ha accarezzato la faccia, io
l'ho abbracciata e ho sentito il suo odore: mi ha fatto im-
pazzire, non sembrava umano, era qualcosa d'inspiegabile,
qualcosa che può portare solo il vento che ti passa vicino
e ti sfiora per un attimo. Abbiamo fatto l'amore e mi sentivo liberato. Non volevo andare via, siamo stati nel letto
a guardarci, stretti l'uno all'altra. Quando ci scioglievamo
dagli abbracci sembrava che si staccasse un pezzo di noi,
era una sensazione cosí bella che davanti a quella il resto
del mondo perdeva significato. Siamo rimasti cosí tutto
il giorno.

Arrivata la sera dovevo lasciarla per forza, avevo un
appuntamento importante, ma prima di uscire ho posato
cinquanta dollari sul comò, tutto quello che avevo dietro.
Anna si è alzata dal letto, ha preso i soldi e me li ha rimes-
si in mano.

Io ho cercato d'insistere, ho detto che non la stavo pagando, che quello era un aiuto o qualcosa del genere, ma
lei ha sorriso:

– Piuttosto un giorno portami da qualche parte, chia-

mami… - e mi ha dato un foglietto con su scritto a penna
il suo numero di telefono.

Mi sono sentito felice, come se la mia vita avesse preso un altro respiro.

L'appuntamento importante era con Viktor. Mi aveva chiamato un paio di giorni prima, anticipandomi che si
trattava di una «questione particolare».

Quando sono arrivato nel suo ufficio mi ha versato una
tazza di tè e ha cominciato subito con i complimenti: ormai
lavoravo nell'agenzia da piú di sei mesi e non c'erano parole sufficienti per dire quant'era contento di come si stava
comportando la mia squadra. Si è soffermato addirittura
sui particolari di alcune azioni, gustando ogni elemento
- sembrava proprio che l'ambiente operativo gli mancasse
tantissimo. Dalla piega che aveva preso il discorso si capiva che stava girando attorno a qualcosa di molto delicato,
aspettava il momento giusto, preparando il terreno per affrontare la questione che gli stava a cuore.

Io cercavo di stare sereno, non volevo mostrarmi turbato
dalle sue perfette tattiche da KGB. Per questo facevo sí con
la testa a ogni sua rievocazione delle nostre imprese. Finché,
in un istante, la sua voce non ha cambiato completamente
suono e timbro, come se parlasse attraverso un microfono
con l'effetto distorsione attivato. Ero stato colto alla sprov-
vista, ma qualcosa mi spingeva a concentrarmi sempre di piú
sulle sue parole, come una falena che si avvicina alla luce.

La distorsione dell'udito è uno dei primi sintomi di avvelenamento da tossine, stupefacenti o dosi massicce di
alcol. Il mio sguardo è caduto sulla tazza di tè: mescolare
i tranquillanti alle bevande è una tecnica banale ma sempre efficace, nei servizi segreti la usano quando bisogna
dire a un agente qualcosa che può insospettirlo o agitarlo.
La droga garantisce una migliore comprensione dell'informazione e il completo autocontrollo, eliminando il rischio
di reazioni violente.

Ho chiuso gli occhi per qualche secondo coprendomi la faccia con la mano, come se fossi stanco, ho sentito le pupille girarsi verso l'alto: un altro sintomo che poteva confermare la mia teoria. «Sta per dirmi qualcosa che non mi piacerà», pensavo cercando di restare concentrato. L'ho guardato avvicinarsi a me, fissandomi negli occhi ha cominciato a rovesciarmi addosso una marea d'informazioni, come un robot che spara parole programmate. Le sentivo entrare nel mio cervello per poi depositarsi senza incontrare resistenza: lui parlava e quello che diceva sembrava generato dalla mia mente, un'idea mia.

– Il generale Lavrov ha un figlio, un cretino poco di buono che fino a oggi si è mostrato capace solo di buttare i soldi al vento, girare per tutti i nightclub della città e piantare grane. Si droga con ogni sostanza che gli capita tra le mani, e ha tentato piú volte di fottere la compagnia petrolifera che suo padre gli ha affidato per inventargli un'occupazione. Quello stronzo è talmente stupido che non è riuscito nemmeno a rubare i soldi dalla propria banca senza farsi beccare... Bene, da oggi sei il capo della sua scorta. È stato suo padre a chiedermi di trasferirti, dunque non esiste un'alternativa: o accetti il nuovo lavoro o te ne vai. Riferirai direttamente al generale, vuole sapere tutto, ogni cosa che fa quell'idiota del figlio in ogni momento della sua vita. Da questo istante tu non sei piú parte della sezione operativa: lascia qui l'auto, il telefono cellulare, il cercapersone, le chiavi della base e i documenti che ti abbiamo dato per la copertura. In segreteria troverai una busta con le chiavi del tuo nuovo appartamento, e tutto il materiale che ti servirà per quest'incarico. Ora sei pronto, alzati e vai pure.

Avevo capito perfettamente ma non provavo nessuna emozione. Come se fossi del tutto d'accordo con Viktor. Ho salutato e sono uscito con passo da automa. Consegnandomi la busta, la segretaria mi ha offerto un bicchiere d'acqua. Ho bevuto tutto d'un fiato e ho avuto la

sensazione di riprendere a respirare: quando ho posato il
bicchiere sul tavolo avevo la testa limpida, un pacchetto
d'informazioni in mano e un nuovo lavoro che nessuno, a
parte un cretino drogato, avrebbe potuto accettare.

Tra gli agenti di sicurezza ci sono tre cose che sono con-
siderate scocciature universali: tradire il proprio cliente,
andarci a letto, indagare sulla sua famiglia. Il tradimento
prevedeva ambizioni economiche che io non avevo; ad andare a letto con un vecchio generale del KGB non sarei riuscito neppure se mi fossi reincarnato in una donna; ma le
indagini familiari, beh, quelle mi toccavano in pieno, non
c'erano dubbi... E tra tutti i legami ero costretto a mettere il naso in quello piú pericoloso: l'eterno confronto tra
un padre e un figlio.

Mi sembrava una maledetta sfortuna, non riuscivo a
credere che Viktor mi avesse preso in giro in quel modo.
Certo, potevo ancora ribellarmi, entrare nel suo ufficio
rifiutando un compito appena accettato, dire che avevo
scoperto il trucco dell'avvelenamento, solo che non ero in
una mensa scolastica dove se non ti piace il brodo non lo
mangi e lo riporti indietro... Sapevo di non avere scelta,
dovevo ingoiare la situazione e non far vedere in nessun
modo che ero sconvolto, rischiavo di perdere tutto e trovarmi per strada senza lavoro e senza protezione. Quello
che mi faceva piú male, a dire il vero, era il comportamento
di Viktor: era il capo della mia squadra, avevo grande fiducia in lui, e lui mi aveva trattato come un qualsiasi animale, drogandomi come si fa con il cane prima di portarlo in
aereo... Avevo il sospetto che se ce ne fosse stato bisogno
non ci avrebbe messo molto a farmi fuori.

Arrivato a casa mi sono preparato un *čifir*, il tè forte come lo faceva mio nonno. Ad Arkadij non piaceva,
quindi nessuno mi faceva compagnia. Ero da solo in cucina, con la tazza di tè bollente in mano e sul tavolo la
busta che dava il via al mio nuovo impiego. C'erano le
chiavi e l'indirizzo di un appartamento, un passaporto

russo, uno ucraino e un altro lituano. Un paio di fogli fitti di scrittura erano il mio nuovo passato, da imparare a memoria. Per fortuna la leggenda non era tanto lontana dalla realtà: veterano della Cecenia, cecchino, sabotatore, professionista dell'antiterrorismo islamico, già operativo nell'agenzia. Hanno aggiunto solo due particolari inventati: il primo riguardava la mia occupazione precedente, c'era scritto che ero uno dei *ličniki* del generale Lavrov, cioè un agente di sicurezza personale del primo cerchio, quelli che godono di maggior fiducia da parte delle agenzie e stanno piú vicini al cliente, diventando persino amici suoi. La seconda informazione falsa era la storia del mio trasferimento. Diceva che avevo avuto da ridire con uno dei vecchi *ličniki* del generale Lavrov, e che lui aveva deciso di togliermi di mezzo sbattendomi tra gli agenti di sicurezza del figlio. Era una mossa furba, che s'ispirava all'antica regola secondo cui «il nemico del mio nemico è mio amico».

Sul fondo della busta c'era un cellulare, l'ho acceso e subito è comparso un messaggio inviato da un numero coperto: un indirizzo, un orario, e poi solo INCONTRO CON CESARE. Nell'ambiente operativo si usano spesso nomi di re o imperatori per indicare il capo supremo: a quanto pare Lavrov voleva dirmi due parole faccia a faccia.

L'appuntamento era fissato in un locale lussuoso sulla riva della Neva, in una zona molto turistica e animata. Il generale Lavrov era accompagnato da una persona, ma dopo qualche minuto ho riconosciuto altri sei uomini della sua scorta che lo seguivano a distanza. Davanti al locale c'erano anche due macchine ferme con gli autisti al volante e i motori accesi, molto probabilmente erano sue.

Mi ha salutato con gentilezza, stringendomi la mano. Mi ha fatto impressione vederlo senza il suo costume da generale sovietico: sembrava piuttosto un docente universitario. Ci siamo seduti in mezzo alla gente, in sottofondo si sentiva un chiacchiericcio costante e una strana musica, una specie di jazz elettronico, che dava a tutto l'ambiente una voce da alveare. Nessun registratore e nessuna cimice sarebbero stati in grado di tenere una traccia chiara del discorso, a meno che non ce l'avessimo piantata nei denti. Anche l'ascolto diretto era escluso: in casi come quelli l'unica soluzione è la lettura delle labbra, ma eravamo abbastanza protetti da una serie di grate in legno ornate di rampicanti, sistemate ad arte intorno ai tavolini per creare dei piccoli privé. In piú, sapevamo entrambi che negli spazi pubblici si parla sempre masticando uno stuzzicadenti o un fiammifero, che distorce il movimento della bocca, e che bastano piccoli accorgimenti per complicare ancora di piú l'impresa: una mano sul mento, l'indice sul labbro, la testa bassa.

Lavrov sembrava molto stanco, aveva l'aria di uno che sta poco bene. Anche lui è partito dai complimenti, anche se piú generici e banali di quelli che avevo ricevuto da Viktor, ed è arrivato a una sviolinata sulla fedeltà, su quanto è bello fare le cose insieme e su quanto è meraviglioso sentirsi compagni. Quando finalmente ha finito con la propaganda marxista, mi ha allungato sul tavolo una custodia trasparente con dentro una Visa Platinum. Sulla carta c'erano i miei dati in caratteri latini e un ologramma stranissimo, una specie di stemma nobiliare rinascimentale. Il nome della banca, scritto con un font in stile gotico, non l'avevo mai sentito.

– Qui verserò la paga settimanale per il tuo nuovo lavoro, – ha detto Lavrov. Poi ha fatto una lunga pausa, impostando un'espressione comprensiva. – Sai, capisco benissimo che per te è una bella seccatura questo incarico cosí diverso e impegnativo… A dire il vero pensavo che sarebbe stato piú difficile convincerti, non mi spiego perché hai accettato…

Era probabile che il generale fosse al corrente della tecnica persuasiva del suo fedele vassallo Viktor, e che mi stesse solo mettendo alla prova, in ogni caso aveva senso dimostrargli che con me quei trucchi non servivano: soprattutto, volevo evitare che succedesse ancora. Ero una persona consapevole, io, non avevo certo bisogno di essere disattivato come una vergine con cui si vuole andare a letto.

– Perché sono stato drogato, – ho risposto guardandolo in faccia. – Ma non ha importanza, avrei accettato lo stesso. Sono un operativo e m'interessa ogni aspetto del nostro lavoro. Non mi piace essere sottovalutato, soprattutto dai miei superiori.

Lui si è fatto serio, mi osservava come se stesse cercando una somiglianza con qualcuno, e subito dopo sulla sua bocca è apparso un sorriso da Stregatto. Ha battuto le mani, giocando a sottolineare il suo disappunto:

– Ma tu dimmi! – ha esclamato. – Viktor ti ha drogato, vecchio briccone! È proprio vero che è difficile perdere le antiche abitudini... Cerca di perdonarlo, è che in questo ambiente si diventa rigidi, sospettosi, si impara a diffidare anche del tuo piú caro amico. Pensa a me: sono arrivato al punto che devo difendermi da mio figlio, sangue del mio sangue... – si è guardato intorno, accarezzando una foglia d'edera che pendeva accanto al nostro tavolino. – Sai come vivo io? Come una di queste piante, privato delle gioie personali, preoccupato soltanto di non farmi fregare a ogni angolo. Tutti i giorni ceno con le mie guardie, lavoro con i miei dipendenti, ma sono solo, non c'è nessuno con cui non abbia un legame d'interesse. È triste, molto triste...

La sua voce era cambiata, il timbro si era fatto piú basso e rilassato: sembrava sincero. Abbiamo parlato per quasi un'ora, mi ha raccontato che suo figlio era un poco di buono, un uomo di quarant'anni mai cresciuto, viziato e abituato a spassarsela a spese del padre e a combinare guai, compresi casini giudiziari che alla fine, grazie ai suoi agganci, era lui a dover risolvere.

Non l'avevo ancora incontrato e già lo odiavo abbastanza.

Lavrov lo teneva d'occhio da molto tempo: una squadra controllava tutte le sue linee telefoniche. Da come mi aveva descritto la scorta del figlio, si componeva con chiarezza l'immagine di una banda di criminali. Io, con i miei tatuaggi e l'impronta evidente di un'educazione da strada, ero l'infiltrato perfetto.

Il generale mi ha consegnato un fascicolo che conteneva una grande quantità d'informazioni, compresi i resoconti delle spese del figlio durante l'ultimo anno. Bastava un'occhiata per capire che si trattava di un imbecille vero e proprio. Aveva buttato un mare di soldi per aprire tre locali a Mosca e a San Pietroburgo, e tutti e tre erano falliti nel giro di un anno. Aveva organizzato un traffico di eroina dal Tagikistan, mettendo in piedi con i soldi del padre una raffineria in cui una squadra di studenti tagliava e confezionava la droga per i suoi spacciatori, tutto nel pieno centro di San Pietroburgo. Finito in pochi mesi nel bel mezzo di un'indagine antidroga, il bastardo non era neppure passato dalla galera: l'eroina era stata sequestrata, tanti suoi collaboratori erano finiti in carcere, ma il giovane Lavrov era rimasto al suo posto.

Il padre sentiva che non poteva permettergli di continuare cosí, ma nello stesso tempo non riusciva a privarlo del tutto dei soldi, il figlio era uno degli azionisti piú importanti del gruppo e credo che facesse anche da prestanome per certe frodi finanziarie, e che quindi disponesse di materiale scottante. La soglia di sopportazione del generale, però, era stata varcata: il cretino aveva pagato centocinquantamila dollari a un giovane capo criminale di Mosca, membro dell'ala moderna della casta del Seme nero, per comprarsi il titolo di Ladro in legge, incurante del fatto che per meritarlo era necessaria una reputazione di ferro nell'ambiente criminale. Ormai anche il mondo degli antichi fuorilegge aveva ceduto alla forza schiacciante

del consumismo, ed era affondato come la famosa corazzata Bismark.

Dopo l'incontro con Lavrov padre mi sono ritirato nella mia nuova dimora, un bilocale in centro, per cominciare ad abituarmi e per studiare il caso che mi era appena
stato affidato.

In quella casa tutto era terribilmente moderno, secondo quello che chiamiamo *evrostil*, cioè stile europeo. In
pratica si tratta di arredare un posto come se fosse finto,
una scenografia, rivestendo i muri vecchi e storti con dei
pannelli bianchi di alluminio e plastica per ricreare l'ambiente di una sala operatoria.

Nel fascicolo che il generale mi aveva consegnato c'era
anche una breve biografia del figlio scritta a mano su carta bianca, come i rapporti militari di una volta. Da buon
comunista devoto ai santi della sua religione, Lavrov l'aveva chiamato Ernst, in omaggio a Che Guevara, ma lui,
non condividendo la fede del genitore, si faceva chiamare
«Lenka» come il celebre criminale d'inizio secolo Leonid
Pantelkin. Dato che sono cresciuto in una delle piú antiche comunità criminali della Russia, posso dire che era
stata una pessima scelta: è come se un musicista a inizio
carriera prendesse il nome di un collega già noto e amato
dal pubblico... Una cosa indegna, insomma.

Ho preparato il tè e ho telefonato ad Anna: il solo sentire la sua voce mi dava un'energia difficile da descrivere.
Le ho detto che avevo un lavoro da sbrigare, ma che ci saremmo visti presto, non vedevo l'ora.

Mi sono messo seduto al tavolo per esaminare i documenti del caso Lavrov: c'erano le fotografie di tutta la
scorta di Ernst, della sua servitú, delle sue automobili,
un elenco di gioielli, orologi e telefoni, la piantina delle
sue case (una in città e una al mare), le prostitute che fre-
quentava, i posti in cui comprava la droga, il numero del
suo medico e una copia della sua cartella clinica, la rete

dei suoi legami con il mondo criminale e vari esempi delle sue giornate-tipo.

Sono rimasto a leggere tutta quella roba fino alle cinque del mattino. Il soggetto in questione non mi piaceva per niente, ma provavo come sempre una specie di godimento nel conoscere i particolari della vita degli altri. Mi affascinava il processo di acquisizione delle informazioni, l'analisi e le ipotesi di sviluppo dei diversi scenari, la previsione di quel che può accadere... Applicare questi ragionamenti in ambito operativo è un'arte in qualche modo simile a quella dei tatuaggi siberiani: si guarda alla vita di una persona, poi si elabora, si sintetizza, si trasforma, e alla fine la si rappresenta in un singolo disegno.

Da quello che leggevo sulla situazione di Ernst Lavrov, mi si apriva il triste quadro di un individuo confuso, affetto da una profonda crisi di personalità, comunque incapace di apprezzare la propria fortuna, e che a causa di un trauma infantile o magari per un semplice vuoto di educazione odiava la fonte da cui dipendeva la sua stessa vita.

Il giorno dopo mi sono presentato a casa di Ernst, poco lontano dal mio nuovo appartamento, per ufficializzare l'inizio del mio lavoro. Abitava in una vecchia palazzina di quattro piani, interamente occupata da lui e dalle persone che lavoravano per lui; ho parcheggiato la mia macchina nel cortile interno e una donna sui trent'anni mi ha accompagnato fino all'ufficio del capo.

Ernst Lavrov era seduto alla scrivania in una posa da criminale, o meglio, nella posa in cui di solito immagina un criminale chi non ne ha mai visto uno: aveva l'espressione storta apposta, come se gli si fossero rivoltati i muscoli del collo e della faccia. Stava spegnendo una canna dentro un posacenere massiccio (l'odore di erba si sentiva già dal corridoio), indossava un completo da sera abbastanza elegante ed era tutto ingioiellato: un Rolex con diamanti, una catena d'oro attorcigliata in modo bestiale sotto il colletto della camicia, vistosi anelli alle mani. Sulla scrivania un mazzo di dollari lasciato lí come se da un momento all'altro volesse usarlo per fare spessore e stabilizzare un tavolo traballante.

Ci eravamo appena presentati quando mi ha chiesto:

– Ho sentito che sei cresciuto tra i criminali, e a quanto pare sei anche stato dentro... Lo sai che io sono un Ladro in legge?

Avevo l'impressione che cercasse di difendersi, di dimostrarmi che era lui a gestire la situazione: nonostante il mio curriculum ero pur sempre un dipendente di suo padre. La sera precedente, mentre studiavo il fascicolo, avevo già deciso di trattarlo con durezza. Era un bambino che testava con la prepotenza la resistenza dei suoi giocattoli. Per questo ho messo su l'aria strafottente e ho risposto con parecchia cattiveria nella voce, per fargli capire che lui per me era solo una seccatura:

– Con il dovuto rispetto, non me ne frega un cazzo di quello che sei: tuo padre è il mio datore di lavoro e io sono un professionista, lui mi paga per dirigere la tua scorta e io faccio quello che mi chiede. Se ci tieni al mio parere sui tuoi titoli criminali comprati, credo sia ridicolo che uno ricco sfondato come te si dichiari Ladro in legge. In carcere ci sono stato per davvero e nel mondo criminale ci sono nato e cresciuto, e credimi, mi sono impegnato con tutte le mie forze per uscirne, perché già da piccolo non ne potevo piú di quella merda. Quindi fammi un favore, con me lascia perdere questi discorsi, e io farò in modo che nessuno ti ammazzi: se mi hanno mandato qui è perché sanno qualcosa che tu non sai, e che non so neanch'io, e sono abbastanza incazzato perché mi trovo nel bel mezzo della vostra merda senza che nessuno mi spieghi niente, mi trattano come un qualsiasi schiavo sbattuto da una piantagione all'altra... Ho accettato il lavoro ma lo faccio a modo mio, non tollero ciò che non posso controllare e sicuramente romperò le palle a tutti i tuoi agenti e anche

a te, quindi pensaci bene: se non mi vuoi come caposcorta
è il momento giusto per dirlo…

Ernst se n'è stato zitto, giocando a spingere con le dita
il mazzo di banconote sulla superficie liscia della scrivania. Il suo silenzio spiegava molto: non gli piacevo, la mia
presenza lo disturbava, ma nonostante questo non osava
mandarmi via, perché in fondo temeva suo padre, e se il
mio impiego nella sua scorta era una decisione del vecchio,
lui la accettava anche contro i propri interessi.

– Bene, – ho detto interrompendo il silenzio, – allora
confermo la mia disponibilità. Ma ti avverto, se vedo qualche storia strana, ti giuro, conoscerai il mio lato peggiore.
Se ti serve un criminale domestico cercatene uno per strada, vedrai che non ci metti molto a trovare un volontario
disposto a occupare questo bel palazzo…

Il mio discorso stava funzionando alla grande, Ernst
guardava il pavimento con l'aria di chi aveva smarrito qualcosa, sembrava uno di quei pesci d'acquario che si fermano davanti al vetro cosí a lungo, immobili, da sembrare
pietrificati. Improvvisamente si è animato e ha indicato il
tatuaggio che mi spuntava dal colletto della camicia:

– Quello l'hai fatto quand'eri dentro?

Ho sbuffato, come se mi desse fastidio rispondere a
quel tipo di domande ma insieme stessi cedendo alla sua
curiosità. È una tattica che di solito funziona bene con i
bambini: prima li critichi, loro si sentono in colpa e il tuo
comportamento duro li incuriosisce, cosí provano ancora
a relazionarsi con te, manifestando il loro interesse e assumendo una posizione sottomessa. Un gioco psicologico
banale, perché sembrare duri è molto piú semplice che sembrare deboli o tolleranti. Ernst aveva abboccato.

– Qualcuno l'ho fatto dentro, qualcuno fuori, non ha
importanza…

– Già… – Poi, dopo una pausa, temendo che la conversazione fosse finita, ha continuato. – E come mai ti hanno
messo dentro?

Si comportava da vero *baklan*[1], faceva le stesse domande che avrebbe fatto un poliziotto... La storia di una persona se sei capace la leggi nei tatuaggi, altrimenti stai zitto e cerchi d'imparare osservando. «È terribile, – pensavo, – questo individuo è un'autorità nella comunità criminale dell'intero Paese... Ecco un esempio del degrado russo! Visto che ha pagato, però, potevano almeno includere nel prezzo un manuale, un riassunto delle regole piú importanti, cosí si evitava certe figure di merda in giro...»

– «Tentato omicidio con gravi conseguenze», – ho detto in totale sincerità, – mi hanno sbattuto in un carcere minorile di massima sicurezza, un'invenzione della cricca dei politici transnistriani, un posto cosí di merda che neanche ai tempi del regime sovietico ci avevano pensato... Ci sono stato due volte, poi ho promesso a me stesso che non sarebbe successo mai piú, il carcere è una perdita di tempo. E ti dirò una cosa: anche la comunità criminale è una perdita di tempo, non è piú quella dei nostri vecchi...

Mi ha sorriso con leggero disprezzo:

– Tentato omicidio... È una cosa da stupido Urca... Noi Ladri invece non uccidiamo mai, i nostri metodi sono piú sottili...

Il discorso si stava trasformando in una gara tra bambini, del tipo «chi riesce a pisciare sul punto piú alto del muro». Ernst «Lenka» Lavrov si sentiva davvero un'autorità criminale, e aveva quella grinta che di solito hanno tutti i membri della malavita prima di finire in una cella comune di qualche carcere provvisorio imbottito con la feccia della società, uno di quei posti in cui se sei fortunato riesci a mangiare un giorno su tre, e a fare i tuoi bisogni una volta a settimana. Quando passi lí un po' di tempo, con il corpo pieno di pustole sanguinanti e i reni che esplodono, impari in fretta a ridimensionare la tua visione del mondo...

---

[1] Nome dispregiativo con cui vengono chiamati coloro che non rispettano le norme che regolano il comportamento tra criminali.

La prima cosa che distingue un criminale vero da uno improvvisato è l'educazione: un criminale vero non offende mai nessuno, neanche un nemico, prima di ammazzarlo lo tratta con gentilezza e gli augura ogni bene. Ernst aveva usato il termine «Urca» in senso offensivo, perché quando i comunisti sono arrivati al potere i criminali siberiani di quella casta sono stati i loro peggiori nemici, e i comunisti li hanno combattuti con le loro armi preferite, calunnia e diffamazione: li hanno dipinti come pazzi assetati di sangue, incivili, e alla fine il nome «Urca» è diventato un insulto.

Ho risposto con calma, per far capire al mio interlocutore che di leggi criminali ne sapevo molto piú di lui:

– Certo, solo gli Urca uccidono, come no, una canzone già sentita. Invece i Ladri sono gentiluomini, amano le loro madri e rispettano le signore, vero? Però so che i Ladri, oltre a non uccidere, fanno anche la promessa di non uscire mai dal carcere, è la loro casa, prima dell'incoronazione ripudiano la famiglia, non hanno legami di amicizia né di amore, e cedono tutti i loro averi alla cassa comune del carcere in cui vivono... Il Ladro non accetta gli accordi con la polizia, ed è anche un autentico omosessuale, perché riceve volentieri i servizi dei ragazzi costretti a prostituirsi in cella... Ti risulta tutto questo? No? La verità è che Ladro in legge è un termine morto, perché nessuno lo è mai stato fino in fondo.

Lui mi ascoltava con attenzione, come se stesse gustando le mie parole: era proprio uno di quei cretini che vedono nel mondo criminale un'esperienza romantica e affascinante, una specie di lavoro creativo.

– Arrivi da una comunità troppo vecchia, – ha detto, – ormai il nostro ambiente è cambiato... Oggi un criminale è un'altra cosa, il carcere non serve a niente, ci vanno solo i poveracci che non hanno gli agganci giusti... Io non ci ho mai messo piede e ne vado fiero.

Per un discorso come questo, dove sono cresciuto io, l'erede della dinastia Lavrov sarebbe già saltato sulla lama...

– Senti, ho poco piú di vent'anni e tu hai già passato i quaranta, mi sembra assurdo che debba spiegarti io come si vive. Sei libero di agire secondo le tue abitudini, ma io sono qui per un motivo strettamente legato alla tua sicurezza, e per me è fondamentale che non ti capiti niente di brutto, perciò meglio se impariamo a tollerare le nostre differenze, mi spiego?

Se all'inizio Ernst mi aveva visto come un fastidio, ora mi odiava. Si sentiva umiliato, e in effetti ne aveva tutti i motivi. Ormai eravamo in pieno braccio di ferro verbale e la nostra conversazione poteva durare all'infinito, cosí ho preferito ritirarmi e gli ho chiesto di accompagnarmi nell'ufficio del caposcorta.

La stanza non era grande, una scrivania con il computer, una libreria e il bagno privato. L'ho chiusa a chiave dopo un'occhiata veloce e sono andato a trovare gli agenti di scorta.

Il loro appartamento sembrava una stanza d'albergo incasinata. Erano otto, ma tre non si facevano mai vedere: erano i criminali che avevano aiutato Ernst a procurarsi la nomina di Ladro in legge, e lui in cambio li aveva assunti con uno stipendio altissimo e nessun obbligo. Mi sono presentato agli agenti, che mi hanno accolto senza stupore, ma anche senza interesse. Abbiamo bevuto un tè facendo una chiacchierata insignificante, giusto per capire come dovevamo impostare i rapporti. Ho chiarito che non volevo rivoluzionare il loro modo di lavorare, ma che tenevo alla sicurezza di Ernst perché il generale era molto preoccupato per lui. Non hanno fatto una piega, si limitavano ad annuire: probabilmente Ernst li aveva messi in guardia prima del mio arrivo, invitandoli a comportarsi umilmente per non far arrabbiare suo padre. Osservavo il modo in cui condividevano gli spazi, la gestualità e il lessico, la maniera di portare gli abiti, e tutto mi diceva che mi toccava dirigere un gruppo di banditi comuni. Mi è bastato stabilire alcuni dettagli organizzativi riguardo le uscite successive per capire che nessuno di loro conosceva le tattiche di sicurezza: non avevano un piano, una procedura da seguire, non avevano mai fatto pratica con le armi da fuoco (solo uno di loro aveva un'arma decente, una Glock, gli altri portavano addosso delle vecchie Makarov) e non sapevano neppure come verificare la presenza di esplosivi su una macchina. Semplicemente andavano insieme dappertutto, con due o tre macchine, come fa una qualsiasi banda. Non aveva senso imporgli il manuale da perfetto agente, non sarebbero stati in grado di mettere in pratica neppure un decimo delle regole... Era meglio convivere con i loro metodi, dopotutto se in tanti anni non era mai successo niente, voleva dire che in qualche modo Ernst e i suoi uomini riuscivano a tenere lontana la cattiva sorte – oppure, molto piú probabilmente, nessuno aveva mai provato a ucciderli.

La prima settimana è stata tragica. Li odiavo già tutti e nei momenti di riposo mi consolavo immaginando di farli fuori uno per uno. Erano pagliacci prepotenti, e mi trattavano come il bambino che porti in gita per fargli vedere posti sconosciuti. Il settimo giorno ho mandato un rapporto al generale, e dopo qualche ora ho ricevuto un suo messaggio: OTTIMO! AVANTI COSÍ!

Poco a poco entravo in confidenza con Ernst, era convinto di conquistarmi con i suoi giri di denaro e la sua aria da criminale fortunato e furbo. Durante la seconda settimana di lavoro mi ha regalato un Rolex e una pesante catena d'oro, alla fine della terza settimana siamo andati tutti in sauna: dopo aver visto i miei tatuaggi i ragazzi della scorta hanno cominciato a guardarmi con piú rispetto. Alcuni di loro hanno preso a chiamarmi *koreš*, che è il modo con cui nella tradizione criminale si chiama una persona particolarmente vicina, un amico buono, finché mi hanno chiesto qual era il mio soprannome criminale, e da allora per tutti loro sono diventato semplicemente «Kolima».

Ormai non provavano nemmeno a nascondermi i loro traffici: sotto i miei occhi passavano valigie piene di soldi veri e falsi, pacchi di eroina, oro, gemme, macchine di lusso rubate e piazzate nei saloni piú prestigiosi del Paese.

Intanto i rapporti settimanali che continuavo a mandare al generale sembravano non sortire alcun effetto: per le cose che gli raccontavo sarebbe già dovuto intervenire decine di volte, ma lui niente, nessun ordine oltre a quello di monitorare le attività di Ernst e della sua banda. Mi sentivo male, ciò che vedevo appesantiva la mia esistenza: per guadagnarmi lo stipendio ero entrato in una realtà deprimente, avevo a che fare ogni giorno con quella che mio nonno chiamava «la fine dell'umanità», «la realtà corrotta dal diavolo», il luogo in cui l'anima diventa piú buia della notte senza luna e tutte le umane miserie danzano come i serpenti attratti dal flauto incantatore.

Il mio unico rifugio era Anna, cercavo di vederla appena potevo. Stare con lei mi faceva sentire veramente in pace, calmava tutte le mie agitazioni, mi dava serenità, ripristinava la fiducia nella vita che il giovane Lavrov mi toglieva. Il mio non era semplice amore carnale, e nemmeno un sentimento tipicamente romantico: era qualcosa che aveva a che fare con la fede, come se quella donna potesse significare la salvezza. Mi sembrava che fosse la parte buona di me, quella luminosa.

A volte – cercando di analizzare i miei sentimenti e riflettendo sulla nostra relazione – arrivavo alla conclusione che il nostro incontro fosse parte di un grazioso progetto divino pensato per restituirmi tutto quello che da sempre mi mancava: dopo anni di sfortune e dure prove del destino Anna era la persona con cui sarei stato capace di costruire una famiglia. Il tempo passato insieme era una magia, una realtà parallela al di sopra del tempo stesso.

Andavo da lei come si va a casa, uscivamo insieme, giravamo per la città, parlavamo, la chiamavo spesso per sapere come stava, mi accorgevo che senza volerlo mi preoccupavo per lei. Quando mi capitava di passare la notte fuori per via di Ernst, qualche volta mi chiamava dicendo che aveva fatto un brutto sogno e temeva che mi fosse successo qualcosa. Allora correvo a casa sua il prima possibile, e lei, appena mi vedeva, si metteva a piangere e a sorridere contemporaneamente, e io capivo che per essere felici bastava stare insieme.

Si addormentava con la testa sul mio petto, stringendomi la mano, io le accarezzavo i capelli e lei mi massaggiava la schiena e la testa, come piace a me... Accidenti, a volte sembravamo una vera coppia, *eravamo* una coppia.

Non ci facevamo troppe domande e non pensavamo al futuro, ogni tanto riuscivo a scappare dal lavoro per un paio di giorni e la portavo in un paesino dove il padre di un mio amico aveva un po' di bosco. Stavamo in una bella isba da soli, senza vedere né sentire nessuno, come se vivessimo cosí da sempre. Lei si trasformava, già dopo un'ora che stavamo lí sembrava un'altra persona, la sua faccia era piú luminosa, gli occhi diventavano profondi e brillanti. Facevamo lunghe passeggiate fino al fiume; ci tuffavamo e stavamo insieme nell'acqua, nudi come ci ha fatto la mamma, galleggiando per delle ore, e ci sentivamo bene...

Di sera stavamo davanti al camino, Anna mi leggeva a voce alta *Il cielo non ha preferenze* di Remarque, e mentre la ascoltavo volevo saltare dalla gioia. Poi ci addormentavamo accompagnati dal rumore dei ciocchi di legno che si spaccavano nel fuoco. Il suo respiro era costante, tranquillo, di notte la osservavo a lungo mentre dormiva, aveva un mezzo sorriso sul volto.

Il mio lavoro da Ernst diventava sempre piú pesante e rischioso, inserirsi nella sua scorta voleva dire finire nella

rete dei suoi affari. Il generale non reagiva e intanto succedeva di tutto: era arrivato un enorme carico di cocaina
proveniente dalla Colombia, nascosta dentro i barattoli di
polpa e succo d'ananas, e da quel momento il bastardo e
i suoi amici hanno preso a tirare quella merda in quantità
industriale, si sentivano super potenti, non volevano dormire e molto presto hanno cominciato a schizzare. Uno di
loro si è messo a sparare in un locale pieno perché gli sembrava che qualcuno lo perseguitasse, ferendo – per fortuna leggermente – una ragazza e un ragazzo che non c'entravano nulla. Poi c'è stato un incidente in macchina: due
della scorta sono finiti in carcere e altri due sono morti, al
loro posto sono arrivate nuove facce da galera di cui ormai
non mi sorprendevo piú.

Erano passati quattro mesi da quando ero entrato come
spia nella squadra di Ernst, era un venerdí notte e l'erede
Lavrov aveva deciso di passarlo nel privé di una discoteca
frequentata principalmente da ragazzini, dove le cubiste
avevano tredici-quattordici anni e ballavano nude e un po'
pornografiche. Ernst amava quel posto, piazzava la droga
con la complicità del proprietario e gli aveva anche dato una mano in un traffico di auto di lusso. Quel venerdí
persino il privé era strapieno, c'era un grande gruppo di
stranieri accompagnati dai loro colleghi russi, funzionari
di banca o qualcosa del genere, che ammiravano le bam-
bine dietro la parete di vetro. Con la scusa delle tattiche
avanzate di sicurezza me ne stavo in disparte come facevo
sempre, in realtà non sopportavo la loro vicinanza. Ernst
aveva sistemato sul tavolo una decina di piste di cocaina,
poi ha tirato fuori una banconota da cento dollari, l'ha ar-
rotolata, se l'è infilata nella narice e con due brevi scatti
ha tirato due strisce. A quel punto ha passato la preziosa
cannuccia a uno dei suoi scagnozzi. Faceva tutto in modo
plateale, voleva essere guardato: era imbarazzante. Mi è
toccato avvicinarmi.

– Forse è meglio se queste cose le organizzi con un po'
piú di riservatezza, – gli ho detto nell'orecchio.
Lui si è limitato a sbuffare. Tutto mi diceva che stava
per capitare qualcosa.

La serata andava avanti, hanno bevuto una bottiglia di
vodka e poi Ernst ha chiamato un uomo che lavorava nel
locale, gli ha indicato qualcosa dietro il vetro. L'uomo ha
risposto con un gesto di disapprovazione, come se non riuscisse a capire, si sono detti qualche altra parola e alla fine il tipo è entrato nell'area della discoteca. L'ho seguito
con lo sguardo mentre faceva il giro della sala, per qualche
momento è sparito in mezzo alla gente che ballava, poi è
ricomparso accompagnato da una bambina che avrà avuto sí e no dodici anni. Era vestita con una maglia colorata molto stretta e una gonna corta, di quelle che portano
tutte le ragazzine perché sono di moda: quei vestiti pre-
maturi evidenziano il corpo infantile, le forme per niente
sviluppate, si nota solo la magrezza che di solito accom-
pagna l'inizio dell'adolescenza. Aveva qualche segno di
trucco e i capelli biondi raccolti in due code, e una piccola
borsa che teneva agganciata alla spalla. Guardavo quella
scena assurda e non ci potevo credere, mi sono venute le
vertigini. La ragazzina sembrava non aver capito, fissava
il tipo del locale con aria stupita, poi ha fatto un gesto negativo, tagliando con la mano l'aria davanti al petto, ed è
sparita di corsa in mezzo alla folla.

Poco dopo l'uomo si è presentato da Ernst con un'altra
ragazza, dall'aria piú matura. Ho riconosciuto una delle
cubiste, l'avevo notata prima mentre con una «collega»
ballava all'interno di una piccola gabbia, erano mezze nude e si versavano addosso un liquido fosforescente pieno di brillantini. Il suo corpo era ancora tutto rilucente e
aveva i capelli appiccicaticci. Sembrava molto tranquilla
e d'accordo su tutto. Ma appena Ernst l'ha messa a fuoco
si è alzato e ha dato al tizio della discoteca una spinta cosí
forte che l'ha fatto cadere. Mi sono avvicinato, la ragazza

era spaventata ed Ernst l'ha presa per il collo e con violenza l'ha lanciata addosso a uno dei suoi scagnozzi. Era furioso, urlava offese e minacce contro tutti, poi ha fatto segno a uno dei suoi ed è entrato con lui nell'area della discoteca. Dopo qualche minuto l'ho visto con l'espressione arrabbiatissima, trascinava per i capelli la ragazzina che prima aveva rifiutato la sua offerta. Quando li ho avuti piú vicini mi sono accorto che lei aveva sulla faccia il segno rosso di una sberla fresca. Era cosí sconvolta che non riusciva nemmeno a piangere. Sono partito verso Ernst e l'ho seguito sulla scala che portava al secondo piano, quello degli «appartamenti», stanzette arredate con letti rotondi, specchi e tende pesanti impregnate di odori. Si era messo la bambina su una spalla, sembrava una bestia già morta. Appena l'ho raggiunto e gli ho poggiato una mano sull'altra spalla è comparso uno dei suoi tirapiedi e mi ha dato una botta sul naso. Sono svenuto all'istante: un vero colpo da pugile.

Una sberla mi ha bruciato la guancia, ho sentito una musica terribile sparata a tutto volume: stavo lentamente riprendendo i sensi, pensavo di essere ancora in discoteca, invece ero sul sedile posteriore della macchina di Ernst, e vicino a me c'era la ragazzina, cosciente ma in stato di shock. Aveva i polsi e le caviglie legati con strisce di nastro adesivo, e un'altra striscia le copriva la bocca. Metà della faccia era occupata da un livido, sotto l'occhio e sullo zigomo c'erano i tagli provocati dai numerosi anelli che Ernst portava su entrambe le mani. La gonna sollevata metteva in mostra i genitali infantili sporchi di sangue, c'era sangue anche sulle sue cosce magre e sul sedile della macchina. Era abbastanza per capire che si trattava di un trauma serio, aveva bisogno di cure mediche.

La macchina era ferma con i fari accesi, intorno a noi si scorgevano soltanto alberi. Dovevamo esserci fermati nel bosco, ma non troppo lontano dall'autostrada, perché ogni tanto un fascio di luce illuminava veloce lo spazio tra i tronchi. Ernst era seduto davanti, sul lato del passeggero, ed era tutto intento a tirare una minuscola pista di cocaina dalla carta di credito. Accanto a me, fuori dalla macchina, il bastardo che mi aveva spento se ne stava appeso come una scimmia allo sportello aperto. Mi sorrideva con prepotenza, contento di avermi rifilato, dopo il pugno in faccia, anche lo schiaffo del risveglio.

Mi sono mosso con la testa e subito ho sentito molto male nella zona degli occhi, mi sono toccato il naso: era rotto. Con una mano ho controllato le tasche, sembrava che non mancasse niente: telefono, chiavi, documenti, i miei guanti tattici leggeri, una piccola torcia. Ma soprattutto nessuno mi aveva tolto la pistola e il coltello, e questo significava che Ernst non aveva giudicato troppo severamente il mio tentativo di liberare la ragazzina: la mia «dignità criminale» era salva. Ho tirato fuori la chiave di casa, l'ho avvolta dentro un fazzoletto e me la sono infilata nella narice destra. Ho sentito le ossa del naso muoversi come la crosta croccante della crema catalana quando la tocchi con il cucchiaio. Ho spinto con la chiave dall'interno, premendo insieme dall'esterno con il dito, poi ho fatto lo stesso con l'altra narice. Ernst ha abbassato il volume dell'autoradio, scrutandomi dallo specchietto retrovisore.

– Non fare piú lo stronzo con me, – ha detto in tono di comando. – Io non sono mio padre, se mi fai incazzare non ti sposto da qualche altra parte e nemmeno ti licenzio: ti faccio sparire e basta. Adesso ti lascio questa macchina e tu fai una cosetta per me, per riguadagnarti la mia fiducia... Ti affido la puttanella, che ne dici? La porti nel bosco, la fai fuori e trovi il modo di liberarti del corpo. Poi, quando avrai finito, mi riporti la macchina, e io non solo non ti faccio secco, ma ti pago anche diecimila dollari.

Sono rimasto zitto a lungo, oscillando con lo sguardo tra Ernst e la ragazzina. Sapevo di dover dire qualcosa, accettare il compito, ma mi sentivo vuoto e lontano, e piú il tempo passava piú la faccia di Ernst si riempiva di rabbia e stupore.

Da fuori, Pugile si è chinato verso di me e mi ha teso la mano:

– Scusa se te l'ho data troppo forte, Kolima... Al capo non piace quando lo interrompono sul piú bello. Lo conosci ancora poco, si vede, ma ti conviene prenderlo sul serio...

La sua voce mi ha rianimato il cervello e ho capito che dovevo fare tutto il possibile per sopravvivere. Gli ho stretto la mano, tranquillo, come se tutto quello che era successo fosse una faccenda normalissima:

– Ci sei andato giú pesante, cazzo, mi hai rotto il naso. Comunque non volevo fermarlo, volevo solo convincerlo a portare questa puttana da qualche altra parte, fuori dal locale. Era pieno di gente, e la gente vede e parla...

Pugile ci ha pensato un po' e mi ha risposto sussurrando:

– Hai ragione, prima o poi Lenka ci trascinerà nella merda, ma è il capo, spetta a lui dirigere la parata... Mi raccomando, non fare cazzate adesso.

Stavo per rispondergli quando Ernst ha aperto di scatto lo sportello ed è schizzato giú dalla macchina, bestemmiando e urlando come se avesse appena scoperto un complotto ai suoi danni.

– Che cazzo avete da parlare voi due? Dovete stare zitti e obbedire, figli di puttana!

Non so se era colpa della rabbia o se la cocaina gli era entrata in gola, ma faceva smorfie strane e storpiava le parole. In ogni caso era chiaro che non gli piaceva per niente il modo in cui io e il suo compare avevamo valutato le sue doti da organizzatore di affari criminali. È rimasto per un istante di fronte a Pugile, fissandolo con la faccia storta e il collo che pulsava di tensione, e senza alcun preavviso gli ha tirato un pugno. Pugile l'ha schivato con una mossa da professionista e la mano di Ernst, lanciata a tutta forza, si è piantata contro la carrozzeria con un rumore di lattina accartocciata. Mentre Ernst scuoteva la mano con un grido straziante, Pugile ha pensato di allontanarsi di qualche passo e ritirarsi nel solito ruolo: la sua figura, che prima per istinto aveva assunto la posizione da combattimento, con i pugni vicini tenuti ad altezza petto, ora si modellava in forma di schiavo sottomesso – spalle curve, braccia molli, collo chinato, sguardo corto e implorante. Aveva addirittura piegato le ginocchia, come se volesse sembrare piú basso. L'aria di falsità emanata da quella trasformazione stava alimentando l'odio di Ernst, che tentava di penetrarlo con lo sguardo annebbiato dalla droga e intanto sbuffava dalle narici come un toro pronto a caricare. Quando Pugile ha fatto un tentativo di sorriso – una scena talmente penosa che mi sono dovuto girare dall'altra parte – Ernst ha ricominciato a gridare:

– Brutti stronzi, vi siete dimenticati con chi avete a che fare? Cazzo! Caaazzooo! Mi prendete per il culo!

Nella sua voce c'erano furia e disperazione, aveva il tono dei bambini che litigano per una sciocchezza come se fosse questione di vita o di morte. Solo che, qui, la vita e la morte c'entravano davvero: scosso dall'urlo di Ernst mi sono girato a guardarlo e ho visto che puntava la pistola contro Pugile. Non ho avuto il tempo di elaborare un pensiero: ho visto il lampo accecante del fuoco e ho sentito la testa stretta in una morsa. Un istante dopo il corpo di Pugile appariva come una macchia nera sulla terra semibuia. Il proiettile sparato a bruciapelo lo aveva ucciso all'istante: nessun lamento, nessun ultimo respiro, solo la tecno delirante che usciva dallo stereo e volava nell'aria fresca della notte, assorbita dal bosco. Adesso Ernst stava puntando la sua pistola contro di me:

– Prova a dire qualcosa e ti sparo come un cane bastardo! Hai capito?

L'ho guardato con estrema serietà e ho fatto un segno affermativo, cercavo di mantenere la calma.

– Bravo, lo sapevo: voi capite solo questi metodi… Ascoltami bene, ora ti porti via questo coglione e lo fai sparire insieme alla puttana. Tieni sempre a mente che appena mi stanco delle tue cazzate finisci come lui, se vivi o se muori lo decido io… – ha tirato su col naso rumorosamente. – Ti conviene imparare a portare rispetto.

Con un gesto di stizza, ha buttato la pistola ancora calda sul corpo di Pugile.

Ernst ormai era andato, avevo perso ogni speranza di ragionare con lui, quindi mi sono comportato come mi ha insegnato a fare mio nonno in situazioni simili: ho accettato tutto quello che mi diceva senza mostrare la minima opposizione, lasciandomi scivolare addosso le sue parole mentre con la coda dell'occhio osservavo la ragazzina, e con il pensiero immaginavo il piano per portarla in salvo. Era come se i suoi nervi si fossero innestati nei miei, avvertivo la sua paura, la sua sofferenza e la sua disperazione. Non aveva senso ma mi sentivo in colpa, dovevo aiutarla a tutti i costi.

Ernst si è diretto verso una delle altre macchine con il passo supponente di chi si crede Dio, seguito dall'autista. Ho tenuto gli occhi bassi, ho sentito gli sportelli che sbattevano, l'accensione dei motori, ho percepito lo spostamento di luci. Appena i due fuoristrada mi sono sfilati di fianco ho allungato un braccio tra i sedili e ho spento la musica e i fari. Ero rimasto solo, con una ragazzina che era appena stata violentata, un cadavere con un buco nel petto e la pistola con cui era stato commeso l'omicidio.

Per qualche minuto ho continuato a respirare immobile, con gli occhi chiusi, cercando di fare ordine nella grandinata di pensieri che mi bombardava la testa, poi ho raccolto una bottiglia d'acqua quasi piena che stava sul fondo della macchina, sono uscito e me la sono svuotata addosso. Da quel momento per me è cominciato il conto alla rovescia, avevo tutto il piano in mente ma dovevo essere calmo e metodico: mi stavo giocando la vita.

Per prima cosa dovevo disfarmi del corpo di Pugile, e solo a quel punto mi sarei occupato della ragazzina. Tanto, prima o dopo, le mie chiacchiere non le avrebbero dato nessun sollievo.

Ho perquisito il cadavere (gli ho preso telefono, documenti e portafoglio) e gli ho messo in tasca la pistola di contrabbando che aveva usato Ernst, poi l'ho spostato trascinandomelo dietro per i piedi, tenendo il manico della torcia tra i denti per illuminare la strada e contando i passi, finché ho trovato un cespuglio piuttosto grande che mi sembrava adatto a nascondere il corpo. Mentre tornavo alla macchina ho passato piano un polpastrello sul mio naso rotto, pensando a quant'è strano a volte il destino: Pugile mi aveva colpito per difendere Ernst, ed era stato proprio Ernst a farlo fuori.

Quando ho tagliato il nastro adesivo, la ragazzina non ha avuto nessuna reazione: continuava a tenere i polsi uniti come se fossero ancora legati e non cambiava posizione sul sedile. Puntavo verso l'autostrada, e intanto le spiegavo che non l'avrei certo ammazzata né seppellita nel bosco, che degli ordini di Ernst me ne fottevo, ma sembrava che non riuscisse a decifrare le mie parole. Teneva gli occhi chiusi come se in ogni momento si aspettasse di essere picchiata, era un gomitolino di nervi stretti gli uni sugli altri. Ho pensato che era meglio smetterla, restare in silenzio. Mentre guidavo, con una mano ho smontato il mio telefono perché non fosse possibile rintracciarmi.

Ho portato la ragazzina in un ospedale privato, affidandola a un dottore che conoscevo, un ex militare in gamba, dandogli tutti i soldi che avevo insieme a quelli trovati nel portafoglio di Pugile. Ho raccontato al medico che l'avevo raccolta per strada, che non sapevo niente di lei, lui mi ha guardato con disapprovazione, ma non ha fatto domande.

Quando sono entrato a casa mia, quella vera, Arkadij russava come un treno a vapore. Mi sono fatto una doccia calda, ho preso dalla mia armeria un Kalašnikov con il mirino ottico e due caricatori pieni, ho messo tutto nel bagagliaio della macchina di Ernst e sono partito per la dimora del generale Lavrov.

Quando sono arrivato erano le sei di mattina. Ho consegnato alle guardie l'arma di contrabbando, dicendo che era una prova che faceva parte del caso che portavo avanti, e ho chiesto di vedere il generale.

Dopo mezz'ora ero nel suo ufficio, in silenzio, mentre lui osservava il fucile che adesso si trovava sulla sua scrivania.

– È proprio quello che penso? – ha chiesto con preoccupazione. Per uno come lui, abituato a convivere con l'idea di essere un obiettivo sensibile, un fucile d'assalto con cannocchiale – per di piú consegnato di prima mattina da un agente operativo incaricato di tenere d'occhio il figlio scapestrato – non aveva bisogno di troppe spiegazioni. Nella sua testa da generale prendeva già forma un'ipotesi molto simile a quella che di lí a poco avrebbe prospettato la mia messa in scena. Il germoglio della calunnia che gli avevo piantato nell'animo cresceva a una velocità innaturale. O, almeno, io questo speravo.

Ho fatto un respiro profondo e ho risposto tentando di tenere calma la voce:

– Signor generale, stamattina, attorno alle tre, ho ricevuto da suo figlio l'ordine di eliminarla fisicamente. Mi ha dato una macchina e questo fucile, e una persona con l'incarico di seguirmi e controllare le mie mosse. Ho ucciso quell'uomo sparandogli nel petto e ho nascosto il suo cadavere e l'arma nel bosco vicino all'autostrada. Non sono venuto subito da lei perché volevo assicurarmi di non essere seguito... – ho preso fiato, ma senza lasciargli il tempo d'intervenire. – Suo figlio è impazzito del tutto, l'ultima

settimana si è drogato continuamente e a un certo punto
se l'è presa con lei, ha cominciato a studiare il piano per
eliminarla, per appropriarsi dei suoi soldi. Non riesco piú
a svolgere i miei compiti, e non so come uscire da questa
situazione.

Mente parlavo il generale aveva estratto una cartuccia dal caricatore e la osservava con interesse. Aveva gli
occhi larghi, come se una mano invisibile lo stesse stroz-
zando: a ogni mia parola lo vedevo diventare piú vecchio e fragile. Quando ho finito ha sollevato lo sguardo
dalla cartuccia e mi ha fissato per un po', sembrava non
mi riconoscesse. Poi all'improvviso si è scosso, ha preso
la sedia e si è messo di fronte a me con l'espressione di
nuovo potente. Mi ha stretto le dita attorno ai polsi e
continuando a guardarmi fisso negli occhi mi ha parlato
con la voce morbida, come fanno gli adulti con i bambini
quando vogliono fregarli:

– Ora ti farò qualche domanda. Cominciamo dall'inizio.

Il generale mi stava sottoponendo al «test poligrafico
a mani nude», cioè cercava d'improvvisare una macchina della verità senza ricorrere all'apparecchiatura. Non
mi sono per niente sorpreso: d'altronde si trattava di una
questione importantissima, non capita tutti i giorni di
svegliarsi con la notizia che il vostro amato figlio vuole
uccidervi. In effetti, in qualche modo, mi spiaceva dover
raccontare quella balla al generale per risolvere una volta
per tutte la questione tra me ed Ernst: sapevo che avrebbe sofferto molto, anche se era un fottuto comunista assassino. Comunque lo spettacolo era cominciato, e a me
toccava recitare la mia parte alla perfezione. Ho fatto due
cicli respiratori lenti e profondi: stavo per fregare la sua
macchina della verità.

Chiunque abbia fatto il servizio militare in qualche unità speciale, oppure direttamente nei servizi segreti militari,
sa che c'è una parte dell'addestramento che riguarda gli in-
terrogatori dei prigionieri. Non parlo delle torture (persino

per quelle esistono una marea di corsi), ma di tecniche psicologiche: ci sono tanti modi per ottenere la collaborazione
di un prigioniero anche senza attaccargli i fili elettrici alle
dita dei piedi o bruciargli la pelle con il ferro da stiro. Nel
corso che avevo seguito si imparava contemporaneamente
a interrogare e a sfuggire a un interrogatorio. Ci dividevamo
mo in due squadre, e a turno ci scambiavamo i ruoli. E lí
avevo imparato che un ottimo trucco per controllare l'attività cardiaca (segnale da cui dipende in gran parte la macchina della verità) consiste nel respirare con calma, piegare
all'interno gli alluci e contrarre il muscolo dell'ano. Sembra una presa in giro, ma questi semplici esercizi vi aiutano a non passare per bugiardo, anche se lo siete. Un altro
aspetto importante è il controllo dei movimenti oculari e
della dilatazione delle pupille: bisogna fissare un punto, di
solito in mezzo alla fronte di chi vi sta interrogando, perché cosí avrà l'impressione che lo stiate guardando negli
occhi. Quindi, appena il generale mi ha preso per i polsi,
ho piegato gli alluci, ho stretto il culo e ho messo a fuoco
il centro della sua fronte.

– Cos'hai mangiato ieri a cena?

– Un pollo al forno con le patate. Ho bevuto una birra e poi ho mangiato un dolce, una fetta di torta di mele.

– In quanti eravate a cena?

– Io e la mia ragazza, abbiamo mangiato a casa sua.

– Quando hai visto Ernst ieri sera?

– Attorno alle undici, l'ho raggiunto in un locale che
mi aveva indicato.

– C'erano altre persone in quel posto?

– Sí.

– Quante?

– Un centinaio.

– È stato Ernst in persona a darti il fucile?

– No, Ernst ha aperto il bagagliaio della macchina per
mostrarmi che dentro c'era l'arma.

– Cosa ti ha detto di fare, letteralmente?

– Mi ha detto: «Uccidi mio padre e ti pagherò cinquantamila dollari».

– Che ore erano?

– Le tre del mattino, piú o meno.

– Tu eri da solo?

– No, c'era un uomo con me.

– Era un tuo amico?

– No, era un amico di Ernst.

– Cosa gli è successo?

– Gli ho sparato nel petto e ho nascosto il suo cadavere nel bosco vicino all'autostrada.

– Ti dispiace di averlo ucciso?

– No, era uno stronzo, qualche ora prima mi aveva rotto il naso.

– Perché ti ha rotto il naso?

– Perché ho tentato d'impedirgli di far male a una ragazza.

– E ci sei riuscito?

– No.

– E questo ti dispiace?

– Sí.

– Hai visto di che colore era il sangue dell'uomo che hai ucciso?

– No, era buio.

– Ti piace il colore del sangue?

– No.

– Ti disturba vedere il sangue?

– No.

– Quando mio figlio ti ha chiesto di uccidermi, hai pensato al mio sangue?

– No.

– Secondo te mio figlio è un brav'uomo?

– No.

– Cosa pensi di mio figlio?

– Penso che ha avuto troppe cose nella vita, per questo non sa apprezzare niente. Ormai è completamente fuori, si crede il padrone del mondo... È arrivato al capolinea.

– Stai mentendo perché non vuoi piú seguire il caso che ti ho affidato?

– No.

– Stai mentendo per qualche altra ragione?

– No.

– Allora perché usi con me i trucchi operativi? Pensi che non mi sia accorto che tieni il buco del culo stretto come se avessi paura che te lo sfondasse un gorilla? Pensi che non mi sia accorto che hai paura di muovere gli occhi? Perché stai fingendo?

Dopo la sua ultima domanda ho fatto un respiro profondo e ho abbassato lo sguardo, aspettavo quel momento e speravo che arrivasse presto, non sopportavo piú quella situazione. Ho finito la mia recita in modo splendido:

– Sto fingendo perché sono abituato cosí, – ho detto con la voce improvvisamente calda, emotiva, – perché cosí mi hanno insegnato nell'esercito. Sono stanco di tutta la merda in cui sono finito: voi con la vostre uniformi sovietiche, l'ideologia comunista che governa le banche e il gruppo azionario, suo figlio devastato da tutta la droga che ha in corpo, che si crede un boss criminale e che mi chiede di ammazzare il proprio padre. Pensavo di aver visto tutto in guerra, ma qui è peggio, è una realtà ancora piú stupida e incomprensibile... Mi sono rotto le palle, per questo sono qui: non voglio ammazzare nessuno, voglio uscirne pulito finché sono in tempo, e siccome è stato lei a mettermi in questa situazione, chiedo a lei il permesso di lasciare senza conseguenze.

Quelle parole erano il contorno perfetto al piatto principale, la storia dell'attentato organizzato da suo figlio. Ora il generale era distrutto. Siamo rimasti seduti entrambi per qualche minuto, faccia a faccia, senza pronunciare un suono. Non sapevo se me ne sarei andato da quella casa sano e salvo o se mi avrebbero seppellito da qualche parte in giardino, ma sapevo di aver fatto il massimo.

– È impossibile uscire da questa storia senza conseguen-

ze, – ha detto rispondendo finalmente alla mia richiesta.
– Mi dispiace di averti messo in una situazione cosí difficile, soprattutto perché è generata dalla mia incapacità di
gestire la famiglia. Ma sei un operativo e ti pago abbastanza, quindi è inutile che stiamo qui a fare le vittime: la vita
va presa cosí, quando capita qualcosa di brutto non serve
fermarsi troppo a riflettere, bisogna subito darsi da fare
per estirpare il male. Ovviamente quello che mi distrugge
è che il male, in questo caso, è mio figlio...
   Si è fermato per un attimo, forse riflettendo sulle parole che aveva appena pronunciato, ha guardato l'orologio e
poi ha guardato me, con l'aria malinconica:
   – Dammi una mezz'ora, poi faremo insieme colazione
mentre i miei collaboratori prepareranno la tua uscita di
scena...

   Durante quella mezz'ora lí da solo ero abbastanza teso: l'espressione «uscita di scena» era piuttosto ambigua,
e oscillavo tra la speranza di farcela e l'idea che da un momento all'altro qualcuno sarebbe entrato a crivellarmi di
pallottole.
   A peggiorare le cose, durante la colazione (uova strapaz-
zate con bacon, crêpe con panna acida, miele, marmellata,
tè e caffè americano con il latte caldo), uno dei tre uomini
che sedevano con noi mi ha guardato scuotendo la testa e
ha detto, come parlando da solo:
   – Ma dimmi te cosa si è inventato 'sto piccolo bastardo...
   Ho ingoiato una crêpe intera, rischiando di strozzarmi:
il piccolo bastardo era Ernst? O ero io?
   – Sapevamo che era diventato pericoloso, – ha detto
un altro, – droga, prepotenza, ed ecco il finale perfetto...
   Ho ripreso colore mentre il terzo mi guardava con
l'espressione buona:
   – Bravo, ragazzo, bel lavoro. Nessuno dei nostri infil-
trati ha resistito nella scorta di Ernst tanto a lungo, e ovviamente nessuno aveva mai raggiunto un risultato simile...

Dopo colazione il generale mi ha invitato di nuovo a seguirlo nel suo ufficio, con noi è venuto anche l'uomo che mi aveva fatto i complimenti poco prima. Era un vecchio di circa settant'anni, ma molto in forma, sportivo, con la schiena dritta e una faccia bella tosta. Il generale mi ha salutato stringendomi la mano:

– Ti ringrazio per il tuo servizio, Gleb Semënovič ti spiegherà cosa faremo ora perché la storia non venga a galla.

Gleb Semënovič mi ha invitato a sedermi.

– Come certamente immagini, – mi ha spiegato, – non puoi piú far parte dell'agenzia di Lavrov. Sei licenziato, ma avrai un'ottima liquidazione. C'è solo un'ultima faccenda da sbrigare: hai bisogno di un alibi per la scorsa notte. Quello che hai fatto nell'ambiente criminale ha un nome chiaro e tondo: infamia. Ed è meglio che nessuno possa collegarti a quello che succederà a Ernst... Per il tuo bene, e per il bene del generale.

Ho annuito, mi sembrava un discorso logico.

– Ufficialmente, la polizia ti ha arrestato poco dopo le due di notte, e ha fatto fuori il tuo accompagnatore perché ha cercato di scappare. Tra poco entrerai in carcere con l'accusa di detenzione illegale di arma da fuoco.

Ascoltavo i piani per salvare il mio futuro: tutto era stato deciso senza consultarmi e non mi piaceva. Andare in galera, in Russia, non è esattamente quello che chiamerei «protezione»...

– A dire il vero, – ho osato dire, – preferirei lasciare il Paese. Sono disposto a partire subito, datemi solo il modo di avvertire la mia ragazza...

Gleb Semënovič mi ha guardato con immensa curiosità, come se davanti a lui fosse apparsa una forma di vita sconosciuta. Mi sono sentito piccolo.

– Caro il mio giovane, – ha detto accentando le parole in note ritmiche, – sei un bravo agente operativo, ma ti manca tragicamente l'esperienza della vita. In una situazione simile, credimi, è già tanto se sei vivo. Ti abbiamo

anche detto che riceverai una bella somma, che altro puoi
pretendere? Andrai in carcere e ci resterai finché non avre-
mo deciso che puoi uscire, questo è tutto.

Ho provato a rispondere ma lui si è messo l'indice davanti alla bocca. Nello stesso istante sono entrati nella stanza sei poliziotti armati, hanno salutato Gleb Semënovič
come se fosse il loro superiore e afferrandomi i polsi, gi-
randomi come un bambolotto, mi hanno ammanettato e
portato giú per le scale. Uno di loro mi ha dato due botte
sulla testa, ho perso l'equilibrio e sono caduto.

– Niente di personale, amico, – ha detto mentre mi raccoglieva con delicatezza e mi portava in macchina, – ma se
arrivi in carcere senza i segni dell'arresto...

L'ossessione per il realismo i poliziotti l'hanno presa
troppo sul serio: per sei giorni mi hanno picchiato come se
avessi commesso i peggiori crimini dell'ultimo decennio.
Dopo una settimana nella cella del distretto di polizia, mi
hanno trasferito in un carcere di detenzione provvisoria.
Ero completamente isolato dal mondo, non mi permette-
vano di comunicare con nessuno e non sapevo come av-
visare Anna di quanto mi era capitato. Tutti i miei pensieri di quei giorni andavano a lei e al nostro amore, ero
martoriato.

Il tempo passava e cominciavo a credere che Lavrov
avesse solo trovato un modo per far sparire una persona
scomoda. Lí dentro qualcuno probabilmente mi avrebbe
presto ammazzato. Ero depresso e sfinito, non parlavo,
mi ero trasformato in un puro organismo che viveva in
cella come un fungo attaccato all'albero, mangiavo, dormivo, facevo i miei bisogni e basta. Ma nella mia testa
ero lontano, con Anna, ricordavo le gite e le cene in città, la sensazione che mi dava la presenza del suo corpo
nello spazio...

Dopo quasi un mese un mio compagno di cella, impieto-
sito, mi ha fatto sapere che in quel carcere funzionava un

servizio di «strada», cioè di posta segreta, che consentiva di comunicare con l'esterno. Gli ho raccontato la versione ufficiale della mia storia, l'arresto per detenzione di armi da fuoco, l'uccisione del mio «amico» da parte dei poliziotti... Lui ha preso tutto molto a cuore, ha detto che gli sembrava la trama di una canzone criminale lunga triste e piena di sangue, e mi ha assicurato che se avessi preparato una lettera l'avrebbe fatta avere al destinatario in tre giorni al massimo.

Ho scritto ad Anna spiegando poco e niente, sapevo che chiunque poteva mettere le mani e gli occhi sulle mie parole prima di lei. Piú che raccontare cos'era successo diciamo che mi sono sfogato: a pensarci ora mi rendo conto che non era proprio una bella lettera da ricevere da quello che si considera il proprio fidanzato, anzi, era una lettera orribile, triste e senza speranza. Immagino come si sia sentita Anna dopo averla letta...

La sua risposta è arrivata in pochi giorni: la polizia era stata nel suo appartamento, l'avevano rivoltato da cima a fondo ma lei era riuscita a nascondere i miei soldi e due o tre cose che tenevo lí. Mi chiedeva cosa doveva farne, di quelle e del nostro amore.

Le ho scritto che proprio per rispetto di quell'amore e di ciò che di bello c'era stato tra noi doveva lasciare subito il Paese. Doveva usare i miei soldi per procurarsi dei documenti e andarsene da qualche parte lontano, magari in Finlandia, rifarsi un'esistenza. «Ti auguro una buona vita...», concludevo.

Anna mi ha mandato una lettera cortissima, l'ultima, poche righe seccate dalla sofferenza in cui diceva che andava bene, avrebbe usato i miei soldi e sarebbe partita. In fondo alla pagina, vicino al margine del foglio, una scritta piccolissima diceva: «Rimpiango la vita che non abbiamo mai avuto...»

La nostra corrispondenza era finita, e anche la mia esistenza, mi sembrava. Sono rimasto in carcere senza sperare niente, talmente afflitto da non accorgermi che giorno dopo giorno i poliziotti perdevano interesse per me: ero diventato un prigioniero trasparente.

Finché una mattina, all'improvviso, mi sono trovato fuori. Davanti al carcere c'era una macchina: al posto di guida, ad aspettarmi, Gleb Semënovič. Il generale Lavrov aveva mantenuto la sua parola.

Da Gleb Semënovič ho saputo che alcune settimane dopo la mia uscita di scena Ernst e la sua scorta erano finiti vittime di un'imboscata, crivellati da innumerevoli colpi di Kalašnikov nelle loro auto. Potevo solo ipotizzare che l'assalto fosse stato organizzato con l'approvazione del generale. Io non parlavo, ero troppo allucinato per emettere suono, e un'ora dopo ero da solo su un marciapiede, con una busta tra le mani. Dentro c'era una carta di credito che faceva capo a una banca belga, un biglietto aereo e dei nuovi documenti. Tra le pagine del passaporto ho trovato un foglio piegato scritto a mano, diceva: «Non è la virtú nel prendere una decisione che fa l'uomo saggio, ma la capacità di accettare tutto ciò che quella decisione porta con sé». Era il saluto del generale Lavrov, il suo modo per dirmi addio.

Nella busta c'era anche il contatto prezioso di un agente dei servizi di sicurezza israeliani, suo vecchio amico, che abitava in Belgio e che mi avrebbe trovato un lavoro in Occidente.

Sono partito senza sapere dove avrei poggiato il prossimo passo, come un cieco lanciato per strada. Ma in confronto al vuoto cosmico che mi lasciavo dietro, il mistero davanti a me era un regalo: non avevo idea di cosa mi aspettasse, però nel silenzio, con tutti i sensi tesi in ascol-

to, percepivo un respiro sottile, un soffio che mi accarezzava la faccia e m'invitava. Correvo verso il buio ma era
un buio vivo: una possibilità.

Qualche tempo fa ho ricevuto una lettera dalla Finlandia. Dentro c'era una foto che aveva fatto Anna nel suo appartamento quando stavamo insieme, con la macchina poggiata sulla scrivania e l'autoscatto: io e lei abbracciati sul letto.

Mi ha scritto che sta bene, si è sposata con un brav'uomo e vive in una piccola cittadina sul mare. Ha avuto anche un figlio, si chiama Nicolai. Mi ha detto che vuole venire a trovarmi, solo per salutarci e ricordare un po' i vecchi tempi, senza dolore. Ma mi sa che eviterò quest'incontro, perché tra tutti i posti che ho conosciuto e in cui mi sono perso ce n'è uno che ancora rimpiango: la vita che non abbiamo avuto, che non potrò mai avere...

Indice

Einaudi usa carta certificata PEFC
che garantisce la gestione sostenibile delle risorse forestali

Stampato per conto della Casa editrice Einaudi
presso ELCOGRAF S.p.A. - Stabilimento di Cles (Tn)

C.L. 22203

Edizione								Anno			
7	8	9	10	11	12	13		2022	2023	2024	2025